РОМЯН-КИНО

БОРИС АКУНИН

Смерть на брудершафт

роман-кино

МЛАДЕНЕЦ И ЧЕРТ

Фильма первая

МУКА РАЗБИТОГО СЕРДЦА

Фильма вторая

ИЗДАТЕЛЬСТВО
МОСКВА

УДК 821.161.1
ББК 84 (2Рос=Рус)6
  А44

Автор выражает благодарность
Михаилу Черейскому за помощь в работе

Художники:
Д.Д. Гордеев, И.А. Сакуров, Ю.Д. Федичкин

Оформление и компьютерный дизайн:
С.Е. Власов

Акунин, Б.

А44   Смерть на брудершафт: роман-кино / Борис Акунин. — М.: АСТ: АСТ МОСКВА, 2008. — 461, [3] с.
Содерж.: Младенец и черт: фильма первая. Мука
разбитого сердца: фильма вторая.

ISBN 978-5-17-048661-8 (ООО «Изд-во АСТ»)
ISBN 978-5-9713-6788-8 (ООО Изд-во «АСТ МОСКВА»)

«Смерть на брудершафт» — название цикла из
10 повестей в экспериментальном жанре «Роман-кино», призванном совместить литературный текст с
визуальностью кинематографа. В эту книгу входят
две первые «фильмы» цикла, в которых описано на-
чало драматического противостояния российской и
германской разведок в Первой мировой войне.

ISBN 978-985-16-3853-2   УДК 821.161.1
(ООО «Харвест»)   ББК 84 (2Рос=Рус)6

Фильма Первая

МЛАДЕНЕЦЪ И ЧОРТЪ

Комедія

ОПЕРАТОРЪ
ИГОРЬ САКУРОВЪ
Таперъ г-н Акунинъ

Июль 1914 года
Эрцгерцог убит.
Мировая война начнется со дня на день.
Но пока это понимают
лишь профессионалы...

Штабс-ротмистр князь Козловский постучал в дверь кабинета слишком громко, а каблуками по паркету отчеканил так, что у генерала на столе задребезжала золоченая ложечка в фарфоровой чашке.

Его превосходительство был переведен в Огенквар* недавно, ранее служил в Департаменте полиции и пока еще не успел сменить чиновничий мундир на военный. Генерал был не в духе и пил черный кофе третий раз за день, что неполезно для сердца и желудка. А что делать? Из-за выстрела в Сараеве третьи сутки почти вовсе без сна. Спасибо за такое повышение.

---

* Отдел генерал-квартирмейстера при Генштабе, среди прочего ведавший и военной контрразведкой.

В Департаменте полиции, с бомбистами и пропагандистами, было и то покойней.

— Князь, зачем вам шпоры? — спросил его превосходительство, морщась (у него еще и мигрень вступила). — Не в кавалерии служите.

А Козловскому хоть бы что. Видел, что начальство не в расположении, но и усом не повел. Он еще с кадетских времен взял себе принцип: не цукать младших, не вилять хвостом перед старшими.

Перешел сразу к делу.

— Зацепились, ваше превосходительство! Я был прав! Гвардии поручик Рябцев — вражеский агент. Засланный или подкупленный, пока не установлено, ну да это неважно. Важно, что нынче вечером у него назначена конспиративная встреча, предположительно с резидентом!

Начальник брюзгливую мину с лица убрал, глаза так и вспыхнули. Уже совсем другим тоном предложил:

— Садитесь, князь, вам же неловко. Да вы не стесняйтесь, князь, закуривайте. Говорите, встреча с резидентом?

Генерал чаще нужного именовал своего сотрудника сиятельным титулом. Приятно, когда у тебя в подчинении настоящий Рюрикович и можно ему запросто сказать: «Да вы не стесняйтесь, князь» или «Это безобразие, князь».

Исполняется «Маршъ преображенскаго полка»

Штабс-ротмистр, выставив плохо гнущуюся правую ногу, сел к столу, потянул из бювара бумажную папочку.

Его худое, с бравыми копьеобразными усами было бесстрастно, но пальцы подрагивали от возбуждения. Все эти безумные дни в контрразведку чуть не ежечасно названивали от генерал-квартирмейстера, от начальника Генштаба, от военного министра, и всё с одним и тем же: немедленно выявить и обезвредить шпионскую сеть предполагаемого противника. Об исполнении доложить к двадцати ноль ноль, к шести ноль ноль, к полудню.

А как ее выявишь?

Котрразведочное отделение в штатном расписании Генерального штаба имеется, да контрразведки как таковой, считай, нет. Одна бумажная видимость. Столько лет ждали большой войны с немцами и австрийцами, готовились-готовились, а всё одно профукали. Как это у нас обыкновенно и бывает.

Всякий толковый офицер, если превратности карьеры забросили его в контрразведку, норовил при первом же отличии выпросить себе награду — перевод в полк. Оставались одни бестолковые или калеки вроде Козловского. Только и он заделался ловцом шпионов недавно, без году неделя. Рвения у князя пока было много больше, чем опыта.

А враг к войне готовился по-научному, с немецкой основательностью. Только теперь это стало мало-помалу проясняться.

В кабинете у штабс-ротмистра собралась кипа газет, в том числе пожелтевших, десятилетней давности. В каждом номере красным карандашом подчеркнуты соблазнительные объявления: «До 15 тысяч годового дохода могут заработать г.г. офицеры, чиновники и лица, вращающиеся в высших кругах общества, в качестве представителей заграничной фирмы. Офферты с краткой биографией присылать по адресу: Л.Шлезингер, Берлин, 18». «800 барышень и вдов с приданым до 200 тысяч желают выйти замуж. Жених может быть и без средств. Писать: Л.Шлезингер, Берлин, 18». И прочее подобное. А про адрес теперь доподлинно установлено, что это явочная квартира германской разведки! Сколько «г.г. офицеров, чиновников и лиц из высших кругов общества» за эти годы на удочку клюнуло? Поди-ка выясни к двадцати ноль ноль.

В отдельной папке у князя Козловского подобрался список немецких и австрийских подданных, занимающих важные посты в военной промышленности. Взять одну Путиловскую судоверфь, где снаряжают броненосцы. Директора — герр Бауэр, герр Поль и герр Орловски; начальник отдела военного судостроения Шиллинг; начальник большой верфи Роймер; начальник малой верфи Фент. И повсюду так!

Это еще явные. А сколько скрытых? В одном Петербурге проживает восемьдесят тысяч лиц лютеранского вероисповедания. Большинство из них, конечно, честные люди и патриоты России. Но что такое «большинство», если речь идет о шпионаже?

Теперь, когда муравейник зашевелился, когда дали людей, средства, особые полномочия, каждый день обнаруживались всё новые и новые факты германской предусмотрительности. Вся русская земля оказалась сплошь усеяна тевтонскими драконьими зубами. Просто голова шла кругом.

Утешает только одно, не уставал повторять его превосходительство. У коллег из разведочного отделения ситуация вовсе швах, им на орехи больше нашего достается.

Что можно было сделать за четыре дня, сделано. Прямо 28 июня, через два часа после получения роковой вести из Сараева, отдан приказ о круглосуточной слежке за австрийским и германским военными агентами и кругом их общения. Молниеносно организована (это уж личная заслуга штабс-ротмистра) негласная проверка всех офицеров, кто имеет доступ к секретным сведениям и документам: образ жизни, знакомства, сомнительные привычки, поездки на воды в Баден-Баден да Мариенбад.

За подозрительными установлено наблюдение, и результаты не замедлили себя ждать. Дело тут, конечно, не только в бдительности филеров. Просто вражеские агенты, в преддверии скорой войны, развили кипучую деятельность, повылезали из нор, будто кроты перед грозой.

— Это какой такой поручик Рябцев? — спросил генерал, жадно глядя в папку.

Поручик был вот какой. Служит младшим делопроизводителем в секретной части Гвардейского корпуса. Собственного состояния не имеет, а живет широко. В апреле проиграл в карты семь тысяч — и ничего, расплатился. Тогда-то и на заметку попал. Так, на всякий случай.

Вчера подслушан странноватый телефонный разговор Рябцева с неизвестным лицом, которое говорило по-русски нечисто и делало таинственные намеки. После этого слежка утроена.

Нынче утром в почтовом ящике Рябцева обнаружена шифрованная записка. По виду обычная квитанция. А нагрели на свечке — проступили слова: «Сегодня в одиннадцать. Платформа Левашево. Взять всё».

— Левашево это по Финляндской дороге? — уточнил его превосходительство. — Как же, как же, доводилось бывать там на даче у NN, — назвал он по имени-отчеству господина министра внутренних дел. — И не раз.

— Там много у кого дачи, — пожал плечом Козлов-ский, не проявив интереса к высоким знакомствам на-чальника. — Так что, ваше превосходительство? «Мед-вежью охоту» прикажете? А может «Волчью»?

В тот же вечер
на платформе Левашево...

Е го превосходительство санкционировал «Волчью охоту» — арестную операцию самого крупного масштаба, употребляемую для захвата особо важ-ных персон.

Порядок такой: три кольца обложения, в первом и втором только филеры старших разрядов, лучшие из лучших. Выскользнуть невозможно.

«Медвежья» попроще, требует бригады из 10—15 че-ловек. При «волчьей» используется не меньше тридца-ти. Не жалко, лишь бы Рябцев вывел на резидента. А то, что изменника на дачную станцию вызвал не ка-кой-нибудь посредник, у Козловского сомнений не вы-зывало. Каков тон записки! «Взять всё». Когда распо-ряжение отдается даже не повелительным наклонением, а инфинитивом, это уж понимай: наивысшая инстанция командует.

К восьми часам два внешних кольца были расставлены. Внутреннее (сам штабс-ротмистр, и еще семеро надежных молодцов) расположилось на позициях непосредственно вокруг перрона.

Одно из главных качеств, потребных контрразведчику, — терпеливость. С этим у Козловского было неважно. К девяти часам он весь извелся, нефритовый папиросный мундштук прогрыз чуть не насквозь. Курить при этом не курил. Довольно странно было бы, если б из густых кустов, росших сразу за оградой платформы, запахло бы дорогим египетским табаком.

Вечер между тем был волшебный. Хоть и темноватый из-за низкой облачности, но свежий, наполненный ароматами сирени, а незадолго до назначенного рандеву на какой-то из окрестных дач красивый баритон стал петь знаменитые арии из опер. Первую Козловский хоть и слышал раньше, но не распознал (с музыкальным образованием у князя было не очень), зато вторая была известна любому гимназисту.

«На призыв мой тайный и страстный о, друг мой прекрасный, выйди на балкон», — самозабвенно выводил неведомый певец.

Пора было и другу прекрасному Рябцеву появиться. Его от самого дома вели четверо агентов. Один протелефонировал с Финляндского вокзала еще полтора часа назад, сказал, что садятся на пригородный. Куда подевались? Тут ехать всего сорок минут.

От нервов штабс-ротмистр всё покачивался с каблука на носок и докачался, подвернул покалеченную ногу. Выматерился, но про себя — шуметь было нельзя. Мимо, в пяти шагах, по дорожке ходили люди. Правда, после десяти часов их стало меньше, разбрелись по своим дачам, чай пить, в лото играть, слушать граммофон. Пускай их поблаженствуют, недолго осталось. Скоро вся мирная жизнь полетит под насыпь, как сорвавшийся с рельсов пассажирский поезд...

Проклятый двойной перелом, память о неудачных скачках, сросся паршиво, с защемлением нерва, и доставлял Козловскому немало скверных минут. Что минут — вместе с коленом хрустнула и переломилась вся его складная, замечательно устроенная жизнь. Полк, золотые товарищи, эх, летние лагеря в Красном Селе, честная кавалерийская карьера...

После того, как медицинская комиссия приговорила лейб-кирасира к полному комиссованию, осталось только прибегнуть к средству, которое Козловский всегда презирал: попросить протекции у родственников. Дядя-сенатор употребил влияние, с кем-то там поговорил, утряс. Выбор предложили удручающий: либо военно-учетный архив — бумажки сортировать, либо контрразведочное отделение Огенквара.

Новая служба оказалась еще хуже, чем про нее рассказывали. Но штабс-ротмистр стиснул зубы и с тем же старанием, с которым в свое время учился вольтижировке и джигитовке, принялся осваивать науку тайной войны. Слава Богу, не дурак и не лентяй, за минувшие полгода постиг многое. А поначалу, смешно вспомнить, багровел, когда приходилось подавать руку осведомителям. Процедура, конечно, неприятная, однако необходимая. Куда ж в контрразведке без этих юрких, жадных до денег господ? А будешь выказывать им презрение — для дела вред. Публика это обидчивая и чрезвычайно мнительная.

Рябцев приехал без двадцати. Оказалось, химичил по дороге, с поезда на поезд перескакивал. Будто от Лучникова и его ребят можно оторваться.

Старший филер Лучников пристроился здесь же, в кустах. Он имел чин фельдфебеля и по субординации состоял у князя в подчинении, но на самом деле, если Козловский чему-то за эти месяцы и научился, то лишь благодаря этому флегматичному скуластому дядьке с обманчиво неторопливыми повадками.

Штабс-ротмистру стало поспокойней. Во-первых, Рябцев нашелся. Во-вторых, Пантелей Иваныч рядом.

— Хорошо бы, чтоб правда резидент, — шепнул Козловский. — Германской разведки. Австрийской — тоже неплохо.

— Кого Бог пошлет, того и возьмем, — философски ответил Лучников. — Объект на выборгском приедет. Больше не на чем — последний поезд.

Предатель Рябцев торчал на одном месте. Закурит папиросу — бросит. Закурит — бросит. Тоже и ему было нервно.

Штабс-ротмистр вновь принялся просчитывать возможные осложнения.

Что если с последнего питерского поезда сойдет слишком много народу, создастся толкучка, а контакт Рябцева с предполагаемым резидентом будет очень коротким? Передаст что-то на ходу, и дело с концом.

На этот случай есть Симанчук. Он скрючился над урной, в пяти шагах от Рябцева. Изображает нищего, выуживает из мусора окурки. Не проглядит.

А если, предположим, у них придумано по-другому? Не резидент выйдет, а, наоборот, поручик в вагон войдет.

Тут предусмотрены три «контролера». Вон они, в железнодорожной форме, сидят поодаль на скамейке, курят. Бригада старшего филера Павликова.

Один для правдоподобности крикнул на «нищего»: исчезни, голодрань. Другой урезонил: чего пристал к человеку, жалко, что ли.

Артисты, подумал князь с почтением. Того же Симанчука хоть в труппу к господину Станиславскому, на какую-нибудь роль из пьесы «На дне».

Загудел приближающийся поезд. Козловский усилием воли изгнал из организма всякое трепетание. Изготовился.

Из вагонов стала выходить публика, в основном отцы семейств, припозднившиеся в своих конторах или засидевшиеся в ресторанах. Немного. И ни один близко от Рябцева не прошел.

Ситуация была непросчитанная. Павликов, командир «контролеров» оглянулся на кусты, но делать нечего — вошли в вагон, уехали. Иначе было бы подозрительно. Уковылял и Симанчук.

Это бы ладно, в кустах и с той стороны, под перроном, людей оставалось достаточно. Но где же резидент?

И Рябцев тоже выглядел обескураженным. Завертелся на месте, зазвенел ножнами сабли. Выражение лица было не разглядеть. Ночной темноты по июльскому времени здешним широтам не полагалось, но небо закрылось тяжелыми, низкими тучами, и вечер получился сумеречный, почти осенний.

Стало совсем тихо.

«Мирно спит за крепкой стеною, объят тишиною, весь наш городок», — душевно выводил где-то в ночи неведомый певец — второй раз, на бис.

— Ишь заливается, чисто кот-мурлыка на крыше. Сейчас все кошки к ему так и сбегутся, — как ни в чем не бывало прокомментировал Лучников. И тем же тоном прибавил. — А вот и он, лапушка. Дождалися.

С путей на перрон ловко вскарабкался человек в темном костюме и шляпе-котелке.

Рябцев к нему так и кинулся. Начался разговор, но голоса приглушенные — не разобрать.

— Жди команды, — шепнул Козловский и осторожно подобрался ближе.

Из-за края платформы высунулся медленно-медленно. Напротив стояла скамейка, закрывала обзор, так что видно было только ноги: начищенные сапоги Рябцева и резидентовы штиблеты с гамашами.

— ...Шутите? — хихикнул поручик. — Там триста листов большого формата. Месяц копировал, а потом еще неделю частями из секретной зоны выносил. Нет, всю папку сразу не вытащу, на пропускном могут остановить. Погубить хотите?

Голос с сильным акцентом сказал:

— Захочу погубить — погублю. От вас самого зависит. Папка мне нужна целиком. И немедленно.

Козловский только головой покачал. Ну, немцы. Могли бы найти резидента, кто по-русски чисто говорит. Ни во что нас не ставят. Ладно, дайте срок.

Рябцев обиженно засопел.

— Коли нужна, выносите сами. А меня увольте.

— Как же я попаду в штаб?

— Не в штаб, не в штаб. — Поручик снова захихикал. — Я всё продумал. Сами войдете, сами найдете, сами возьмете. Ха, стихами заговорил. Вот схемка. — Зашелестела бумага, мигнул луч фонарика. — Тайник обозначен крестиком. Смешно, правда?

— Не пойму. Где это?

Штабс-ротмистру тоже хотелось знать. Он приподнялся на цыпочки, чтоб заглянуть поверх чертовой скамейки, да вот незадача — слишком навалился грудью, скрежетнул пуговицей по пруту решетки.

Звук был не то чтобы громкий. Рябцев на него даже не повернулся. Зато незнакомец в котелке, ни мгновения не мешкая, без единого слова сиганул с платформы на рельсы и исчез.

Выругавшись, Козловский дунул в свисток.

И началось!

Затрещали кусты, загрохотали ступеньки, ночь наполнилась топотом, кряхтением, возгласами.

На перрон с двух сторон, перепрыгнув через ограду, выскочили филеры, схватили окоченевшего Рябцева под руки.

А и шустрый резидент убежал недалеко. Из-под платформы ему под ноги метнулась проворная фигура, еще одна припечатала сверху.

Ррраз — и поставили голубчика на ноги, подтащили к краю.

Подоспевший Лучников ахнул, увидев, что у арестованного отчаянно работают челюсти, густая черная борода так и колышется. Пантелей Иванович присел на корточки и попробовал пальцами разжать шпиону зубы, но тот судорожно сглотнул. Слопал листок, сволочь.

Козловский, как и подобает начальнику, вышел на перрон не торопясь, так что и хромоты было почти незаметно. Внушительно оправил длинные усы. Что перед тем перекрестился и произнес благодарственную Господу молитву, никто из подчиненных не видел.

Всё было отлично.

Арестованного, взятого на платформе, крепко держали под белы руки.

Внизу, над кромкой перрона, торчали три физиономии: одна перекошенная, бородатая, и две усатые, довольные. Молодцы ребята, четко сработали.

Резиденту было объявлено официальным тоном:

— Я — штабс-ротмистр князь Козловский. Если имеете дипломатический статус, объявите о том немедля. Если вы офицер, назовите имя и чин. Иначе мы поступим с вами, как поступают со шпионом в военное время. Сами знаете, ждать осталось недолго.

Немец заорал:

— Какой такой князь козлов! Что такой «шпион»?! Я честни дачник!

— Ну как угодно. Вам же хуже. Сюда его.

Пока «честного дачника» втаскивали наверх, Лучников виновато доложил:

— Виноват, ваше благородие, не доглядели. Сожрал он бумажку.

Но князя это не опечалило. Ничего. Если надо, Рябцев другую нарисует. А еще лучше — сам отведет к тайнику и объяснит, что за папка такая.

— Гутен аппетит, герр шпион, — весело обратился штабс-ротмистр к немцу. — Бороденку позвольте.

И потянул за растительность.

— Что ви позволяйт! Больно!

Борода не отцеплялась.

— Клей отменный. — Козловский иронически развел руками. — Уважаю германскую основательность. Обыскать.

Сам пока подошел к Рябцеву.

Поручик вел себя противно. Весь дрожал, да еще всхлипывал.

— Что за документ вы скопировали? Триста листов большого формата?

— План... План развертывания... Генеральный... Против Германии...

Козловский присвистнул.

Во всем военном ведомстве нет документа более важного и секретного, чем Генеральный план развертывания войск на случай войны. Там и расположение соединений, и направление ударов, и цифры, и сроки. Лучшие стратеги разрабатывали. Бесценный этот свод по предписанию может существовать лишь в двух экземплярах: один у военного министра, другой у начальника Генерального штаба. Как мог получить доступ к Генеральному плану развертывания Рябцев, малозначительный сотрудник штаба Гвардейского корпуса? Ладно, это позже. Сейчас нужно было ковать железо, пока не остыло.

— Я искуплю... — лепетал предатель. — Безвыходное положение. Клянусь! Проиграл в карты. Долг чести!

Козловский цыкнул на него:

— Про честь молчали бы. Гвардейский офицер!

— Господин штабс-ротмистр, я правда искуплю! Не передал ведь, только собирался. Я чистосердечно! Могу ли рассчитывать на снисхождение?

Выдержав небольшую, но грозную паузу, князь кивнул:

— Да. Если расскажете всё без утайки, то суда и тюрьмы не будет. Вам позволят застрелиться. Согласно традиций.

Но Рябцев от этих слов не воспрял духом, а напротив съежился.

— А? ...Спа...сибо. Может быть, лучше в тюрьму?

— Ну, если лучше — тогда конечно, — брезгливо пожал плечами Козловский и отвернулся. Интерес к Рябцеву он временно утратил. С этим слизняком трудностей не будет.

Стал приглядываться к резиденту. Тот стоял, разведя руки в стороны, агенты прощупывали швы на его одежде. Лицо, до глаз заросшее бородой (черт ее знает, может и не фальшивой), бесстрастно, но руки выдают-таки волнение: большой палец правой крутит перстень на указательном.

— Что было на схеме, которую проглотил ваш голодный приятель? — спросил штабс-ротмистр у Рябцева через плечо.

— Место, где спрятана папка, — с готовностью ответил тот. — Видите ли, она большая, желтая такая. Я ведь как? Несколько листов перепишу, трубочкой скатаю и за пазуху. Но с территории не вынес, честное-благородное слово. Только из секретной части. Он на меня давил, запугивал, а я всё тянул. Я же русский офицер...

— Как собирались вынести папку с территории корпусного штаба? — перебил мерзавца Козловский. — Не юлить!

— Слушаюсь. План был такой. Перетащить по частям в тайник, а потом...

Немец, до сей секунды стоявший смирно и беспрекословно выполнявший все распоряжения филеров («Боком!» «Руку вверх!» «Ноги шире!»), взревел от ярости. Рванулся с места, подлетел к Рябцеву и с воплем «Трррус!» влепил поручику звонкую пощечину. Увернулся от растопыренных рук Лучникова, штабс-ротмистра оттолкнул плечом и с разбега перемахнул через ограду — прямо в кусты.

Двое филеров кинулись за ним, Козловский дунул в свисток, Лучников закричал ребятам из оцепления: «Не стрелять! Живьем!», а поручик схватился за лицо и завыл.

— Что вы, как девка?! — рявкнул на него князь. — Подумаешь, рана!

На щеке у Рябцева сочилась тонкая царапина. Это резидент его перстнем ободрал, понял Козловский.

Но предатель вдруг схватился за горло, всхрипел и забился в руках у агентов. Сердечный припадок, что ли?

— Яд! — охнул Лучников. — Мгновенного действия! «Ку-ра-ра» называется. Я раз такое уже видал. В пятом году, когда японского диверсанта брали. У него в кольце иголка была. Чиркнул себя по горлу...

А отравленный больше не дергался, повис кулем, только нога еще судорожно скрежетала каблуком по цементу.

«Ты помнишь, измѣнщикъ коварный,
Какъ я довѣрялась тебѣ?»

У штабс-ротмистра на лбу выступил холодный пот.

— Мерзость какая! Того-то не упустят?

— Не должны, всё обложено. Ну-ка, от греха...

И Лучников побежал по перрону — не в том направлении, куда скрылся резидент, а наискосок, каким-то собственным азимутом.

Козловский — не стоять же на месте — похромал вдогонку.

Сердце так и заходилось от тревоги. Очень уж прыткий попался немец.

Бородатый шпион оказался еще прытче, чем представлялось штабс-ротмистру.

Моментально продравшись через кусты (у преследователей это получилось куда медленней), резидент широкими скачками понесся прямо на второе кольцо оцепления — под фонарем, перегораживая переулок, маячили два агента.

Не тратя времени на предупредительные окрики, они бросились беглецу наперерез. Один прыгнул в ноги, второй хотел завернуть руку.

Только не на того напали. От ножного захвата немец увернулся, да еще поспел врезать филеру носком ботинка по виску. Со вторым схватился и вышел из короткой, яростной схватки победителем. Так впечатал противнику лбом в нос, что служивый рухнул без памяти.

На повороте резидента сшиб подножкой агент из третьего кольца. Оба покатились по земле, и снова бородатый поднялся, а филер остался лежать.

Беглец обернулся. На него, отставая шагов на тридцать, неслись Лучников и еще несколько человек. Сзади, припадая на правую ногу и захлебываясь матюгами, поспевал штабс-ротмистр.

Одно движение, и резидент исчез за углом.

— Вы двое по забору! — быстро распорядился Лучников. — Вы трое налево! Михалыч, Степа, за мной! Врёт, паскуда, не уйдет!

И точно, не ушел. Недолго довелось побегать шустрому немцу. Путая след, он махнул через штакетник в какой-то сад, перескочил через ограду с противоположной стороны — и угодил прямо на Лучникова со товарищи. Пантелей Иванович всё рассчитал точно, ибо старый коняка борозды не испортит.

Бородач и тут без борьбы не дался. Врезал Михалычу по сопатке, Степу лягнул в неподобное место, но завалили-таки голубя. Забарахтались в траве — упрямый перец-колбаса всё не сдавался.

Поскольку все четверо были люди серьезные, управлялись без криков, без ругани. Из-под забора, где шла баталия, доносилось лишь кряхтение да хриплые выдохи.

Четвертью часа ранее
на близлежащей даче

Насчет кота-мурлыки Лучников выразился, конечно, грубо, но в сущности был недалек от истины.

Слушателей было человек двадцать, но пел сегодня Алеша исключительно для Симочки Чегодаевой. Ей посвящались и «Ария Роберта», и «Серенада Смита» (последняя дважды, на бис).

Обожаемая особа почти не поднимала на певца взгляда, но отлично всё чувствовала. Грудь самой милой на свете девушки вздымалась, глаза были затуманены. И это было для Алеши наградой во стократ более драгоценной, чем любые аплодисменты.

Какое все-таки счастье, какой чудесный дар судьбы — голос! Берешь написанную кем-то музыку, не тобою сочиненные слова, наполняешь эти звуки своей силой, своим чувством, и мир вокруг озаряется твоим сиянием, будто ты не смертный человек, а животворное солнце.

С особой страстью, глядя прямо на любимую, Алеша пропел:

> Озари стон ночи улыбкой
> И стан твой гибкой
> Обниму любя!

Она вся так и затрепетала. О, если б это был не журфикс на даче адвоката Лозинского, а девственные джунгли или африканская саванна, где не существует светских условностей и всё покорно закону природы, Симочка сама кинулась бы к нему в объятья! В это мгновение — несомненно!

Того же мнения была и Антония Николаевна, Симочкина мама. Она стояла в кругу знакомых дам и наблюдала за дочерью с всё возрастающей тревогой.

— Как молодой Романов поет — чудо! — сказала мадам Лозинская. — Ужасно мил. А руки, руки! Порхают по клавишам, словно две белые голубки!

Да, чрезвычайно опасен, думала Антония Николаевна. Черный смокинг в сочетании с накрахмаленной рубашкой и белым галстуком всем мужчинам к лицу, а уж этот — просто принц. Опять же баритон. Промедление смерти подобно. Бедная Сима.

Во взгляде, брошенном на дочь, читались сочувствие, но в то же время и твердость.

Извинившись, госпожа Чегодаева подошла к Симе и вывела ее из гостиной на террасу.

— Нам нужно поговорить.

Та, дурочка, смотрела на мать влажными коровьими глазами. Что у нее на уме, догадаться было нетрудно.

«До зари, до утра прохлады
я петь серенады буду для тебя!»

— Он тебе не пара, — отрезала Антония Николаевна.

— О чем ты, мама?

— Ты знаешь, о чем. Довольно того, что я загубила свою жизнь, выйдя за красавца, который чувствительно пел под гитару. Не повторяй моих ошибок!

— Я не понимаю...

— Перестань, Серафима! Смотри на меня. — Она взяла дочку за подбородок. — Ты знаешь, что я тебя люблю больше всего на свете?

— Да, мама.

— Ты знаешь, что я желаю тебе одного добра?

— Да, мама.

— Ты понимаешь, что я умнее и опытнее тебя?

Девочка у Антонии Николаевны была неглупая и не без характера. Просто еще совсем молодая.

— Ну тогда слушайся. Твой Алеша Романов мил, ты в него влюблена... Не мотай головой, я всё вижу. Но помни о наших обстоятельствах. — Тут следовало проявить некоторую жесткость, чтоб вернуть Симу с небес на землю. — Тебе нравится жить за Невской заставой, в старом доме с мышами и тараканами? Второй сезон носить то же платье? Ездить на трамвае? Штопать дыры на чулках? Разве не унизительно, что вся приличная мебель у нас с тобой собрана в гостиной, а задние комнаты постороннему человеку не покажешь?

Безжалостное перечисление продолжалось до тех пор, пока туман из Симочкиных глаз окончательно не исчез.

— Ну то-то. — Госпожа Чегодаева погладила дочку по гладкой щеке. — Что твой Романов? Студент. Притом не юрист, не медик, а ма-те-матик. — Она поморщилась. — За душой ни гроша, а когда выучится, будет зарабатывать копейки. Добро б еще из приличной семьи. Сын учителишки. Фи!

— Мама, что ты говоришь! Это низко! — попробовала возмутиться Симочка, но Антония Николаевна срезала ее несокрушимым аргументом.

— Низко жить в убожестве и нищете. Уж мы-то с тобой отлично это знаем. Спасибо твоему папаше, чтоб ему в гробу перевернуться.

— Мама!

— Молчи, дурочка. — Голос матери дрогнул — сердце-то не камень. Госпожа Чегодаева сказала мягче, проникновенно. — Замуж за него выходить глупо. Еще глупее получится, если проявишь слабость. Ты понимаешь, о чем я. Лишь погубишь шансы на хорошую партию в будущем. Завтра мы с тобой поедем к Анфисе Сергеевне в Павловское. Там будет ее племянник Мишель. Обрати на него внимание — это вариант существенный.

Симочка заплакала — так оскорбило ее нежную душу циничное словосочетание.

— Я не хочу «вариант»! Мне нравится Алеша!

Мать обняла дочку за плечи, платочком вытерла с ее ясных глаз слезы.

— Твой капитал — красота и невинность. Эти два товара на брачном рынке дороги, только когда продаются вместе. Прости, что говорю грубо, но это правда. Мне очень больно, что ты страдаешь. Но я хочу уберечь тебя от еще худших страданий. Ты мне веришь?

Всхлипывая, Сима кивнула.

— Ну тогда не будь жестокой. Не кружи молодому человеку голову. Пожалей его.

Дочь заплакала еще пуще, но это были рыдания уже иного регистра. В них звучало не тупое девчоночье упрямство, а взрослая скорбь по тому, чему сбыться не суждено.

На что Антония Николаевна была крепка сердцем, и то прослезилась.

Обнялись, немножко поревели. Потом госпожа Чегодаева сказала:

— Я знаю, ты у меня умничка.

А тем временем

А тем временем ни о чем не подозревавший Романов во второй раз допел про мирно спящий городок (правда, уже не с тем пылом и темп под конец немножко ускорил). Хлопали ему, как никогда. Он привык срывать аплодисменты на всякого рода любительских концертах, но сегодня действительно был в ударе и сам это чувствовал. Однако после исчезновения Симочки петь расхотелось, и даже овация вызвала одну лишь досаду.

Упорное невозвращение девушки могло означать только одно. Растаяв от страстного призыва, она ушла в сад и ждет там своего трубадура. Сейчас, наконец, всё решится!

Продолжать выступление Алеша отказался, показав на горло — мол, связкам требуется отдых.

Поклонился, хотел уйти — не тут-то было.

Сначала привязался какой-то господин в пушистой бороде, стал совать карточку. Назвался антрепренером музыкального театра и предложил попробоваться на Эскамильо — для второго состава.

Сказал:

— Всё знаю, вы студент университета. Но, батенька вы мой, этакий талантище в землю зарывать! Вам на сцену нужно. Собинов вон тоже юридический факультет окончил. А теперь какие тысячи зашибает!

— Так то Собинов, — пробормотал Алеша, слегка пятясь к двери.

Не успел отбиться от приставучего антрепренера — налетел дядюшка Жорж.

Хвать за локоть, и на ухо:

— Лешка, выручай, я опять... Тысячи на полторы подсел.

Георгий Степанович был присяжным поверенным по бракоразводным делам и мог бы жить не хуже, чем Лозинский, хозяин сей замечательной дачи. Если б не пагубное пристрастие к игре. Раз в год, по осени, дядя Жорж отправлялся в Висбаден, якобы на воды, на самом же деле не вылезал из казино и всякий раз возвращался совершенным банкротом. Остальную часть года расплачивался по векселям и копил гонорары на новый вояж. Что, впрочем, не мешало ему и в Питере играть по маленькой — он это называл «шпацирничать», от spazieren*.

— В преферанс? На целых полторы тысячи? — изумился Романов. — Вы, дядя, уникум.

— Чего ж ты хочешь? Дважды сгорел на мизере. А сейчас Ланге назначил, при тройной бомбе. Не выловим — игре конец. Я сказал, племянничек за меня посидит, а у меня срочный телефон. Спасай, Лешик. Они тебя не знают.

Как это было некстати!

Но не бросать же человека в беде. В конце концов Алеша у дяди уже третий год нахлебничал, с тех пор, как поступил в университет. Долг платежом красен.

Подошли к зеленому столу, за которым сидели трое партнеров Георгия Степановича.

* Прогуливаться (*нем.*)

— Вот он, мой суррогат. Алексей Парисович, тоже Романов, дорогой племянник. Вы его, господа, не обижайте, он еще птенец.

Всех познакомил и с деловитым видом убежал.

Партнеры, люди всё солидные, заядлые преферансисты, осмотрели Алешу и остались довольны. Застенчивый румянец, чистый лоб, наивный взгляд.

— Правила-то, Алексей Борисович, знаете? — поинтересовался господин Ланге. Судя по тому, что при виде зеленого юнца он заметно повеселел, мизер был не стопроцентный, с дыркой.

— Более или менее. Я не «Борисович», а «Парисович». Дед преподавал в гимназии греческий и латынь, вот и придумал имечко, — с привычной улыбкой поправил студент, раскрывая дядины карты. — Меня можно без отчества. Просто «Алексей».

Хм, а расклад-то интересный...

Господин напротив (чего-то там на «штейн», врач) спасовал.

— Вист, — сказал Алеша. Посмотрел карты партнера. Слегка наморщил лоб. — Э-э, да вы, господин Ланге, любите риск. А если вот так?

Зашел с восьмерки треф.

Ланге мучительно задумался. Сбросил семерку.

— Опрометчиво. — Студент поднял на него лучистые глаза. — Тогда берем вот эту и вот эту, а остальные, извините, ваши.

Сраженный трефовой девяткой, Ланге побледнел. А Романов уже вскочил.

— Господа, прошу извинить. Совсем забыл, у меня срочное дело. Дядя сейчас вернется.

Штейн (Гольдштейн, Зильберштейн — что-то в этом роде) шутливо воскликнул:

— Что у вас за семейство — всё торопитесь!

Третий партнер, известный остроумец и либерал адвокат Локтев, поднес палец к губам:

— О семействе Романовых или хорошо, или ничего!

Остальные засмеялись. Алеша вежливо улыбнулся. К шуткам по поводу своей фамилии он привык.

Удерживать студента никто не стал. Лучше уж было сражаться с Георгием Степановичем.

Наконец-то Алеша был свободен.

Симу он нашел в саду, как и надеялся. Она стояла, прислонившись спиной к стволу дуба. Глаза мерцали в полумраке, будто две звезды (во всяком случае, именно такое сравнение пришло в голову влюбленному). Подойдя ближе, он понял причину этого чарующего феномена: оказывается, то блестели слезы. До чего же поэтичным должно быть сердце, способное так чувствовать музыку!

Качнувшись навстречу Алеше, девушка посмотрела на освещенные окна и повлекла молодого человека

«Помнишь ли лѣто, подъ бѣлой акаціей
слушали пѣснь соловья?»

в самый дальний угол сада, весь заросший деревьями и кустами.

Поцелуй в губы... или *больше*? Вот единственное, о чем думал сейчас Романов. До сих пор ему удалось поцеловать Симу всего два с половиной раза, и то неубедительно: в щеку, в подбородок и в угол рта, по касательной.

Дойдя до самого забора, она обернулась. Остановила его, уже готового заключить ее в объятья, движением руки.

— Я должна вам кое-что сказать... Это важно.

И умолкла. Как же прелестно дрожали у нее губы!

Он опять к ней потянулся, но Сима отодвинулась и даже полуотвернулась.

— Какие недобрые сумерки... — Она зябко поежилась. — Помните?

> «С слияньем дня и мглы ночной
> Бывают странные мгновенья,
> Когда слетают в мир земной
> Из мира тайного виденья...»

Алеша не помнил, но предположил, что это Блок или Брюсов (Сима всегда цитировала Блока или Брюсова).

В третий раз он попробовал ее обнять, и опять она отшатнулась.

— Нет, нет, нет... Послушайте! Как дышит ночь!

Он послушал. Ночь дышала сладострастьем — в буквальном смысле. Что-то в ней вздыхало, охало и даже похрипывало. Или это ему померещилось? Алеша и сам немного задыхался.

Однако в четвертый раз быть отвергнутым не хотелось. Взяв себя в руки, он спросил:

— Что вы хотите мне сказать?

— Сейчас... — Симочка никак не могла собраться с духом. — Ах, как кружится голова от аромата сирени! Сорвите мне вон ту ветку. Дотянетесь?

Ветка, самая пышная из всех, была высоковато, но ради Симы он достал бы и луну с небес.

В сущности, можно было подставить пустой ящик (их у забора был целый штабель), но отчего же не продемонстрировать гимнастические способности? Даром что ли Алексей Романов был первым спортсменом своей гимназии, а ныне считался вторым, ну хорошо, пускай третьим, спортсменом всего Санкт-Петербургского императорского университета?

Ловко подтянувшись, он влез на бревенчатый забор. Встал (безо всякой опоры!), балансируя на узком жестяном навершии. Вот она, ветка, за ней еще и нагибаться придется.

Ночь дышала как-то слишком уж страстно. Причем кряхтение доносилось из вполне определенного места — снизу.

Алеша опустил взгляд.

Со стороны улицы под забором копошилась какая-то куча-мала. Вот откуда, оказывается, неслись сипы и хрипы!

— Эй, господа! — крикнул Романов, а, разглядев, что это трое мужчин навалились на четвертого, который отбивается из последних сил, повысил голос. — Трое на одного! Стыдитесь!

Спрыгнул вниз, рывком оттащил самого верхнего. Тот был в картузе, рубахе на выпуск — типичный хулиган из фабричных. А человек, которого били, между прочим, был приличный, в штиблетах с гамашами.

Пролетарий толкнул Романова в грудь, очень сильно и довольно больно. После чего, конечно, пришлось прибегнуть к помощи английского бокса.

Жаль, Сима не видела, какую шикарную плюху (по-спортивному «хук») всадил Романов невеже в ухо. Тот мешком сел на землю.

Второй из хулиганов, приподнявшись, вцепился Алеше в галстук, да еще, сволочь, стал ногами лягаться.

Приличный господин, воспользовавшись неожиданной подмогой, отшвырнул последнего из своих недругов. Но дальше повел себя некрасиво. Даже не подумал придти благородному союзнику на помощь, а дунул со всех ног в сторону — и поминай, как звали.

— Алеша! Алеша! Что с вами? — пищала с той стороны Симочка.

А он и ответить не мог. Закрутили руки, зажали горло.

Вдоль забора бойко хромал усатый офицер, придерживал на боку саблю.

Ну держитесь, скоты, обрадовался Романов. Сейчас вам будет!

Офицер же закричал, обращаясь к одному из хулиганов:

— Взяли? Молодцы!

— Ушел, — сплюнув, ответил самый старый из налетчиков, с противной скуластой физиономией. — Вот, ваше благородие, один воротник в руке остался.

— А это кто?

— Пособник.

Ничего не понимающего Алешу схватили за шиворот крепкие руки в перчатках, тряхнули.

— Кто такой? Немец?

— Русский. А что, собственно...

Не дослушав, офицер замахнулся кулаком, но ударить не ударил.

— У, мразь! Предатель!

И снова вцепился в лацканы, затряс так, что у бедного Алеши совсем помутилось в голове.

— Ваше благородие, гляньте, — сказал Лучников, держа у самых глаз воротничок сбежавшего резидента. — Никак буквы, китайские. Это метка из прачечной. Может, по ней найдем.

— Зачем нам прачечная? — Штабс-ротмистр Козловский справился-таки с нервами, расцепил пальцы. — Этот субчик нам всё расскажет.

Некий дом
на тихой улице

Капитан Йозеф фон Теофельс из Первого (российского) управления Große Generalstab* провел бессонную, очень хлопотную ночь и на квартиру вернулся лишь под утро, весь в синяках и царапинах, с оторванным воротником и висящим на нитках рукавом. Выражение лица у него было рассеянно-задумчивое.

Очень хотелось бы сказать про лицо этого небычного человека что-нибудь столь же неординарное, но, честное слово, нечего. Если было нужно, капитан умел превращаться в писаного красавца. Мог (опять-таки в случае необходимости) оборачиваться серым мышонком.

Есть люди, которых постоянно окликают на улице, потому что они обладают среднестатистической внеш-

---

* Большого генштаба (*нем.*)

ностью и их все время принимают за кого-то другого. Йозефа фон Теофельса (друзья называли его просто «Зепп», а для не-друзей у капитана было множество самых разных имен) частенько не узнавали в толпе даже знакомые. Вот какое это было лицо. Увидишь — через минуту забудешь.

Пока верный Тимо, охая и причитая, отклеивал накладную бороду, а потом смазывал и обрабатывал ссадины, капитан сидел смирно, на вопросы отвечал невпопад. Его мысли витали где-то далеко.

— Говорил ведь, не ходите один, добром это не кончится, — например, проворчал на простонародном швабском диалекте слуга. Росту в нем было два метра, так что над сидящим капитаном он сгибался чуть не пополам.

Зепп ему по-русски, без малейшего акцента:

— Сколько раз повторять, дурень. Даже с глазу на глаз разговаривать только на туземном наречии.

Тимо и заткнулся. Он был удручающе неспособен к иностранным языкам. Что такое «с глазу на глаз» и тем более «туземное наречие», не понял. Но общий смысл уловил. Надо сказать, старина Тимо был вообще мало на что способен. Зато некоторые вещи умел делать просто гениально. Капитан его ни на кого бы не променял. Этот увалень ухаживал за Зеппом с раннего детства, а предки Тимо прослужили в родовом замке Теофельсов, наверное, лет пятьсот.

* * *

Потом, весь намазанный зеленкой, жилец кормил птичек. Попугай Ники и ворона Аликс жили в двух роскошных клетках, висевших по ту сторону окна на основательных стальных тросиках, закрепленных под верхним наличником — даже злой балтийский ветер не сорвет.

— Здравствуйте, ваши величества, — поклонился птицам фон Теофельс и тр-р-р-р — провел ногтем по железным прутьям.

— Рррросия уррра! — бодро откликнулся попугай. Аликс просто сказала:

— Каррр!

По профессиональной привычке пробежав взглядом по улице и окнам напротив, Зепп остался вполне доволен. Ничего подозрительного.

Улица была тихая. Этаж третий. Над ним еще четвертый, оттуда раздавались неуверенные фортепианные гаммы. Там квартировал учитель музыки.

— Ходиль-ходиль, ночь пропадаль, я не шпаль, — не выдержал долгого молчания слуга. — Лицо битый, ein blauer Fleck.

— Синяк, — подсказал господин.

— Зиняк. Пришель — пустая рука.

— С пустыми руками.

— Кто лицо побиваль?

Зепп изобразил под носом тараканьи усищи:

«Всѣ пташки-канарейки,
Всѣ жалобно поютъ,
А намъ съ тобой, другъ милый,
разлуку придаютъ»

— Какие-то господа из контрразведки. Князь Тараканов. Черт с ним, не в нем дело. Где спрятал папку наш футболист? Вот в чем вопрос. — Он забарабанил пальцами по раме. — Вынес из секретной части, но не с территории. Где же, спрашивается, папка? Крестик, что за крестик? Хм, ребус.

Он еще долго ходил по комнате — то молча, то снова принимаясь бормотать:

— Ребус, ребус... Из секретной части вынес... С территории не вынес... «Сами пойдете — сами найдете — сами возьмете»...

Тимо, не привыкший сидеть без дела, сортировал на столе принесенное из прачечной белье. Здоровенные костлявые ручищи сноровисто раскладывали сорочки к сорочкам, простыни к простыням.

Вдруг Зепп остановился и показал пальцем на крошечный лоскуток, пришитый к уголку наволочки.

— Это еще что? Вон то, белое?

— Китайский... Нови Wäscherei*... Китайский человек пришиваль. Очень хороший китайский человек. Чистый, аккуратный. Любит порядок.

Выругавшись по матери, капитан разворошил весь сверток. Метки были всюду, даже на носках.

— Тяжело жить с идиотом, — пожаловался Зепп. — Из-за такой ерунды обычно и сгорают! Все спороть к чертовой матери! В эту прачечную больше ни ногой!

* Прачечная (нем.)

— Там остался четыре хороший Laken*.

— Черт с ними.

Расстроенный Тимо засопел, но спорить не осмелился. Он достал странные вязаные гольфы — вместо стопы одна бретелька — и аккуратно скатал трубочкой.

— Ну конечно! — Фон Тефельс с размаху хлопнул себя по лбу. — Одиннадцатое! Эврика!

Наклонился, звонко чмокнул Тимо в щеку. Тот захлопал белесыми глазами. Последний раз Зепп поцеловал своего преданного слугу двадцать пять назад, когда пошел в первый класс гимназии.

В контрразведке

С туденту Романову этой ночью спать тоже не пришлось. Его беспрерывно допрашивали.

Кошмарное недоразумение разрешилось лишь к утру.

— Угу. Угу, — мрачно хмыкал в телефонную трубку хромой штабс-ротмистр, глядя в протокол допроса.

* Простыня (нем.)

На том конце провода надзиратель околотка, где был прописан Алексей Парисович Романов, сообщал сведения об арестанте. Всё совпадало. Сын личного почетного гражданина, уроженец Санкт-Петербургской губернии, православного вероисповедания, студент физико-математического факультета, под надзором не состоит, временно жительствует у родного дяди, присяжного поверенного Г.С. Романова.

Собственно, и так было ясно, что мальчишка не при чем. Провал случился из-за нелепого стечения обстоятельств.

Лучников-то давно все раскумекал. Штабс-ротмистр еще на что-то надеялся — стучал по столу кулаком, задавал каверзные вопросы, а старший филер, даром что при задержании получил от студента по уху, уже заварил ему крепкого чаю и выдал пару баранок из своих запасов.

Теперь физико-математический кретин сидел напротив Козловского и с оскорбленным видом пил второй стакан.

Чтоб сбить с сосунка спесь, князь объяснил: по вашей вине провалена операция важнейшего государственного значения, упущен опасный шпион. А когда студент осознал свою вину и виновато заморгал густыми девичьими ресницами, штабс-ротмистр презрительно указал ему на дверь:

— Катитесь отсюда, рыцарь печального образа! Защитник униженных и оскорбленных! Сколько времени зря потрачено!

Мальчишка встал и снова сел.

— Господин офицер, но я не знал, что эти господа — агенты контрразведки, а тот человек — шпион! Вижу, трое бьют одного! Как бы вы сами поступили на моем месте?

— Сначала спросил бы.

— Я и спросил! Эй, говорю, вы что? А он меня кулаком в грудь!

Что было толку с ним препираться? В сущности, Романов не виноват. Это штабс-ротмистру судьба подгадила. Невзлюбила она за что-то лейб-кирасира. Как говорится, то по морде влепит, то по харе, а то физию расквасит.

— Брысь отсюда! — рявкнул князь. — Глаза б мои вас...

Зазвонил аппарат — черный, для связи с начальством.

— Ну что, Козловский? — спросил его превосходительство.

Прибыл, стало быть. Поспал ночь в мягкой кроватке, скушал завтрак и к половине десятого, как положено, явился на службу. Сейчас будет кофей пить.

«Князь, разсказъ длинный свой
Ты напрасно мнѣ рёкъ!»

Ну, штабс-ротмистр его и порадовал. Резидент ушел, Рябцев убит, и это еще цветочки. Самое скверное, что предатель сделал список с Генерального плана развертывания. Где находится копия, неизвестно.

Пока генерал кричал и ругался, Козловский зажег папиросу. Пускал колечки дыма, смотрел в потолок. Иногда говорил в трубку:

— Так точно, сознаю... Никак нет, не надеюсь... А это как прикажете.

В паузе, когда его превосходительство после очередного риторического вопрошания задохнулся от чувств, штабс-ротмистр вставил то, что собирался:

— Глубину ответственности понимаю. Чего я *не* понимаю — с какой стати план развертывания оказался в Царском Селе, в штабе Гвардейского корпуса?

Начальник, похоже, первый пар уже выпустил. При такой комплекции долго гневаться трудно. Во всяком случае, ответил уже без ора:

— Его императорское высочество великий князь Николай Николаевич с началом военных действий становится главнокомандующим. Такое решение принято еще весной.

Тогда понятно. Никник (как называли гвардейцы своего шефа) — мужчина обстоятельный. Затребовал документ, чтобы как следует подготовиться. Выходит, наши стратеги войну предвидели и до выстрела в Сараеве? Ладно, не нашего ума дело.

Козловский решил, что можно переходить к делу. Эмоциональная часть окончена.

По-прежнему разглядывая потолочную лепнину, он доложил о проведенной работе.

— Рябцев сказал (я сам слышал), что папку с планом он вынес из секретной части и спрятал в тайнике на территории штаба. С двух часов ночи до девяти утра мои люди произвели там предварительный осмотр. Потом пришлось прекратить, потому что на службу начали прибывать сотрудники. Да и всё равно, как его найдешь, этот тайник? Сами знаете, ваше превосходительство, там в ограде добрая сотня десятин. Чего только нет: штабные корпуса, гаражи, конюшни, плац, оранжереи, спортивный клуб... Я про клуб упоминаю, потому что в агентурной сводке на Рябцева написано: спортсмэн, гол-ки-пер футбольной команды.

Начальник переспросил про незнакомое слово.

— Голкипер? Понятия не имею, — пожал плечами Козловский. — Должность какая-нибудь. Выясним.

И вдруг слышит:

— Господин офицер, я знаю. Голкипер — это игрок, который в футболе «гол» защищает. Ну, на воротах стоит. Я сам на первом курсе...

Рассматривая потолок и сконцентрировавшись на тяжелом разговоре, про студента Козловский совсем запамятовал.

Замахал на мальчишку рукой: уйди, уйди, не до тебя.

В дверь бесшумно проскользнул отлучавшийся Пантелей Иванович, успокоительно кивнул. Очень вовремя!

— Кое-что, правда, зацепили, — сказал штабс-ротмистр начальству. — Может, и найдем герра резидента. Люди работают.

В общем, закончил разговор на ноте сдержанного оптимизма.

Студент все топтался у дверей, не уходил.

— Простите, господин офицер, а что такое «Генеральный план развертывания»?

У Лучникова на лице появилось вопросительное, даже недоверчивое выражение. Смысл этой гримасы был для князя нелестен: неужто, ваше благородие, вы при постороннем вели такие разговоры?

Прав был фельдфебель, безусловно прав.

Но про план развертывания Романову объяснить все-таки следовало. Иначе, не дай Бог, начнет расспрашивать знакомых, всяких встречных-поперечных.

Едва сдерживаясь, Козловский проскрипел:

— Это документ огромной важности. В нем изложен весь порядок предполагаемых действий против Германии. И благодаря вашей дурости этот план теперь может оказаться у немцев. Понимаете, что вы натворили? По крайней мере, хоть держите язык за зубами! Вашему слову можно верить?

Вид у студента сделался совсем убитый.

— Господи! Я очень виноват. Господин штабс-ротмистр, позвольте мне как-то исправить... Давайте я буду вам помогать. Я бесплатно, из одного патриотизма. Вы, может быть, думаете, я ни на что не годен? Я на велосипеде езжу, боксирую. Кстати, и в футбол играю. То есть раньше играл, хавбеком в университетской команде.

Сердиться на него Козловский больше не стал. Лишь устало попросил:

— Послушайте, хавбек, уйдите, а?

Мальчик продолжал лепетать чушь:

— Я сообразительный. У нас на факультете был чемпионат по разгадыванию ребусов, так я первое место занял...

— Марш отсюда!!! — гаркнул тогда князь страшным голосом. — Ребусы, тттвою мать!

Студента Романова за дверь вынесло будто ураганом.

— Значитца так, — доложил тогда Лучников. — В Питере двенадцать китайских прачечных и еще три в пригородах. В каждую послал по толковому человечку. — Он потрогал красное, распухшее ухо и усмехнулся. — А крепко вкатал мне боксер этот сопливый. До сих пор башка гудит.

С име Чегодаевой жить на свете было трудно, но интересно. С одной стороны, она ужасно страдала. С другой — летала, как на крыльях. Оказывается, так тоже бывает.

Страдала она, потому что жалела Алешу. Вчера так и не успела исполнить свое намерение: провести сцену расставания нежно, но твердо. Алеша милый и хорош собой, но невероятно инфантильный. Спрыгнул с забора, ввязался в какую-то драку, и его забрали в полицию. Мама, как всегда, права: это не вариант.

Сегодня прибавился новый повод для терзаний — неспокойная совесть. Ведь формально с Алешей она не порвала. Поцелуи, пускай коротенькие, все-таки были, а это очень серьезно. Между тем нынче случилось нечто чрезвычайно важное.

Мама, как и собиралась, повезла Симу в Павловское и познакомила с племянником Анфисы Сергеевны, тем самым *существенным вариантом*, о котором дочка давеча и слушать не захотела.

Но штука в том, что «вариант», действительно, оказался очень, то есть даже в высшей степени существенным.

Единственное, немножко староват, лет тридцати пяти. Но красив, статен, в прекрасно сидящем мундире и брюнет. Мама сказала, что Мишель занимает какую-то чудесную должность в интендантстве и вообще «твердо стоит на ногах».

Сначала Симочка, конечно, на племянника и смотреть не хотела, хоть и приметила, что он пожирает ее взглядом. Но после обеда они подружились. Мишель оказался ужасно славный. Рассказывал еврейские и грузинские анекдоты, так что рассмешил до слез. Потом учил стрелять из револьвера. А самое лучшее началось, когда он повез ее кататься на собственном автомобиле «форд» и даже дал подержаться за руль.

За весь день Сима ни разу не вспомнила об Алеше, а ведь еще накануне была уверена, что влюблена до конца жизни.

Всё это было нехорошо, непорядочно.

По дороге домой она твердо решила, что сегодня же с ним объяснится, и тогда будет принимать ухаживания великолепного Мишеля с абсолютно чистой совестью.

Спросила у горничной Степаниды, телефонировал ли Алексей Парисович. (И телефон, и горничная стоили очень недешево, но Антония Николаевна тратилась, потому что без этих атрибутов приличного дома не бывает.) Вопрос был риторический — Алеша звонил по четыре-пять раз на дню.

Каково же было изумление Симы, когда Стеша ответила отрицательно.

Тут к угрызениям совести прибавилась тревога. Неужто не выпустили из околотка или куда там его забрали? Не может быть!

Она сама протелефонировала на квартиру Алешиному дяде. Тот успокоил: мол, всё в порядке, оболтус провел ночь в узилище, но утром вернулся и сидит у себя в комнате. Наверное, занимается.

Очень всё это было странно.

— Подозвать?

— Да.

Сима набрала в грудь побольше воздуха и приготовилась к тяжкому разговору.

Главное успеть сказать: «Алеша, только не перебивайте. Нам больше не нужно видеться. Я не могу любить вас так, как вы того заслуживаете. Прощайте навсегда».

И не втягиваться в выяснение отношений. Дать отбой, а будет звонить — не снимать трубку. Когда узнает про Мишеля, сам всё поймет.

— Сима? — Голос у Алеши был необычный, какой-то взвинченный.

— Алеша, только не перебивайте. Нам больше не нужно...

Но он ее перебил:

— Вы чудо! Вы как ньютоново яблоко!

— В каком смысле? — удивилась Симочка.

— Я целый день бьюсь над одной шарадой, не могу найти решения. Вдруг дядя: «Иди к телефону, звонит царица твоей души». И меня как ударило! В Царское нужно ехать! На месте, возможно, что-то прояснится!

Она нахмурилась. Совсем ребенок, честное слово. Какая еще шарада?

— Мне нужно вам сказать что-то важное. Шарада подождет.

— Да это не в том смысле шарада! Дело громадного, титанического значения. Простите, у меня сейчас нет времени разговаривать, я спешу на вокзал. После, после!

Чтоб у него не было на нее времени? Что-то невиданное и неслыханное!

С одной стороны, Сима почувствовала себя уязвленной. С другой, хотелось покончить с неприятным делом. Ну и еще, конечно, стало любопытно.

Мама, успокоенная удачной поездкой в Павловское, сочла возможным оставить дочку одну, поехала пить чай к подруге. Сима была вольна действовать по собственному усмотрению.

— Разговор срочный, — сказала она тоном, не допускающим препирательств. — Много времени это не займет. Вам нужно в Царское? Отлично. Встретимся через полчаса на вокзале.

* * *

Однако разговора не получилось и на Царскосельском вокзале. Алеша вел себя странно. Говорил непонятно — то слишком громко, то чересчур тихо. Глаза горят, на лице возбужденный румянец. Красивый он все-таки, вздохнула Сима, не очень-то вникая в его сбивчивый рассказ (какая-то малоинтересная история про военные секреты). Следовало признать, что Алеша обладает важным, редко встречающимся у мужчин свойством: так носить всякую одежду, даже потрепанный летний пиджачок из мятой чесучи, будто она сшита на заказ лучшим портным. Алексей Романов проигрывал Мишелю по большинству пунктов, но не по всем. Особенно хороши у него руки, с длинными и сильными пальцами пианиста, с изящно очерченными ногтями. Как тут не вспомнить гоголевскую Агафью Тихоновну! Если б к состоянию, автомобилю и душистым усам Мишеля прибавить лицо, ресницы и руки Алеши, да не позабыть про дивный баритон...

В общем, то, что было нетрудно произнести по телефону, теперь, глаза в глаза, никак не шло на язык. К тому же до поезда оставалось всего пять минут.

Отчего не прокатиться приятным летним вечером до Царского Села, сказала себе Сима. Полчаса на разговор вполне хватит, а потом можно тем же поездом вернуться. Она представила, как будет ехать назад одна, утирая слезы, с чувством горечи и выполненного долга. Словно Татьяна Ларина, которая предпочла внешне привлекательному, но безответственному Онегину тоже вполне привлекательного, но ответственного князя Гремина.

Вдруг, в потоке сбивчивого шепота, Симочка расслышала нечто в высшей степени интересное:

— ...Я дал честное слово, что буду молчать. Но вы — единственный человек, от которого у меня нет и не может быть секретов.

Она навострила ушки, он придвинулся вплотную (поезд уже тронулся, и вокруг все лязгало, грохотало). Сима слушала внимательно, чувствуя, что начинает кружиться голова. Вероятно, от масштабности «шарады». А может, оттого, что Алешино дыхание согревало ей щеку.

— Ах да, — спохватился он. — Вы ведь тоже хотели сообщить мне что-то важное?

— Это подождет. Сначала интересы отчизны, — ответила Сима.

Вечер был чудесный. Мягкий такой, светлый.

Они долго прогуливались вдоль длинной ограды гвардейского штаба. Публики на аллее было множество. Где-то играл духовой оркестр, по краю дорожки раскатывали белоснежные велосипедисты, неспешно проезжали верховые: дамы в амазонках, мужчины в цилиндрах и рединготах. Ах, если б вся российская

«Вотъ мчится тройка почтовая
по Волгѣ-матушкѣ зимой»

жизнь была столь же цивилизованна, как вечернее гуляние в Царском Селе, подумалось Симе.

Разгадка страшной тайны государственного значения оказалась делом малоувлекательным. По большей части Симочка была предоставлена самой себе. Стояла и ждала, пока ее спутник рыскал по кустам вдоль ограды. То замрет у железных прутьев, что-то высматривая, то сорвется с места. Чуть не ежеминутно яростно тер виски, отчего растрепалась прическа, и это Алеше очень шло. С одной стороны, стало еще заметней, как он зелен и несолиден. С другой, очень точно сказано у Брюсова:

> Что же мне делать, когда не пресыщен
> Я — этой жизнью хмельной!
> Что же мне делать, когда не пресыщен
> Я — вечно юной весной!

Пожалуй, если бы Алеша сейчас обнял ее и поцеловал, у Симочки не достало бы твердости устоять перед соблазном.

Словно подслушав ее мысли, он вдруг вынырнул из кустов и потянул за собой, в заросли.

Вся порозовев, Сима шла за ним.

— Это же очень просто! — воскликнул Алеша. — Ночью, когда темно, можно перелезть на ту сторону в любом месте, где кусты подступают к самой ограде. Хотя бы вот здесь! Предположим, изменник закопал папку где-то с той стороны. Шпион выкопает и тем же манером выберется наружу. Только и всего! Знаете, как этому воспрепятствовать?

Она покачала головой.

— Раз нашим неизвестно, где находится тайник, нужно расставить часовых по всему периметру. Сколько понадобится — рота, две. Хоть батальон! Через ворота-то немец на территорию не проникнет! Надо сказать об этом Козловскому.

Схватил Симу за руку и потащил обратно на аллею. Выскочили на дорожку так стремительно, что чуть не угодили под колеса целого эскадрона велосипедистов, все усатые, в одинаковых костюмах и кепи.

Проехав вперед с полсотни шагов, кавалькада дружно повернула налево и гуськом въехала в небольшие ворота, у которых дежурил постовой. Он лихо взял под козырек.

— Смотрите, тут еще один вход! — вскричал Алеша. — Идемте же!

Он побежал к воротам. Сима вздохнула, пошла следом. Ну ребенок, просто ребенок.

Караульный преградил Романову путь.

— Без пропуска не положено.

— А как же те господа? — Он показал на удаляющихся велосипедистов.

— То офицера́, с Клуба.

Только теперь Алеша обратил внимание на черную вывеску с золотыми буквами.

ГВАРДЕЙСКІЙ СПОРТИВНЫЙ КЛУБЪ

Рядом, на отдельном щите, всякие афиши, объявления, расписания.

Встал у решетки, стал смотреть.

Вон лужайка для игры в крокет. Поодаль корты для лаун-тенниса, там быстро передвигаются фигурки в белом.

Прошел еще дальше, увидел футбольное поле. Там шла тренировка, слышались громкие голоса спортсменов.

Сима встала рядом, неодобрительно поглядела на голые колени снующих взад-вперед мужчин. Интересно, подумала она, у Алеши тоже ноги заросли волосами? Вряд ли. Вот у Мишеля наверняка. И «существенный вариант» стал в ее глазах чуточку менее существенным.

Люди на поле вели себя странно. Сначала гонялись друг за дружкой по полю, крича и толкаясь. Потом один, в черной фуфайке и перчатках, встал под деревянной скобой, с одной стороны затянутой сетью, а остальные по очереди стали целить в него мячом, причем не кидали, а били ногой. Попасть было нелегко.

Мяч все время пролетал мимо господина в фуфайке, хоть тот, казалось, и пытался сам подставиться под удар.

— Господа, я не виноват! — наконец завопил он, швыряя кепи о землю. — Я же не голкипер! Где этот чертов Рябцев?

— Господин полковник сказал, что Рябцев больше играть не будет, — строго ответил высокий шатен с эспаньолкой. — Учитесь стоять на воротах, граф. До одиннадцатого остается всего неделя.

Он разбежался, ударил по мячу, но граф ловко расставил руки, и мяч пролетел прямо между ними.

Симе прискучило смотреть, как серьезные люди занимаются чушью.

— Что вы застыли? — сказала она. — Пойдемте.

Алеша повернулся к ней. Глаза у него были широко раскрыты, будто он увидел некое чудесное видение.

— Афиша! — прошептал он. — Мэтч! Ну конечно же!

И опять припустил бегом, только в обратном направлении.

Закатив глаза к небу, Симочка побрела назад к воротам. И все-таки Мишель, думала она. Тут не может быть двух мнений.

Что там разглядывает этот сумасброд, так нелепо размахивая руками?

Большая афиша. На ней крупно напечатано:

11 іюля 1914 г.

въ полдень

MATCH

между

Гвардейской футбольной командой

(Царское Село)

и

«Немецкимъ спортивнымъ клубомъ»

(С.-Петербургъ)

Свободный доступъ публики

Четвертью часа позднее

рачечную, где бородатый резидент стирал свои воротнички, отыскали лишь к вечеру. Лучников сел на разъездное авто, понесся к китайцам. Штабс-ротмистр объявил экстренный сбор всей арес-

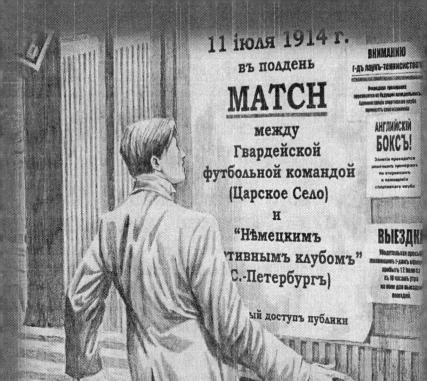

тной команды, сам же ждал у телефона. Чтоб не томиться без дела, читал последнюю сводку о балканских событиях, доставленную из канцелярии генерал-квартирмейстера.

Источник из Вены сообщал шифрограммой, что члены сербской тайной организации «Черная рука», устроившей покушение на эрцгерцога, дают на допросах ужасающие показания. Выяснено, что террористическую акцию лично подготовил полковник Драгутин Димитриевич, начальник разведочного отдела сербского генштаба. Даже если он действовал не по указанию правительства, а по собственной инициативе, это мало что меняет.

Ох братья славяне, покачал головой Козловский. Дорого же России обойдется покровительство над вами. Провалились бы вы в тартарары с вашей местечковой спесью и неуемными амбициями. До сих пор еще оставалась микроскопическая надежда, что как-нибудь обойдется без большой войны. Ныне же всем чаяниям конец. Австро-Венгрия нападет на Сербию, Россия заступится за братьев по вере, Германия, в свою очередь, заступится за *своих* братьев. И пойдет-поедет. Бабка за дедку, внучка за бабку, жучка за внучку... Не успокоятся, пока всю репку-Европу из Земли не выдернут.

Звонок!

Дернувшись, штабс-ротмистр схватил трубку.

— Козловский у аппарата!

— Вас добивается некий студент Романов, — сказал оператор. — Добавочного не знает, но говорит, дело сверхсрочное.

Какого еще черта?

— Если будет другой звонок, соедините немедленно, отключив Романова, — велел князь.

Мальчишка был сильно взолнован. Судя по шорохам в трубке, говорил, прикрывшись ладонью.

— Я звоню из летнего кафе «Ротонда», в Царском Селе! Я был возле Гвардейского штаба! Там афиша! Я всё понял! Шпион проникнет на территорию 11 июля, во время мэтча!

— При чем здесь «мэтч»? Какой еще «мэтч»?

Что-то Лучников тянет. Девятый час уже. Не может телефон найти? Так приехал бы, прачечная возле Новокаменного моста, не столь далеко.

— Футбольный, футбольный! — нес белиберду студент. — 11 июля гвардейская команда принимает у себя Немецкий клуб!

— Какой-какой?

— Немецкий. Это спортивное общество немецко-подданных, которые жительствуют в Петербурге. У них сильнейшая футбольная команда. Раз за разом кубок берут.

Козловский рассердился.

— Что вы мне голову морочите своим футболом! Какое это имеет отношение к папке?

— Прямое! Вы сами говорили: из секретной части он документы вынес, а с территории нет. Так? Гвардейский спортивный клуб находится на территории штаба. Так? Поручик там часто бывал, он ведь голкипер. Так? В обычное время в клуб посторонние попасть не могут, нужен пропуск. Но одиннадцатого ворота откроют для публики. Само собой, для немецких футболистов тоже. Они наверняка будут переодеваться в клубе, где ж еще? Понимаете?

— И что вы предлагаете? — недоверчиво спросил штабс-ротмистр.

— Во-первых, приглядеться к немецкой команде. Очень возможно, что бородатый — один из игроков. Во-вторых, надо поместить своего человека в нашу команду. Там на щите объявлений, пониже афиши, написано, что накануне мэтча в Немецком клубе будет совместный товарищеский ужин. Ну, а если бородатого среди немцев не обнаружится, устроим в клубе засаду в день игры, и возьмем шпиона прямо с папкой!

— Я вижу, вы уже изъясняетесь в первом лице множественного числа, — съязвил Козловский, глядя на часы.

Было три минуты десятого.

Голос студента стал вкрадчивым:

— Я, между прочим, на первом курсе увлекался футболом. Потом надоело, бросил. Но ради отечества готов снова поиграть. Был хавбеком, но могу попробовать и голкипером...

На линии щелкнуло. Вместо звонкого тенорка раздался глуховатый, с развальцой бас:

— Ваше благородие, я из прачечной. У них тут на широкую ногу, целый взвод узкоглазых стирает-парит-утюжит. Даже телефон есть. Со мной хозяин, господин Лю. Меточку признал, нашел по книге адрес. Предтеченская улица, дом 5. Фамилию вот только не разберу. Может вы поймете? Ну-ка, ходя, скажи господину начальнику.

В трубке заскрипело, потом сладкий певучий голос пропел:

— Здластвуй, натяльника! Сяо-мита.

— Что?

Козловский сильно, до боли прижал раструб к уху.

— Сяомито. Гаспадина Сяомито. Холосая гаспадина, много-много стилай.

«Господин Шмит», что ли? Неважно. Главное, есть адрес.

Ну, эскадрон, шашки наголо! Марш-марш!

На Предтеченской, 5

Хорошо в Питере летом. Одиннадцатый час вечера, а светло, — заметил фон Теофельс, прикладывая к газетному листу картонную трафаретку с вырезанными квадратиками.

Немножко поколдовал, подвигал туда-сюда и стал переписывать на бумажку буковки, проглядывавшие сквозь дырки.

Тимо, в фартуке и белых нарукавниках, убирал со стола. На ужин он подал нежнейшую отварную спаржу в ветчинных завертышах и фрикасе из кролика под винным соусом — пальчики оближешь.

Над замечанием относительно петербургского лета Тимо задумался. Сказал:

— Да, кароший Stromeinsparung*.

Пока Зепп раскодировал послание (это заняло минут пять), слуга поменял скатерть и поставил принадлежности для бритья. Капитан имел обыкновение бриться два раза в день, утром и вечером.

---

* Экономия электричества (*нем.*)

— Ёлки-моталки, — озадаченно пробурчал фон Тео-фельс, уставившись на бумажку.

Текст получился такой: «Готовность 20». Что «готовность двадцать»? К двадцатому июля? Именно в этот день начнется война? Однако по расчету Зеппа выходило, что до мобилизации пройдет еще дней десять. Пока Вена предъявит Белграду ультиматум, пока будут соблюдены все дипломатические приличия, пока кузен Вилли и кузен Ники обменяются телеграммами... На всю эту чехарду уйдет недели две, вряд ли меньше. Сегодня-то по-европейски уже пятнадцатое. Может, начальство имеет в виду русский календарь? Да нет, маловероятно.

Вернее всего, «20» — это какое-то условное обозначение. Очередной код, который берлинские горе-стратеги разработали для заграничной резидентуры, а вовремя прислать не удосужились. (Мнения о своем начальстве Зепп был невысокого — как, впрочем, разведчики-нелегалы всех времен и народов.)

В любом случае шифровка, спрятанная в рекламе газеты «Копейка», касательства к капитану не имела. У него было задание особой, можно сказать, исторической важности.

Как только в руках окажется план развертывания, немедленно в Берлин. Жаль, до матча еще целых девять дней.

Из раздумий капитана вывел тихий возглас слуги.

Тимо стоял у окна, смотрел наружу.

— Alarm*! Человек стоять, ничего не делать, только смотреть. Уже несколько минута.

Зепп приблизился, выглянул из-за шторы.

Действительно. Какой-то очкастый в светлом балахоне, мятая фуражка надвинута на глаза.

Только капитан собрался взять с полки бинокль, как подозрительный мужчина выскочил на середину мостовой и замахал руками.

К дому грохоча подкатила ломовая телега. В ней, болтая ногами, сидели четверо грузчиков. Очкастый о чем-то с ними потолковал, и все пятеро, прихватив длинные брезентовые лямки, вошли в подъезд.

— К кому бы это? — лениво произнес Зепп. — Что-то поздновато.

Тимо молча достал из-под фартука большой, вытертый до блеска револьвер. С неожиданной для такого голема мягкостью скользнул в коридор.

Позевывая, фон Теофельс отворил окно, посюсюкал с птицами, оставаясь при этом в тени занавески.

Вернулся Тимо. Без револьвера в руке.

— Он више ходиль. Четыре этаж. Abblasen.

— Не abblasen, а «отбой», — поправил капитан. — Дурачок, а ты подумал, это нас арестовывать идут? Брезентовыми лямками руки-ноги вязать? Ладно, подавай бриться.

---

* Тревога! *(нем.)*

Четвертью часа ранее

Номер пять по Предтеченской улице был дом как дом, ничего приметного. Четырехэтажный, облупленный, серо-желтого цвета, внизу ломбардная контора.

Штабс-ротмистр устроился в темной подворотне напротив. Из людей с ним был один Лучников — в очках, в надвинутой на лоб фуражке, чтоб резидент раньше времени не опознал. Пантелею Ивановичу предстояло лично руководить захватом. Прочие агенты пока были рассредоточены по окрестным дворам и улицам.

— Вон энти ихние, с клетками, — показал на окна дворник. — Очень пташек обожают.

— Значит, Шмидт живет на третьем? — уточнил штабс-ротмистр, наводя бинокль.

Занавески в цветочек. В одной клетке попугай. В другой ворона. Эксцентрично. Вообще-то разведчику не рекомендуется оригинальничать.

«Вотъ эта улица, вотъ этотъ домъ,
Вотъ эта барышня, что я влюбленъ»

Дворник на все вопросы отвечал не сразу, а после вдумчивой паузы — показывал, что сознает ответственность.

— ...И Шмидт там проживают, и хозяин ихний.

— Какой еще хозяин?

— Ну как же, Фердыщенко Иван Иваныч, очень приличный господин, по торговой части. А немец этот, Шмидт, у него в прислугах. Они сейчас обои дома, давеча птичек кормили.

Князь и его помощник переглянулись. Отлично. Значит, обойдется без засады. Прямо сейчас и возьмем.

— Черный ход? — спросил Лучников.

— Нету.

Опять удача.

— Никуда не денется, — уверенно сказал Лучников. — На чердак с третьего этажу не вылезти. Из окошка не сиганешь. Только если в небо улететь, на крыльях. Дозвольте, ваше благородие?

Спрошено было с особой почтительностью. Дело в том, что по дороге меж ними состоялся довольно обидный для князя разговор.

Покашляв и покряхтев, Лучников попросил соизволения узнать, как его благородие намерен действовать.

— Если он на месте, обложим со всех сторон и по команде «Вперед!» — как на штурм Измаила, — бодро ответил Козловский. — Высадим дверь и зацапаем. Чихнуть не успеет.

— Лавр Константинович, — задушевно попросил тогда фельдфебель. — Двадцать семь годков по этой части служу. Может, дозволите мне распорядиться? Не вышло б, как на станции. Сомневаюсь я насчет немца этого. Склизкий, как уклейка.

В первый миг Козловский, конечно, вспыхнул. Но потом вредный для дела гонор в себе пригасил. Операция по аресту опасного шпиона — это не кавалерийская атака. Пускай дело ведет Лучников.

Поэтому сейчас штабс-ротмистр, формально оставаясь начальником, находился в роли наблюдателя.

— Действуй, Пантелей Иваныч. Всё помню. По сигналу бегу наверх с остальными ребятами.

— Как дуну в свисток, не раньше, — все-таки напомнил Лучников. — Очень уж вы, ваше благородие, горячий.

Но чего-то ему все-таки не хватало. Фельдфебель медлил, чесал затылок.

— На четвертом у тебя кто проживает? — спросил он дворника.

— Шандарович, учитель музыки. Голодранец, на чай не допросишься. Замучил роялью своею.

Глаза у Пантелея Ивановича блеснули.

— Голодранец? С роялью? Это хорошо.

Движения Лучникова вдруг стали быстрыми, он явно принял какое-то решение. Пошел во двор, подозвал самых опытных агентов:

— Михалыч, Степа, ко мне. Сашок, Кирюха, вы тоже.

Все четверо были одеты по-простому. В этой непрезентабельной части города картуз и сапоги встречались чаще, чем шляпа и штиблеты.

Козловскому очень хотелось послушать, о чем они там шепчутся, но это означало бы уронить авторитет. Пускай филеры думают, что Лучников выполняет распоряжение командира.

Четверка порысила куда-то вглубь двора. Пантелей Иванович, надвинув фуражку на лоб, вышел на тротуар, встал на виду и проторчал так минут, наверное, с десять.

Потом из-за угла с грохотом выехала ломовая телега, на которой сидели агенты. Остановились у подъезда.

Лучников подошел, еще издали крича:

— Вы где болтались, чертово семя? Время пол-одиннадцатого, а я во сколько велел?

И пошло препирательство, но до штабс-ротмистра долетали лишь отдельные фразы:

— Третий, что ль?

— Сам ты третий, дура! Четвертый!

— Куды четвертый! Сказано: третий!

— Да четвертый, четвертый! Пошли али как?

Занавеска на окне третьего этажа шевельнулась. Козловский быстро вскинул бинокль, но силуэт уже исчез.

Псевдогрузчики с топотом вошли в подъезд.

На верхнем этаже

У двери висело объявление: «А.В.Шандарович. Уроки музыки по умеренным ценам». Нашел где повесить, бестолковый, подумал Лучников. Кто ж полезет на четвертый этаж твою рекламу читать?

Позвонил. Растолковал, в чем дело.

Тупой все-таки народ образованные. Дураку ведь понятно: когда тебе за старый рояль предлагают двести целковых, не задавай лишних вопросов, а говори «премного благодарствую» и ставь свечку своему иудейскому Богу.

Так нет. Перепугался учитель Шандарович, битых двадцать минут уламывать пришлось, на сто вопросов отвечать. Почему так срочно? Почему так много денег? А как же быть с завтрашними уроками?

В конце концов терпение у Пантелея Ивановича лопнуло. Показал удостоверение. Велел сидеть тихо, на лестницу ни в коем случае не высовываться.

Но учитель всё одно ни хрена не понял.

Ребята уж и рояль из квартиры вынесли, а он не отставал:

— Послушайте, я так не могу! Инструмент не стоит столько денег! Как порядочный человек я просто обязан...

Тьфу, интеллигенция. Зла на них не хватает. Пришлось захлопнуть дверь у музыканта перед носом.

Парни, ругаясь и топоча, волокли рояль вниз.

— Ради Бога осторожней! — снова высунулся неугомонный Шандарович. — У инструмента капризный характер. Он не любит, когда...

— Да уйди ты! — шикнул Лучников.

На площадке третьего этажа рояль застрял. Уперся лакированным боком в дверь с табличкой «И.И.ФЕРДЫЩЕНКО» — и ни туда, ни сюда.

— Куда въехали, дубины! — заорал Лучников. — Разворачивай! Да не туда, туда!

Но угол инструмента лишь елозил по кожаной обшивке, издавая противный скрип.

Дверь приоткрылась. В щель поверх стальной цепочки выглянула костлявая лошадиная физиономия. Не резидент. Тот был на полголовы ниже.

— Извиняемся, хозяин, — сказал Лучников. — Застряли малость. Пошире бы открыл чуток.

Лязгнула снимаемая цепочка.

Фельдфебель сунул в карман бутафорские очки. Они больше не нужны, только мешать будут.

— Dummkopf*! Туда, потом туда, — показал верзила. Правая половина его туловища (и, что существенно, правая рука) оставались за створкой двери.

Слуга Шмидт, вот это кто. Понятно.

Лучников подал условный знак — шлепнул ладонью по крышке рояля.

Сашок и Кирюха сидели под инструментом. Схватили немца за щиколотки, дернули. Шмидт грохнулся об пол затылком, а филеры рывком втащили его под рояль, приставили к башке с двух сторон по стволу.

В правой руке у долговязого, точно, оказался длинноствольный «рейхсревольвер», но нажать на спуск оглушенный падением Шмидт не успел.

Первый этап прошел без сучка без задоринки.

Теперь главное — скорость.

Запрыгнуть на крышку рояля (тот загудел всей своей нервной утробой). Соскочить в коридор.

Кричать «За мной!» Михалычу и Степе не нужно. И так не отстанут. А вот дунуть в свисток было самое время.

Из подворотни, прихрамывая и крича «Рррребята, ура!», выбежал штабс-ротмистр. Его быстро обогнала целая свора филеров, с шумом ворвавшаяся в подъезд.

Начался второй этап операции.

---

* Болван (*нем.*)

У зеркала

Мурлыча, Зепп смотрел в зеркало на свою намыленную щеку. Ужасно приятно бриться золингеновской, до микрона отточенной бритвой. Если, конечно, имеешь хороший глазомер и твердую руку. Обжигающее, молниеносное прикосновение стали, потом холодок на освеженной, будто заново родившейся коже. Мудрый человек знает, что жизнь обильна самыми разнообразными наслаждениями, нужно лишь умение находить их в самых простых вещах. Это первый секрет экзистенции. А второй: никогда не переживать из-за того, что еще не случилось, а лишь *может* случиться.

В тот момент, когда Тимо бухнулся на пол, а рояль загудел под каблуками Пантелея Лучникова, капитан фон Теофельс как раз болтал кисточкой в стакане. Поэтому расслышал только какой-то невнятный шум, донесшийся со стороны коридора, а что к чему, не понял.

Буквально в следующую секунду в зеркале, куда всё еще смотрел полунамыленный Зепп, появились трое мужчин с пистолетами. Мужчины были знакомые, не далее как прошлой ночью фон Теофельс уже имел удовольствие общаться с ними самым тесным образом, до сих пор синяки и ссадины ныли.

Первый из знакомцев, скуластый и немолодой, крикнул:

— Ни с места! Выстрелю в ногу!

Угроза была непустая. И весьма неглупая. Сердить скуластого ни в коем случае не следовало.

Второе правило мудрой экзистенции обладало еще вот каким преимуществом: пока беды не стряслось, не психуешь, потому что не из-за чего; а когда она нагрянула, психовать уже поздно. Двойная польза для нервной системы.

Вскинув руки (в правой ходуном ходила сверкающая бритва), Зепп тоже закричал:

— Всё-всё-всё! Сдаюсь!

Скуластый осторожно приблизился.

— Бритовку.

Бритва легла на край тазика с водой.

— У-умничка, — пропел контрразведчик. — Теперь ме-едленно встал.

Остальные двое слегка расслабились. Пистолеты опустили. Главный и вовсе сунул свой в карман. Быстро прошелся пальцами по Зепповым рукавам и подмышкам.

— Обернулся.

Капитан послушно сделал поворот на сто восемьдесят градусов. Его глаза часто моргали, зубы беспокойно покусывали нижнюю губу.

«Эхъ! Охъ! Эхъ! Охъ!
Ой, юшечка, да и съ петрушечкой,
поцѣлуй ты меня, кума-душечка!»

Имитировать страх и растерянность Зепп умел очень убедительно.

Стоило скуластому на миг опустить взгляд, и настало время действовать.

Без размаха (особой силы тут не требовалось, одна только скорость), фон Теофельс воткнул агенту палец в глаз, до упора.

Выдернул. Прямо над согнувшимся в три погибели контрразведчиком вцепился в запястье второго противника, вывернул. Пистолет упал на пол, ударился о ножку стола и выстрелил.

Левая рука Зеппа подхватила с тазика бритву.

Под роялем

Услышав выстрел, Сашок и Кирюха, всё еще державшие немца пришпиленным к полу, разом вскинули головы.

Тогда Тимо рывком высвободил руки (силища у него была, как у орангутанга), снизу взял филеров за подбородки и несколько раз ударил головами о днище рояля — так, что дерево треснуло.

Каждый удар сопровождался величественным, прямо-таки бетховеновским рокотом струн.

Когда оба тела обмякли, Тимо оттолкнулся от рояля руками и на спине въехал в коридор. Поднялся. Без видимого усилия перевернул несчастный инструмент на попа, так что тот перегородил дверь.

Лестница наполнилась шумом и топотом, снизу поднималось много людей. Но Тимо не заинтересовался этим обстоятельством.

Он подобрал свой испытанный «рейхсревольвер» и побежал в комнату. Там тоже было шумно.

Один из агентов лежал на полу, булькая перерезанным горлом. Двое других крутили господину руки, причем у человека в фуражке половина лица была залита кровью, и он всё повторял плачущим голосом: «Гнида, у, гнида!»

Тимо выстрелил два раза.

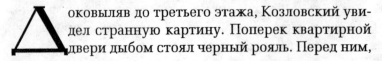

Неожиданная преграда

Доковыляв до третьего этажа, Козловский увидел странную картину. Поперек квартирной двери дыбом стоял черный рояль. Перед ним, толкаясь и мешая друг другу, толпились филеры. Одни двигали лакированную махину влево, другие вправо. Толку от этой суеты был ноль.

— Вправо! Навались! Раз-два! — скомандовал штабс-ротмистр.

Рояль отъехал в сторону, как миленький, и князь первым ринулся в коридор.

За десять секунд до этого

За какие-нибудь десять секунд до того, как штабс-ротмистр ворвался в комнату, там произошло нечто в высшей степени удивительное.

Капитан фон Теофельс и его слуга стояли на подоконнике, держась за птичьи клетки. Зепп — за попугая, Тимо — за ворону.

— Оп-ля! — сказал капитан, и оба шагнули вниз.

Стальные тросики, идущие от клеток вверх, были закреплены на специальных блоках. Но если этого не знать, зрелище выглядело прямо-таки фантастическим: две фигуры в чуть замедленном темпе слетели с третьего этажа на тротуар. Этот диковинный полет сопро-

«О НѢТЪ, МОЛЮ, НЕ УХОДИ!
ВСЯ БОЛЬ НИЧТО ПЕРЕДЪ РАЗЛУКОЙ!»

вождался отчаянным карканьем Аликс и воплями попугая «Уррра, Ррроссия!»

Как раз когда штабс-ротмистр вбежал в комнату, Зепп быстрым движением открыл клетки, сильно их тряхнул.

Две птицы, карнавально-яркая и черно-серая, хлопая крыльями, взлетели вверх — над вывеской ломбарда, над фонарем, над распахнутым окном третьего этажа, где Козловский оцепенело смотрел на три бездыханных тела. Тарканьи усы дрожали, изо рта вырывались судорожные, квохчущие звуки. Плакать бывший лейб-кирасир совсем не умел.

Но скорбеть о павших
было некогда...

Негласный обыск в Спортивном клубе Гвардейского корпуса шел двенадцатый час подряд. Еще до рассвета три бригады (одна под видом полотеров, другая — мойщиков окон, третья — маляров) принялась осматривать само здание, вспомогательные постройки и прилегающую территорию.

Штабс-ротмистр, с красными — и не только от бессонницы — глазами не отлучался ни на минуту. Он переоделся в мундир, потому что мог встретить здесь прежних сослуживцев и маскарад лишь повредил бы. Во взоре князя застыли тоска и безумие. Он не мог ни пить, ни есть, ни сидеть на месте и всё переходил из помещения в помещение.

Их, собственно, было не так много. Салон-гостиная с большим столом для празднования спортивных побед; справа и слева две раздевалки; небольшая комната для почетных гостей; на второй этаж, весь занятый залом для зимних тренировок, вела лестница с огромным портретом государя императора.

За двенадцать часов Козловский успел наизусть выучить надписи на всех фотографиях, наградных чашах и кубках. От курения на пустой желудок болела голова и мутило. Самое паршивое, что ничего маломальски похожего на тайник обнаружить не удалось. С отчаяния штабс-ротмистр велел даже заглянуть под настил скаковой конюшни и проверить щупом землю на клумбах.

Увы.

Дополнительное неудобство создавали господа спортсмены. Некоторые ловкачи умудрились уже с полудня перекочевать с места службы в клуб, где сменили мундир на теннисный костюм, или рубашку-джерси и брюки-гольф. Козловский смотрел на лоботрясов тяжелым, осуждающим взглядом. Скоро заговорят пушки, а они ерундой занимаются. Да еще под ногами путаются, работать мешают.

Одно из окон в гостиной усердно, но не очень умело надраивал молодой мойщик в старой гимнастерке. На стекло он почти не смотрел, всё вертел головой по сторонам.

— Послушал я вас, Романов, — с горечью процедил штабс-ротмистр, подойдя к подоконнику. — Ничего нет. Спрятать план развертывания в раздевалке или гимнастическом зале? Бред! Я тоже хорош, идиот. Ухватился за соломинку.

Он отмахнулся от начавшего оправдываться студента и отошел.

Алеша бросился вдогонку.

— Лавр Константинович! А в матах смотрели? Там в зале такие кожаные тюфяки...

— Навязался на мою голову, — не слушая, бормотал князь. — Господи, научи, вразуми!

Вошел в раздевалку, что справа от входа. Вдоль стен там стояли номерные ящички. Каждый досконально осмотрен, а тот, что закреплен за покойным Рябцевым, даже разобран на дощечки и снова собран. Двое агентов работали: один щупал сиденье кресла, второй простукивал стену под киотом, где самое почетное место занимала большая, в массивном серебряном окладе икона Николая Угодника.

Штабс-ротмистр истово закрестился на главного российского святого, страстно зашептал молитву.

Безбожник-студент к чудотворцу почтения не проявил, лишь поинтересовался:

— А почему тут именно святой Николай? Из-за царя, да?

— Из-за Николая Николаевича! — ответил Козловский таким тоном, что стало ясно: в гвардии своего командующего чтут куда больше, чем императора.

Вошли два офицера, у каждого в руке по прямоугольному кожаному саквояжу.

— ...И крученым прямо в девятку. Представляешь? — оживлённо досказывал какую-то историю один.

Второй не поверил:

— Брось. От флажка?

— Клянусь тебе, собственными глазами видел!

Агенты, ничего не найдя, давно уехали, а Козловский всё бродил вокруг клуба. Студент плёлся сзади. Приблизиться боялся, но и уходить не уходил.

На футбольном поле шла тренировка.

Штабс-ротмистр встал в сторонке, мрачно наблюдал исподлобья. Правил игры он не знал, но, судя по всему, старшим по званию тут был человек, которого остальные называли «господин капитан». Значит, из пехоты или артиллерии. Если б из кавалерии, был бы ротмистр.

Начальник кричал хорошим командным голосом:

— Васильчиков, по краю, по краю!... Сигизмунд, душа моя, пыром бей! ... Корнет, я вас в запасной состав отправлю! Право, нельзя так манкировать дриблингом!

Козловский покосился на студента.

— Послушайте, что вы за мной таскаетесь, как побитая собачонка? — рявкнул князь, и самому стало совестно. Грех срывать досаду на мальчишке, который, в сущности, прав: папка спрятана где-то здесь, близко.

— Ладно, простите. Вы не при чем. Я вам говорил, трое наших погибли...

Ободренный Романов подошел, встал рядом.

— Я ничего, я понимаю.

Помолчали.

— Что это он? — удивился штабс-ротмистр странному поведению одного из игроков. — Разве головой по мячу можно?

— Можно. Руками нельзя.

— А почему вон те господа никогда не участвуют в нападении? Всё в тылу отсиживаются.

Козловский неодобрительно показал на трех лентяев, жавшихся к воротам.

— Это бэки, им не положено... Послушайте, Лавр Константинович, зря вы отмахиваетесь. — Алеша, волнуясь, заговорил о главном. — Включите меня в футбольную команду. Я на воротах стою уж во всяком случае не хуже, чем тот господин. Свой человек в клубе вам не помешает. Буду ходить сюда каждый день. Может, озарение снизойдет...

— Озарение! — фыркнул князь. — Да кто вас возьмет? Вы не гвардеец.

На это Романову возразить было нечего. Он уныло ссутулился.

Кто-то сзади хлопнул Козловского по плечу.

— Лавруша! Ты как здесь?

Стасик Ржевусский, сослуживец по лейб-кирасирскому. Он был в костюме для джигитовки, с желтым английским седлом через плечо.

— Вот, зашел посмотреть...

Опустив взгляд, штабс-ротмистр с тоской смотрел на белые рейтузы старого товарища.

Ржевусский отлично всё понял. Он был настоящий, коренной кавалерист.

— Наши тебя вспоминают. Как нога? В полк вернешься?

Ответом был безнадежный вздох.

— А где ты сейчас?

Несмотря на свою хитроумную службу, врать Козловский умел плохо и почувствовал, что мучительно краснеет.

— Так, в штабе. Куда меня еще возьмут?

— Беда... Ну, мне в манеж.

Пожали друг другу руки, попрощались, и Стасик пошел заниматься настоящим делом — легкий, стройный, счастливый.

— Вы ему не сказали про контрразведку, потому что это тайна, да? — шепотом спросил студент.

«Какъ грустно, туманно кругомъ,
тоскливъ, безотраденъ мой путь,
а прошлое кажется сномъ,
томитъ набольвшую грудь»

— Нет. Потому что стыдно. — Князь пнул ногой деревянную скамейку и взвыл от боли — надо было левой, не правой! — Чтоб оно всё провалилось! Грязь, мерзость! Отравленные перстни, наклеенные бороды! Эх, Романов, если б не переломы, я бы сейчас...

Хотел сказать, что этим летом в эскадроне освобождалась вакансия старшего офицера, но оборвал себя, выругался.

Мальчишка понял по-своему:

— Да, жалко, что у вас нога. А то можно было бы вас в команду записать. Вы-то по гвардии числитесь. Но не получится. В футболе бегать надо.

И здесь впервые за этот тягостный день Козловский ощутил нечто наподобие душевного подъема или, по терминологии студента, *озарения*.

— Позвольте, — показал князь на томившегося в воротах игрока, одетого иначе, чем остальные. — А вон тот господин в кепи совсем не бегает. Он и есть голкипер, верно? Я давно на него смотрю. Он вообще ничего не делает. Просто стоит и всё. Только иногда, когда залетает мяч, достает его из сетки. Этак я тоже могу.

В это самое мгновение гурьба сопящих футболистов набежала на ворота, один ударил по мячу — тот полетел в угол. Голкипер отчаянно прыгнул. С мячом не встретился, но смачно приложился головой о деревянный столб.

Под оглушительный хохот бессердечных товарищей вскочил, в сердцах швырнул о землю кожаные пер-

чатки и с воплем: «Всё, с меня довольно!» пошел с поля прочь. Сколько ему ни кричали, как ни звали, не
обернулся.

Штабс-ротмистр с Алешей переглянулись и поняли
друг друга без слов.

Миновало шесть дней

Алеша вытер пот, встал на одиннадцатиметро-
вой отметке. Разбежался, ударил под верх-
нюю перекладину. Мяч чиркнул Козловского
по пальцам и влетел в сетку.

— Еще, — хмуро велел Лавр Константинович.
Снова разбег, удар — гол.
— Еще.
Практиковались каждый день часа по два, по три.
Не считая тренировок с командой в клубе.

На принадлежавшем контрразведке стрельбище были воздвигнуты футбольные ворота, на траве сделана
разметка.

Учение давалось князю трудно, но он не сдавался.
На мяч прыгал, как на лютого врага, стиснув зубы и

чуть не рыча от ярости. Сколько раз Алеша говорил ему:

— Мяч надо любить! Представьте, что это прекрасная женщина. Она жаждет оказаться в ваших объятьях, но изображает неприступность, как и положено приличной даме! Не со злобой кидайтесь на мяч, со страстью!

На поучения штабс-ротмистр обычно отвечал невежливо. Мол, мяч — не женщина, а женщина — не мяч, и вообще не сосунку учить лейб-кирасира технике объятий.

К футболу Козловский теперь относился, как к тактике, топографии и прочим военным наукам. Нужно постичь сию премудрость — постигнем. Трудно в учении, легко в бою.

От былого пренебрежения к «дурацкой забаве» не осталось и следа. Штабс-ротмистр уже знал, что в Англии мэтчи посещает сам король. Что у нас августейшим покровителем Российского футбольного союза состоит его императорское высочество великий князь Борис Владимирович. Наконец, что 11 июля на русско-германском ристалище будет присутствовать сам Никник, обожаемый шеф гвардейцев. Операция операцией, но разве можно ударить лицом в грязь перед таким зрителем?

Удар — гол.

Удар — гол.

«У любви, какъ у пташки, крылья.
Ее нельзя никакъ поймать!»

Светлый костюм штабс-ротмистра стал черно-зеленым от валяния по траве и земле. На коленях, не взирая на щитки, багровели ссадины. Труднее всего Лавру Константиновичу давались прямые кики по углам — больная нога мешала быстроте прыжка.

Сжалившись, Алеша послал очередной мяч поближе к голкиперу. С звериным рыком штабс-ротмистр подпрыгнул и крепко схватил кожаный шар обеими руками.

— Уф, перекур.

Скромный успех не сильно улучшил его расположение духа. Затягиваясь папиросой, офицер угрюмо констатировал:

— Завтра мэтч, а я ни на что не годен!

Романов тоже закурил.

— Чего ж вы хотите? Меньше недели тренируетесь. По-моему, начинает получаться.

— Продуем мы, чувствует мое сердце, — с тоской произнес Козловский

— Наверняка. Лучше немцев только англичане играют. В германских футбольных клубах чуть не сто тысяч игроков, а у нас на всю Россию, может, человек пятьсот. На Олимпиаде в Стокгольме немцы нашу сборную 16:0 обставили!

— Я не про футбол. Обведет нас вокруг пальца этот летучий дьявол.

Подробностей неудачной операции на Предтеченской студент не знал и потому переспросил:

— Летучий?

Объяснять Козловский не стал. Его мысли были сумрачны.

Готовились к большой войне, готовились. Как подняли армию после японского позора! Сколько произвели современнейших броненосцев, орудий, пулеметов с бомбометами! А в разведочно-контрразведочной сфере ни черта не сделано. Брезговать изволят. Как еще недавно он сам, болван, от этой «грязи» нос воротил. И что мы теперь имеем? Кукиш с маслом.

Вот у германцев разведку почитают первейшим делом. Ею руководит отдел «III Б» Большого генштаба. Есть несколько так называемых бюро, каждое ведает несколькими странами. Самым главным стратегическим направлением считается восточный сосед. Наглецы-тевтоны посмели разделить Россию на «инспекторские районы», а те на «бригадные участки». Рядовые шпионы докладывают бригадирам, бригадиры инспекторам, из Берлина раз в квартал приезжают особые контролеры. Целая машина и работает, как часы! А мы обо всем этом узнали только сейчас, когда, наконец, слезли с печки и забегали. Только поздно...

У германцев, как в пчелином улье, всякий агент имеет свою специализацию. Есть информаторы по мобилизации, по военной технике, мастера диверсий, проводники, вербовщики, целая сеть распространителей слухов. Заготовлены конспиративные квартиры, тайники, склады взрывчатки.

Грядет война слепого против зрячего, растравлял себя штабс-ротмистр. Я — глаза и уши империи. А сам ни черта не вижу, ни черта не слышу. От меня, идиота безмозглого, зависит судьба войны. Если к немецкому командованию попадет Генеральный план разверты-вания, катастрофы не избежать. По главным направ-лениям наших ударов германец выстроит крепкую обо-рону. Где у нас слабые места — вобьет стальные кли-нья, перережет коммуникации. Никакая храбрость не поможет, если нет подвоза патронов и снарядов. Надо срочно обезвредить резидента, а кое-кто шестой день кожаный мяч ловит.

— Что расселись?! — рявкнул Козловский на маль-чишку. — Марш на позицию! Только в поддавки со мной больше не играть! По углам лупите, по углам.

И тренировка продолжилась с удвоенным усер-дием.

Во время следующего перекура Алеша спросил, очень осторожно:

— Лавр Константинович, отчего вы не хотите рас-сказать, как прошел товарищеский ужин в Немецком клубе?

— Оттого что нечего рассказывать. — Вот и весь ответ.

Гостевание у немцев, действительно, мало что да-ло. Резидента штабс-ротмистр видел только при на-кладной бороде (она потом была обнаружена в кварти-ре на Предтеченской). Стало быть, опознать не мог. В германской команде, состоящей из подданных кайзера, которые постоянно жительствуют в Петеребурге, недавно появилось два новых игрока. По росту и комплекции оба похожи на разыскиваемого субъекта. Проверка ничего не дала, слежка установлена. И всё, точка.

— Лавр Константинович, а... а вы меня завтра на операцию возьмете?

— Еще чего. Вы, Романов, даже не представляете себе, какой опасный человек этот «Фердыщенко». Изворотливость фантастическая. Все, кто видел его лицо, убиты. В немецкой команде и среди зрителей у него наверняка будут сообщники. Слишком многое поставлено здесь на карту... Хватит прохлаждаться. Бейте!

Но Алеша не тронулся с места. Его математический ум, наконец, нашел решение задачки, не дававшей ему покоя все эти дни.

— Ну вот видите! — воскликнул он. — Все, кто может опознать нашего Фердыщенку, мертвы. Остался один я. Тогда, в Левашеве, я видел его вот так. — Для наглядности Алеша схватил мяч и выставил перед собой на вытянутых руках. — Конечно, фальшивая борода и все такое, но глаза, но форма носа!

Штабс-ротмистр заколебался, это было видно. Сам он, хоть тоже видел резидента вблизи, ни глаз, ни формы носа не запомнил.

Алеша нажал сильней:

— Клянусь, я опознаю резидента, если увижу вблизи! Не верите? Вот вам святой крест!

В Бога математик не верил, но на всякий случай, крестясь правой рукой, пальцы левой сложил кукишем, чтоб крестное знамение не засчиталось.

Ну же, шевели мозгами, мысленно воззвал он к тугодуму Козловскому. Это самое логичное решение, лучше всё равно ничего не придумаешь.

Князь шевелил бровями. Думал.

И нашел компромиссное решение

Недооценил Романов умственные способности штабс-ротмистра. Чем рисковать студентом, подключая его к опасной операции, Козловский придумал выход попроще.

Прямо со стрельбища, не переодеваясь, повел к себе в кабинет и стал показывать фотокарточки.

— Смотрите внимательно. Вот новички из немецкой команды. Это Кренц, хавбек. Это Зальц, форвард. Фас, профиль, словесные портреты. Ну что? Который?

Скисший Алеша промямлил:

— Трудно сказать... Позвольте?

Взял карандаш, пририсовал бороду сначала одному, потом второму. Оба стали похожи на левашевского союзника по драке. Хотя, честно говоря, Алеша его тогда толком рассмотреть не успел.

— Нет... Не поручусь... — печально молвил студент. — А может, нашим лучше взять и поменять план развертывания? На всякий случай. А?

— Легко сказать. Лет десять назад немцы это уже проделали. Купили копию у одного нашего полковника из генерального штаба. Пришлось разрабатывать новый план. Работа заняла несколько месяцев. Сейчас же до войны остаются дни. Я еще неделю назад предложил начальнику: нужно дать утечку информации — что план развертывания срочно меняется. И, действительно, изменить в нем хоть какие-то детали. Чтоб немцы не знали, какие именно внесены коррективы. Это, по крайней мере, усложнило бы их задачу, заставило бы перестраховываться, держать во втором и третьем эшелоне больше резервов... А генерал в крик. «Погубить хотите? Чтобы министру, го-су-да-рю донесли? Мол, контрразведка план развертывания не уберегла? Со службы погонят. В шею, с позором. Найдите мне желтую папку Рябцева! Это приказ». — Козловский и сам понимал, что болтает студенту лишнее, но остановиться не мог — подперло. — Я, дурак, послушался. Ну как же, устав: приказы начальства не обсуждаются, а исполняются. Теперь выходит, что я соучастник. Тут

«ЗВУЧАЛЪ МНѢ ДОЛГО ГОЛОСЪ НѢЖНЫЙ, И СНИЛИСЬ МИЛЫЯ ЧЕРТЫ!»

уж не со службы погонят, а под суд отдадут. И правильно сделают. Целая неделя упущена!

Он подошел к большой, в пол-стены, географической карте. Она была многоцветная, красивая, сбоку маленькие гравюрки столиц, медальоны с портретами царствующих особ, а каждая страна украшена изображением государственного герба.

Над Российской империей и над Германией парили орлы, похожие, как родные братья. Только наш уродился на свет с двумя головами.

— Ничего, Бог милостив. Найдем и папку, и резидента, — бодро сказал штабс-ротмистр, потому что военный человек не имеет права долго предаваться унынию. Он любовно погладил отечественную геральдическую птицу по короне. — Одна голова хорошо, а две лучше. Что нос повесили, Романов? Не узнали резидента — так не узнали. Обойдемся завтра без вас.

Такой поворот дела Алешу не устраивал. Срочно требовались какие-то новые аргументы. Он напряг свое логическое мышление — есть!

— Лавр Константинович, я могу узнать его по голосу. Особенно если крикнет что-нибудь. Он ведь кричал, когда дрался.

— Разве?

— Еще как! — уверенно заявил Романов. — «Сволёчь!» и всякое такое. Тембр голоса очень характерный. А во время мэтча все орут, сами знаете. Не удержится и Фердыщенко. Тут-то я его и узнаю.

Кажется, подействовало!

Князь смотрел на собеседника с сомнением, но в глазах читалась и надежда.

— Без санкции начальства не имею права... Ждите здесь.

Быстро привел себя в приличный вид, переоделся и захромал к генералу.

Его превосходительство сегодня пребывал в чуть лучшем настроении, чем во все последние дни. Причина была существенная: наконец вышел высочайший указ о переводе на военную службу, так что начальник сегодня впервые явился в мундире с золотыми погонами. Когда распахнулась дверь, новоиспеченный генерал-майор любовался на себя в зеркало.

Улыбка пропала, брови сердито сдвинулись. Во-первых, было конфузно. Солдафон Козловский всегда влетал в кабинет, как бомба: стукнет раз для проформы и, не дождавшись ответа, врывается. А во-вторых, сам вид штабс-ротмистра, ведшего дело об украденном плане, был его превосходительству глубоко неприятен.

— Ну, что нового? — спросил начальник. Причем не грозно, как следовало бы, а как-то жалко, чуть не заискивающе.

У себя в полиции он, может, был и хорош, подумал Козловский. Иначе не перевели бы в генштаб. Но ловить шпионов много трудней, чем бомбистов-эсеров да болтунов-эсдеков. Вот и растерялся человек. Может, еще выправится.

— Ваше превосходительство, шансы на успех повышаются, — отрапортовал штабс-ротмистр со всей возможной мажорностью. — Помните, я докладывал про студента Романова? Дозвольте взять его с собой на операцию. Он может опознать резидента по голосу. Об опасности Романов предупрежден.

— Не только дозволяю, но и приказываю! — закричал начальник. — Всенепременно! Это же всё меняет! Пусть потрется возле немецких футболистов, послушает. И всех, у кого голос хоть немножко похож, заарестуем. Прицепим каждому бороду, и выявим мерзавца! Вот вам готовый план действий. Выполняйте!

— Слушаюсь, — щелкнул каблуками Козловский.

Чтоб зря не расстраивать генерала, про главное свое сомнение умолчал: резидент запросто может прислать за папкой кого-то другого. Знает ведь, что состоит в розыске.

Его превосходительство вдруг встревоженно насупился — по другой, однако, причине:

— Вы говорили, у студента Романова ветер в голове. Вдруг он не явится? Проспит, передумает, за юбкой какой-нибудь погонится! Не отпускайте его от себя ни на шаг, вплоть до самой операции! Это приказ!

И очень неглупый, подумал князь. За эти дни он успел привязаться к Романову. Парень неплохой: смелый, быстро соображает. Но насчет ветра в голове — это правда.

По лицу штабс-ротмистра Алеша сразу понял: получилось!

И заговорил с ним Лавр Константинович не как прежде — без снисходительности, без недомолвок, а просто и серьезно. Так же, как со своими сотрудниками.

— Еле дозволил, — озабоченно сообщил Козловский. — Я за вас поручился, не подведите. Но поставил условие. До завтрашнего дня мы с вами неразлучны. Ночевать будете здесь, в дежурке. Ясно?

— Так точно, — вытянулся Алеша. Губы сами собой растянулись в широкую улыбку. — Слушаюсь!

Дальше — лучше.

— С оружием обращаться умеете?

— Хожу с дядей на охоту... Неплохо стреляю, — скромно сказал Романов.

Князь погрохотал ящиками стола, вынул небольшой черный пистолет.

— Держите. Отличная машинка. «Штейер-Пипер», австрийский. Немножко сложен в обращении, ну да вы физик-математик, сообразите.

Пальцы офицера быстро завертели игрушку.

— Устройство довольно своеобразное. Тут кнопочка предохранителя, вот так отщелкиваете в положение «огонь». Здесь фиксатор затвора. Это взвод. Это регулятор мушки. Спусковая скоба снимается вот так. А этот рычажок — защелка магазина. Рраз, и обойма сама выскакивает в ладонь. Очень удобно. Учтите: выбрасывателя нет. Запомнили?

Вообще-то не очень, но признаваться в бестолковости было стыдно.

— Конечно. Ничего сложного, — уверенно ответил Алеша, решив, что разберется в рычажках и кнопочках после.

Да и время поджимало. В четыре свидание с Симой.

— Можете спуститься в тир, попрактиковаться. Но из штаба ни ногой.

Считая разговор оконченным, Козловский сел к столу и уткнулся в бумаги.

— Хорошо. Я только на пару часов отлучусь и тогда постреляю.

Штабс-ротмистр поднял голову.

— Я ведь сказал: никаких отлучек.

— Не могу. Очень важная встреча! Я дал слово!

Лицо офицера пошло сердитыми красными пятнами, но Козловский сдержался — вспомнил, что студент присяги не давал, приказам подчиняться не обязан и вообще доброволец. К тому же ключевая фигура в завтрашней операции.

— Слово надо держать, — обреченно вздохнул князь. — Где встреча?

— В Юсуповском саду.

Лавр Константинович поднялся, вынул большие очки странного вида — с кожаными наглазниками и на лямках.

— Что ж, едем. Приказ его превосходительства. Где вы, там и я.

— Но... но это личная встреча! С дамой. Понимаете?

— Отлично понимаю. Не беспокойтесь. Буду тактичен.

Штабс-ротмистр всем своим видом являл истинно христианскую долготерпеливость, однако по тону было ясно — не уступит.

— А это зачем вам? — показал Алеша на диковинные очки.

Очки оказались автомобильными

По мере того как надвигалась война, контрразведке всё щедрей выделялись денежные средства, кадры, новейшая техника. В числе последней поступил и автомобиль «руссобалт», приказом начальства закрепленный лично за штабс-ротмистром Козловским.

Когда Алеша узнал, что к Симе его доставят на авто, препирательства сразу прекратились.

Шоффэр князю был не нужен. Управлять машиной он выучился еще в полку и довез своего пассажира до Садовой на головокружительной скорости, по всякому поводу оглушительно дудя в клаксон.

На месте оказались раньше, чем нужно. К тому же Симочка, как и положено уважающей себя барышне, считала ниже своего достоинства приходить на свидания вовремя. Однако сегодня Алеша был на нее не в претензии.

Сначала он попросил показать, как переключать рычаги и крутить руль, который князь лихо называл «бубликом». Оказалось, что это совсем нетрудно.

Уже через четверть часа после начала учебы студент зигзагообразно проехал вдоль тротуара. Потом, осмелев, сделал круг по Забалканскому и Фонтанке. Под конец разогнался до сорока километров — только фонари замелькали. У решетки сада затормозил так отчаянно, что завизжали шины, а у князя с головы слетела фуражка.

Симы всё еще не было.

— Лавр Константинович, а можно я останусь за рулем?

Роль наставника и покровителя молодежи штабс-ротмистру была небесприятна.

— Будет еще эффектней, если вас доставит личный шоффэр.

«Вдоль да по рѣчкѣ,
Вдоль да по Казанкѣ
Сѣрый селезень плывётъ»

Да, это в самом деле было гораздо лучше.

— Невеста? — спросил князь.

— Пока нет.

Козловский понимающе кивнул:

— Добиваемся взаимности? Тогда букетик роз не помешает.

— Сима роз не признает. Она Блока любит.

— Всё равно, — с убеждением сказал штабс-ротмистр с высоты своих тридцати лет. — Но если ваша избранница обожает Блока, розы нужно купить черные. Я знаю здесь рядом, на Вознесенском, цветочный магазин.

Студент заколебался, и Козловский понял его правильно.

— Деньги? Пустое. Единственный плюс нашего отчаянного положения — полная свобода и неподотчетность расходов. Оплачивается всё, что на пользу дела. Контрразведке нужно, чтобы важный участник ответственной операции был в боевом, победительном настроении. Неужто ради этого мы пожалеем несколько рублей? Держите бумажник, юноша.

Гордый тем, что он «важный участник», Алеша купил букет восхитительно черных роз, так и просившихся в бокал «золотого, как небо, аи».

Вернулся, а Симы всё нет.

— Это ничего, — объяснил он старшему товарищу. — Она иногда минут на сорок опаздывает.

— Э-э, голубчик, такого позволять нельзя. — Князь поднял палец. — Нужно с самого начала вожжи потихонечку перехватывать. Женщина — она как лошадь. Твердую руку ценит, слабака выкидывает из седла. Скажите вашей Симочке: «У меня принцип больше пятнадцати минут никого не ждать». Слова «принцип» они боятся. А опоздает — в самом деле возьмите и уйдите. Один раз. Уверяю — этого хватит.

— Ну да! А если она обидится и никогда больше не придет?

Козловский посмотрел на молодого человека с сожалением.

— Чтоб женщина бросила мужчину, для которого дурацкий принцип дороже любви? Чему вас только учат на вашем физико-математическом? — Он вдруг нахмурился. — Послушайте, Романов, я, конечно, прошу прощения за вторжение в интимные сферы, но вы хоть с ней целуетесь?

Студент кивнул, но как-то неуверенно.

— Так дело не пойдет. Она к вам всякое уважение потеряет!

В это мгновение Алеша увидел на тротуаре Симочку, очень медленно и независимо направлявшуюся к воротам сада.

— Вон она!

Он хотел выскочить из авто, но штабс-ротмистр удержал его за руку.

— Спокойно, спокойно. Доверьтесь мне. Пусть минутку-другую потомится, это ей на пользу. Первое: изображайте, что вы очень торопитесь. Второе: слегка, совсем чуть-чуть, давайте понять, что у вас есть дела поважнее. Между прочим, и то, и другое сущая правда... Всё, пора! Выдвигайтесь на позицию.

С таким напутствием Алеша вышел из машины и погромче хлопнул дверцей, чтобы Сима обернулась.

Опаздывать на свидания очень утомительно. Симочка битых полчаса простояла на набережной Крюкова канала, чтоб оказаться в саду не раньше половины пятого. Ее одолевали смутные, по большей части печальные мысли.

Положение было двусмысленное, ужасное, и с каждым днем оно делалось всё невыносимей.

Решительная беседа с Алешей так и не проведена, хотя они виделись почти каждый день. На свидания он приходил усталый, раскрасневшийся — видимо, не жалея сил, гонялся за германскими и австрийскими шпионами. Но про свои таинственные дела ничего не рассказывал, подвигами не хвастался. Если она начинала выспрашивать, прикладывал палец к губам. При этом смотрел такими глазами, что сердце трепетало и таяло. Разве можно было с Алешей разорвать?

А маме-то наврано, что студент получил полную отставку.

«Существенный вариант» шлет корзинами цветы, телефонирует, дважды водил в театр: на балет «Лебединое озеро» и в «Варьете». При расставании целует руку, с каждым разом поднимаясь на дюйм выше. Что делать? Как себя вести?

Одним словом, Сима чувствовала себя скверной, непорядочной женщиной. Сегодня, стоя у канала, она наконец придумала, как восстановить самоуважение. Дня через два прощальные поцелуи Мишеля достигнут последней границы светских приличий — локтя. Подниматься еще выше, не сделав предложения, солидный человек не может. Вот тогда-то, когда ухаживание перейдет в официальную стадию, и придется сказать Алеше последнее «прости».

Приняла решение, и будто камень с души упал. Все-таки выговорила себе индульгенцию еще на пару деньков.

В Юсуповский сад шла уже спокойная, с легким, радостно замирающим сердцем. На белой дощатой сцене оркестр играл «Прощание славянки» — музыку, от которой у Симочки на глазах всегда выступали слезы.

Пришла, огляделась, а его нет! Прежде такого никогда не случалось.

Ей стало тревожно. Вдруг Алешу ранили шпионы? Или, того хуже...

Она побледнела, схватилась за грудь. Здесь-то сзади и раздался металлический треск, заставивший Симу обернуться.

Алеша выходил из умопомрачительно красивого серебристого автомобиля, живой и невредимый. За рулем сидел бравый chauffeur, в военной фуражке и очках-консервах.

Приблизившись, Алеша достал из-за спины букет, весь из черных роз, элегантный до невозможности! У Мишеля, при всех многочисленных достоинствах, вкусы были слегка провинциальные, он всегда дарил розы непорочного белого цвета.

— Простите за опоздание, Серафима Александровна, — серьезно, даже строго сказал Алеша. — Служба.

Они сели на скамейку

— Какое красивое авто! — воскликнула Сима. — Смотрите, оно не уезжает.

Он не оглянулся, небрежно дернул плечом.

— Ничего, князь подождет. Это входит в его обязанности.

— Князь? — ахнула она, глядя на усатого водителя. Тот галантно приложил руку к фуражке.

— Мой товарищ, князь Козловский. Я вас после познакомлю. Сейчас времени нет. Я ведь на минутку. — Вот теперь Алеша оглянулся и понизил голос. — Приближается роковой час. Не имею права посвящать в подробности, но завтра всё решится.

Симочка прошептала:

— Это опасно?

Он молчал.

— Говорите же!

«Ахъ, зачѣмъ ты меня цѣловала,
жаръ безумный въ груди затая...»

Голос у нее срывался, в глазах стояли слезы, и Алеша почувствовал, что более не в силах играть роль романтического героя. Сима была такая красивая, такая трогательная, да еще надрывал душу духовой оркестр...

— Наверно, не очень, — честно сказал Романов. — Хотя всё может статься.

Она смотрела на него расширенными глазами. Вдруг с решительным, отчаянным видом крепко обняла и поцеловала. Не куда-нибудь — в губы! И это на виду у всех, среди гуляющей публики!

Когда они отодвинулись друг от друга, девушка была румяна, молодой человек бледен.

Жалобно, с непонятной обидой Сима сказала:

— Ах, Алексей Парисович, что вы со мной делаете? Нехорошо...

Ту-ту-ту-ту! — деликатно, но твердо проклаксонил «руссобалт». Романов коротко обернулся.

Штабс-ротмистр изобразил аплодисменты и подал знак: а теперь уходи, уходи, самое время!

— Прощайте! — поднялся Алеша. — Меня зовут.

Она крикнула вслед:

— Так нельзя говорить! Не «прощайте», а до свидания! Я вам завтра протелефонирую!

Голова у Алеши шла кругом. Грудь от счастья раздулась, будто футбольный мяч.

— Молодцом, — похвалил Козловский, заводя мотор. — Только зря трижды обернулись, хватило бы и одного раза. Но ничего, главное, что недолго рассусоливали. В ваши годы надо с женщинами поменьше разговаривать. Вы говорили, у вас баритон — вот и пойте, они любят. Убалтывать прекрасный пол — это уметь надо. С возрастом приходит... — Он посерьезнел. — Ладно, прощание славянки закончено. Сейчас едем на поле, потренируем удары по корнерам. Потом в спортивный клуб, еще раз всё проверим. В двадцать один ноль ноль оперативное совещание группы. После этого, в двадцать три ноль ноль...

И вот час пробил...

Это была последняя пятница довоенной жизни. Погода в окрестностях Петербурга в точности соответствовала историческому моменту: было ясно и солнечно, но па́рило — с запада, со стороны моря, к столице империи подбиралась гроза. Но до Царского Села ей было ползти еще несколько часов, так что для футбольного мэтча опасности она не представляла.

На стадионе играл сводный гвардейский оркестр, на деревянных скамейках сидела нарядная публика,

«Наверхъ вы, товарищи, всъ по мъстамъ!
послъдній парадъ наступаетъ!»

разделившаяся на две неровные половины, словно по негласному уговору занявшие одна левую, вторая правую сторону трибун. Справа зрители сидели гуще. Здесь преобладали военные мундиры, разбавленные белыми пятнышками дамских зонтиков. Такие же зонтики смягчали серо-песочную массу летних мужских костюмов и канотье, сгруппировавшуюся слева. Там сидели представители многочисленного немецкого землячества, явившиеся поддержать свою команду.

Посередине, будто пограничная нейтральная полоса, зияло пустое пространство, где с удобством расположились репортеры и фотографы. Здесь преобладала немецкая речь. Оператор с синематографическим аппаратом, занявший переднюю скамью, тоже был германец.

В специально обустроенной ложе, охраняемой ординарцами и отделенной от прочих скамей узорчатыми канатами, находились почетные гости: очень высокий генерал с неподвижным обветренным лицом слушал какие-то объяснения полковника с вензелем на погонах; полковник волновался, то и дело снимая фуражку и вытирая платком распаренную лысину. Это были командующий гвардией его высочество Николай Николаевич и попечитель Российского футбольного союза его высочество Борис Владимирович. Чуть в стороне, восседал немецкий военный уполномоченный граф фон Дона-Шлобиттен, с лицом еще более застывшим, чем у Никника.

Над ложей развевались российский и германский флаги.

До начала игры оставалось всего ничего, с минуты на минуту должны были выйти обе команды. Судья и два его помощника уже стояли у боковой черты, озабоченно о чем-то переговариваясь и не обращая внимания ни на публику, ни на августейших особ.

Одному из газетчиков (репортеру «Ежедневного листка») удалось сзади подкрасться к самой ложе. Он подслушал, как Борис Владимирович сказал:

— ...Я понимаю, что это очень некстати. Но отменять игру? Всё равно что признать поражение без боя.

— А сокрушительный разгром? В такой-то момент! — недовольно молвил Николай Николаевич. — Черт бы тебя побрал с твоим футболом!

Напутствие перед схваткой

О том же в эту самую минуту говорил своим товарищам капитан русской команды, (а заодно и капитан Преображенского полка) барон фон Гаккель.

Он стоял в раздевалке, под иконой Николая Чудотворца; носатая балтийская физиономия раскраснелась от волнения, холеная эспаньолка воинственно топорщилась.

Игроки слушали своего предводителя сосредоточенно и сурово, будто перед настоящим сражением.

— Господа, нам предстоит защищать честь российской императорской гвардии. Бой будет тяжелым, неравным. Наша команда создана недавно, к тому же мы лишились нашего голкипера поручика Рябцева. Как вы знаете, он внезапно скончался от сердечного приступа, царствие ему небесное. — Все перекрестились. — Штабс-ротмистр князь Козловский новичок, да еще, как на беду, с прострелом в пояснице. Мы не вправе ожидать от него слишком многого.

У голкипера талия была обмотана толстым шерстяным шарфом. Козловский развел руками — мол, виноват, сам понимаю, но на всё воля Божья. (Под шарфом, за спиной, у него была кобура с «браунингом» — куда еще прикажете его прятать?)

— Посему стратегия у нас будет следующая. — Барон подошел к висящей на стене схеме. Офицеры сгрудились вокруг. — Главное — оборона. Ни в коем случае не подпускать противника к голу. В нападении только я и его сиятельство. Все прочие на двух линиях защиты. Смотрите на карту, здесь обозначена позиция каждого...

Пока игроки рассматривали чертеж, капитан трижды истово перекрестился на икону.

— Ну и самое главное. Вам не нужно объяснять политическое значение сегодняшнего мэтча. Вы знаете, какова нынче международная обстановка. Горячие головы сулят скорую войну с Австрией, а значит и с Германией. В команде противника много офицеров запаса кайзеровской армии. Если мы проиграем с постыдным счетом, это будет воспринято всеми как дурное предзнаменование. Николай Николаевич сказал мне: «Победы от вас не жду. Но позора не прощу. Коли проиграете, проиграйте достойно».

Офицеры зашевелились, а семеновец граф Сумароков горячо воскликнул, оборотясь к иконе:

— Николай-заступник, не допусти срама русского флага!

Фон Гаккель махнул рукой — словно саблей перед атакой:

— Вперед, господа! За Бога, Царя и Отечество!

Как и положено голкиперу, Козловский шел замыкающим. До речи капитана все его мысли были заняты только планом развертывания и операцией, но сейчас он вдруг остро осознал, что и предстоящее состязание — дело нешуточное, государственного значения.

Если немцы выиграют, как в Стокгольме, с разгромным счетом, берлинские газеты зайдутся восторжен-

«ЧОРНЫЙ ВОРОНЪ, ЧТО ТЫ ВЬЕШЬСЯ
НАДЪ МОЕЮ ГОЛОВОЙ?»

ным визгом: русская гвардия побеждена. То-то из репортеров, пришедших на стадион, две трети немцы.

Но и это еще не всё.

Хоть штабс-ротмистр был человеком несуеверным, сердце у него защемило от тяжкого предчувствия. Как пройдет мэтч, так сложится и большая война. Это не просто футбол, а эпиграф к трагедии, предсказание оракула...

Глупости, мистика, тут же обругал себя Козловский. Исход мэтча, конечно, важен — иначе Никник здесь не сидел бы, но главное найти папку с планом и взять шпиона.

Операция подготовлена на славу, продумана до мелочей. К каждому из немецких футболистов приставлено по филеру. К двум главным, Кренцу и Зальцу, по двое, самых опытных. Вторая бригада рассеяна среди публики. Третья дежурит внутри клуба: у выхода, в гостиной, в каждой из раздевалок. Разработана система условных знаков, предусмотрены все варианты развития событий, вплоть до фантастических. Например, если немцы устроят взрыв бомбы, чтобы в панике и суматохе изъять драгоценный документ из тайника.

Лавр Константинович за всю ночь не сомкнул глаз, зато теперь настроение у него было боевое и отчасти фаталистское. Всё, что в силах человеческих, сделано, а над прочим властен лишь Промысел Божий.

* * *

Обе команды вышли на поле одновременно — немецкая слева, из своей раздевалки, русская справа. Выстроились шеренгой друг перед другом. У германцев эффектная черно-белая униформа с орлом на груди. Наши еще нарядней: красные гетры и шин-гарды, синие никерсы, белые рубашки, и тоже орел, только двуглавый и не на груди, а на спине.

Капитаны обменялись рукопожатием.

Распорядитель зычно прокричал в рупор:

— По договоренности клубов, игра будет состоять из одного тайма продолжительностью сорок пять минут!

(То было условие, выдвинутое Российским футбольным союзом в самую последнюю минуту, по настоянию августейшего попечителя, который справедливо рассудил, что за один тайм голов будет пропущено вдвое меньше, чем за два).

— Главный судья — мистер Мак-Грегор! — объявлял распорядитель. — Боковые судьи: мсье Лафит и синьор Торрини.

Все трое торжественно поклонились. Англичанин был тощий, с желчной и злой физиономией. У француза пол-лица занимали пышнейшие черные усы. Итальянец был маленький и пузатый, отчасти похожий на футбольный мяч.

Ударил гонг.

Немцы сразу завладели инициативой. Без труда обводя русских игроков и ловко пасуя в одно касание, они добрались почти до самой штрафной площадки, но здесь защитники сомкнулись плечо к плечу и кое-как оттеснили тевтонов. Капитан фон Гаккель ударил по мячу со всей силы, и тот улетел далеко за вражеские ворота.

Первый штурм, слава Богу, был отражен.

Воспользовавшись передышкой, Козловский зорко осмотрел трибуны. Все люди были наготове. Даже если б штабс-ротмистр не знал их в лицо, то без труда опознал бы по одинаково сосредоточенному взгляду, устремленному в одну точку. Каждый агент, не отрываясь, наблюдал за своим объектом.

Фотограф, устроившийся со своей треногой сразу за сеткой, подал голос из-под черной тряпки, укрывавшей его с головой:

— Лавр Константинович, можно я высунусь? Душно.

— Терпите, Романов, — ответил князь, не оборачиваясь. — Он мог вас запомнить... Не дай Бог узнает. Ну что, рассмотрели Кренца с Зальцем? Который?

Алеша снова, уже не в первый раз, навел спрятанный в камере монокуляр на лица подозреваемых.

— ...Пока не могу сказать. Пусть подберутся поближе и крикнут что-нибудь.

Исполняется «Дорожная пѣсня» г-на Глинки

Но подобраться к русским воротам оказалось непросто. Хоть немцы были техничней и сыгранней, гвардейцы бросались на мяч по двое, по трое с не меньшим пылом, чем их прадеды на штурм Измаила. Некоторые даже самоотверженно валились вражеским форвардам под ноги. А едва мяч оказывался у кого-то из наших, как сразу следовал мощнейший удар в сторону вражеских ворот — куда попадет, на авось. Впервые столкнувшиеся с подобной тактикой германцы несколько сбавили натиск.

Два раза из-за чрезмерного усердия обороняющейся стороны судья назначал штрафные удары, но на изрядном отдалении от ворот, так что уберег Господь. Опасный момент возник, когда подпоручик Шаликашвили сделал подсечку немецкому форварду. Итальянский судья потребовал, чтоб нарушителя удалили с поля без замены, но англичанин и француз как союзники по Антанте спасли русских от игры в меньшинстве. Дело ограничилось еще одним штрафным. Мяч подкатился к самым воротам, но голкипер оказался на высоте. Проворно подковылял и ударил хромой ногой не хуже, чем здоровой.

Опять пронесло!

— Уф, — выдохнул гордый собой Козловский. — Десять минут продержались.

И спохватился. Есть дело поважней.

Что там агенты?

Ничего. Всё тихо.

Пока несли мяч, запуленный штабс-ротмистром далеко за трибуны, немцы собрались в кучку, пошептались и сменили манеру. Начали играть нахрапистей, грубее, стали активнее пользоваться длинными передачами.

Посреди поля два встречных потока схлестнулись лоб в лоб. Неразбериха, крики, отчаянные трели судейского свистка. Когда противники расцепились, на траве осталась лежать фигура в бриджах и полосатой судейской фуфайке.

Распорядитель объявил:

— Игрок немецкой команды Кренц, под нумером 8, сбил с ног мсье Лафита. За это нарушение Кренц удаляется с поля до конца мэтча. Его заменит герр Люббе.

Санитары уложили стонущего француза на носилки, бегом понесли с поля, а наказанный Кренц понуро побрел к скамейке запасных.

Так-так! Козловский снял и снова надел кепку. Это означало: «Началось! Повышенное внимание!»

Алеша вел окуляр за Кренцем. Двое филеров, прикрепленных к хавбеку, осторожно переместились к нему поближе. Трудно будет шпиону (а это наверняка он) что-либо предпринять под столь тесным присмотром.

— Лавруша, держись!!! — закричали Козловскому с трибуны бывшие однополчане.

Прямо на него несся прорвавшийся сквозь все линии обороны форвард Зальц.

Забыв обо всём на свете, штабс-ротмистр сжался в пружину. В голове мелькнуло: гол, это гол!

Но святой Николай явил явное и несомненное чудо. Уже влетев в штрафную, быстроногий Зальц споткнулся на ровном месте, растянулся на земле, и мяч мирно вкатился прямо в перчатки штабс-ротмистра.

Стадион взревел. Сам Николай Николаевич вскочил с кресла и ликующе потряс в воздухе кулаком, а уж про Бориса Владимировича и говорить нечего. Его высочество кричал во всё горло.

А тем временем носилки с травмированным судьей внесли в гостиную клуба.

Мсье Лафит стонал, ругался сквозь зубы:
— Parbleu! Merde!

— Потерпите, сударь, сейчас, — сказал вбежавший следом врач. — Ребята, усадите его на стул. Всё, можете возвращаться.

Санитары вышли. В комнате кроме доктора и раненого остался лакей.

«Ряженый, из контрразведки, по прищуру видно», сразу понял Зепп, все так же постанывая и ругаясь по-французски.

Это он!

Пока всё шло по плану. На 21-ой минуте игры обер-лейтенант Люгер (по легенде — инженер Балтийского завода Рихард Кренц) ювелирно точным ударом бутсы ободрал «мьсе Лафиту» кожу на щиколотке, не ушибив кости. На гетре появилось кровавое пятно, но двигаться это не мешало.

Примерно то же сказал и врач, осмотрев рану. Мол, перелома нет, сейчас помажу йодом, перевяжу, и нога будет, как новая.

Зепп мычал, делал вид, что по-русски почти ничего не понимает.

Чертов лакей не отходил ни на шаг, перегибался доктору через плечо, чуть не в ухо сопел.

Стадион вдруг снова заволновался, загудел. Сквозь крики и гул прорывались пронзительные судейские свистки.

— Опять что-то не слава Богу, — обернулся к двери врач.

Любознательно было человеку, а любопытство нужно поощрять, поэтому Зепп сказал:

— О, ви ходить, смотхеть. Je me sens mieux. Мне лючше. Могу ждать.

Снаружи доктора отвлечет агент Эрмелина. У нее случится глубокий обморок с подозрением на крово-излияние в мозг, так что эскулапу станет не до фран-цузика с его смехотворной травмой.

— Не могу, — вздохнул глупый врач. — Должен про-верить, вдруг разрыв связок. Тандон, ву компрене?

И велел лакею:

— Глянь-ка лучше ты, братец, что́ у них там.

Тот заколебался. Еще бы! Наверняка получил при-каз: с поста ни ногой. Но не перечить же господину доктору?

Вышел, однако ясно было, что не поздней, чем че-рез минуту, вернется.

Зепп тяжело вздохнул. Жалко стало медика. Столько лет человек учился — латынь, физиология, анатомия всякая. Но что поделать, сам виноват. Сейчас не до сантиментов. Скоро, очень скоро предстоит погибнуть миллионам точно таких же, ни в чем не повинных людей. А чтоб большинство из них оказались не германцами, капитан фон Теофельс должен честно выполнить свой долг.

— Зря вы, ей-богу. Я хотел как лучше, — с укоризной сказал он, крепко взял врача железными пальцами за горло. Второй рукой схватил беднягу за лоб, резко вывернул голову.

Хруст, треск. Неприятно.

Едва управился — лакей. Минуты не отсутствовал, скотина.

Сообщил:

— Собачатся все, орут «нальтя, нальтя!», а чего за «нальтя» такая...

Умолк, видя, что роли переменились: доктор, откинувшись сидит в кресле, а судья склонился над ним.

— Помогать, — озабоченно сказал Зепп. — Доктёр плёхо.

Профессионально подготовленному агенту шею, как курице, не свернешь. Но на этот случай у капитана в кармане имелся отличный кастет из закаленной стали.

Снова хруст, треск, только теперь еще и брызги крови полетели.

Трупы фон Теофельс затащил под стол, больше было некуда. Стянул пониже скатерочку. Чтоб закрыть капли на полу, передвинул коврик.

Сойдет.

Теперь из гостиной направо, в раздевалку русской команды.

Там, natürlich* или, коли угодно, bien sûr**, дежурил еще один «лакей». Впился глазищами, будто сверлами.

— Ошиблись раздевалочкой, сударь. Для господ судей отведена особая-с.

Зепп удивился, подошел ближе, правую руку держа за спиной.

— Quoi?***

— Заквакал, — вздохнул служивый. И показал в ту сторону, где находилась комната для почетных гостей. — Там ваша раздевалка, там. Туда пожалуйте!

Непонятливый иностранец лишь пожал плечами:

— Hélas, mon ami, l'habit ne fait pas le moine****.

— Чего-с?

— Я говорю: «Шпионов ловить — не карасей удить», — перевел ему Зепп и погасил изумление, вспыхнувшее в глазах агента, ударом кастета.

---

    * Натурально (*нем.*)
   ** Разумеется (*фр.*)
  *** Что? (*фр.*)
**** Увы, дружок, внешность обманчива (*фр.*)

«Миръ вашей душѣ!
Вы погибли за Русь, за Отчизну.
Но вѣрьте ещё мы за васъ отомстимъ
и справимъ кровавую тризну!»

Война еще не была объявлена, а контрразведка противника уже несет ощутимые потери, думал он, затаскивая тяжелое тело в незанятый шкафчик.

Теперь, наконец, можно было заняться делом.

Судя по бумажке Рябцева, обозначенный крестиком тайник должен быть где-то вот здесь.

Несмотря на напряженность ситуации Зепп не удержался, прыснул.

Покойный поручик был человеком несимпатичным, но в своеобразном остроумии ему не откажешь. Спрятал документ в единственное место, куда никто из русских не полезет.

Придвинув скамейку, фон Теофельс влез на нее и стал шарить рукой по божнице.

Ага!

Богатый серебряный оклад иконы святого Николая утоплен в стенной нише, но слегка подается. Так и есть. Позади образа прямоугольная выемка. А там — quod erat demonstrandum* — стояла желтая папка. Довольно тяжелая. Шутка ли, триста листов.

Из раздевалки Зепп заскочил в судейскую. Переодеваться времени не было. Просто накинул длинное летнее пальто и надел светлое кепи.

Он управился чуть быстрее, чем рассчитывал. До удара оставалась ровно минута. Ну, лейтенант-цур-зе, не подведите.

---

* Что и требовалось доказать *(фр.)*

Коварство
германского форварда

К рик и свистки, раздавшиеся на поле пятью минутами ранее, были вызваны событием, которое накалило страсти выше всякого предела. Немецкий форвард Зальц, вновь пошедший на прорыв, попал мячом по руке защитнику. По убеждению русской половины зрителей сделано это было нарочно. Мнения судей разделились.

Главный рефери Мак-Грегор говорил, что это не fair play* и что ни о каком penalty не может быть и речи. Итальянец спорил: прикосновение к мячу рукой в штрафной площадке в любом случае наказывается одиннадцатиметровым. Чаша весов склонилась в пользу германцев, когда второй боковой судья, швед, заменивший Лафита, тоже заговорил о fair play. Горячась, он объявил англичанину, что тот подсуживает русским и что об этом будет написана реляция в Международную ассоциацию футбола. Мак-Грегор дрогнул и ворча назначил-таки пенальти.

---

* Честная игра *(англ.)*

Это вызвало новый взрыв протестов. Капитан русской команды на трех языках — по-английски, по-немецки и по-французски — кричал:

— Нечестно! Васильчиков был повернут лицом к воротам! Он мяча даже не видел!

Но, приняв решение, рефери был уже непреклонен. Он сделал барону фон Гаккелю предупреждение за препирательство, бешеными свистками разогнал футболистов по местам.

На двенадцатой минуте до конца матча призрачная надежда уйти от неминуемого поражения рассыпалась в прах.

Тот же Зальц, лучший игрок германцев, поставил мяч на одиннадцатиметровую отметку.

Бледный Козловский обреченно ждал в воротах.

Садистская неторопливость немца была отвратительна. Он перекладывал мяч то так, то этак. Разминался. Зачем-то посматривал на часы. Соотечественники с трибун подбадривали его дружным скандированием.

Ни о чем кроме чести российского флага штабс-ротмистр в эту ужасную минуту не думал. Он знал, что Зальц будет бить в один из углов, куда голкиперу вовремя нипочем не допрыгнуть — сноровка не та. Шанс был всего один, мизерный. За мгновение до того, как нога немца коснется мяча, прыгнуть с опережением. Ну куда? Вправо или влево?

Вот и Романов сзади шептал:

— Корнеры, Лавр Констаниныч, корнеры!

У товарищей по команде лица были совершенно убитые. Фон Гаккель нервно тер пальцами виски.

А проклятый немец всё тянул.

— Да бейте же, негодяй! — раздался с трибуны плачущий дамский голос.

Даже судья не выдержал. Подошел к Зальцу и пригрозил, что отменит пенальти. На это форвард вежливо возразил, что, согласно международным правилам, имеет право подготовиться к столь ответственному удару и что он уже, собственно, был совершенно готов, но господин рефери его сбил.

Немец в очередной раз взглянул на ручные часы. На запястье под рыжеватыми волосками синела татуировка — якорь.

— Na ja, gut*, — пробормотал Зальц и вдруг улыбнулся.

Увидев эту хищную улыбку, Алеша понял, что чуда не будет. Не было сил смотреть, как наши ворота капитулируют перед германским натиском.

И Романов проявил слабость. Вылез из-под тряпки и повернулся к полю спиной.

На всем стадионе он единственный сейчас не смотрел на мяч.

---

* Ну что ж, хорошо (*нем.*)

Именно поэтому Алеша и увидел то, чего никому видеть не полагалось.

Из клуба резвой походкой вышел некто в расстегнутом легком пальто, в щегольском кепи, надвинутом на самый нос.

Романов не обратил бы на этот пустяк внимания, если б от быстрой ходьбы у незнакомца пальто не распахнулось еще шире. Оказалось, что под пальто человек прижимает к боку большую желтую папку. Тут равнодушный к футбольным страстям господин раздраженно поправил раскрывшуюся полу, и мелькнул профиль с пышным черным усом. Это был судья Лафит, давеча вынесенный с поля на носилках.

В первый миг Алеша просто разинул рот. В миг второй, когда в мозгу сложилось дважды два и получилось четыре, крикнул во всё горло:

— Вон он! Держи!

Но никто не услышал. Потому что германский форвард ударил, голкипер прыгнул — и взял мяч!

Началось такое! На орущего и машущего руками фотографа никто не обращал внимания, потому что орали и размахивали руками все без исключения. И оба великих князя, и деревянный генерал фон Дона-Шлобиттен, и две тысячи зрителей.

На поле и вовсе творилось невообразимое. На Козловского бросились товарищи по команде, и давай хлопать по спине, обнимать, целовать, а потом и подбрасывать в воздух. С трибун на поле выбежали энтузиастические болельщики. Дамы визжали. Над немецкими скамьями стоял скорбный вой.

К Лавру Константиновичу было не пробиться. Никого из агентов Алеша тоже не видел, потому что на трибунах все перемешались, мало кто остался на своем месте.

А человек в широком пальто тем временем уже почти скрылся из виду.

Уйдет, уйдет!

И Алеша бросился вдогонку один, потому что другого выхода не было.

За воротами клуба он остановился. Где шпион?

Вон он, садится в запряженную парой пролетку.

Долговязый кучер в извозчичьем картузе щелкнул кнутом, гаркнул:

— Эх, салётни! Пашёль! Пашёль!

На коляске с треском поднялся кожаный фартук, она захрустела гравием, стремительно набирая скорость.

Господи, что делать?!

У розового куста стоял пузатый господин в кепи, придерживая велосипед. Беседовал с дамой — должно быть, встретил знакомую.

— Извините!— выдохнул Романов, подбежав и ухватившись за руль. — Государственная надобность!

«такъ громче, музыка, играй побѣду!
Мы побѣдили, и врагъ бѣжитъ, бѣжитъ, бѣжитъ!»

Оттолкнул непонятливого толстяка, с разбегу перекинул ногу через раму и бешено закрутил педали.

Кто быстрее?

По парковой дорожке на дутых шинах мчаться было легко. Алеша уже почти догнал коляску, но потом она свернула на мощенное булыжником шоссе, и здесь дело пошло хуже. Велосипед запрыгал по камням, завилял. Несколько раз Романов чуть не упал, да вовремя поспевал упереться ногой. Для гона на двух колесах эта дорога явно не годилась.

Пришлось снизить скорость. Похититель желтой папки с каждой минутой отрывался всё дальше — четырехколесному рессорному экипажу булыжники были нипочем.

Чтоб не отстать, Алеша все же рискнул, налег на педали. Удалось приблизиться шагов на сто, но что толку?

Предположим, догонит он шпиона и его переодетого извозчиком подручного. Кричать: «Руки вверх!»? Это, конечно, можно. Можно даже пистолет наставить. Только вряд ли они испугаются. Если «Лафит» и есть давешний резидент, такого голыми руками не возьмешь. А освоить все кнопки и рычажки своего оружия Алеша так и не успел. Времени не хватило. Всю ночь то совещались, то репетировали, а на рассвете вдвоем с Лавром Константиновичем еще и удары по воротам отрабатывали, напоследок.

Один раз на перекрестке проехал мимо городового. Рожа, как у них у всех, красная, грубая. Пока вобьешь в тупую башку, что нужно делать, коляска оторвется. И потом, что он может, городовой? В свисток дунет? «Селедку» свою из ножен вынет?

Увы, помощи ждать было неоткуда. Но что надо делать, Алеша вскоре придумал.

Ни в коем случае не потерять пролетку из виду, это первое. Второе: едет она в сторону Петербурга. Это очень хорошо. Надо не пороть горячку, а выследить, куда именно. Глядишь, еще и какое-нибудь шпионское гнездо выявится. В городе телефоны чуть не на каждом шагу. Там проще. От Царского до Питера верст двадцать или немногим больше. Для велосипеда не дистанция...

Именно на этой успокоительной мысли переднее колесо угодило в колдобину. Велосипед скак-

«Ура! Гвардейскіе уланы!
Кто не слыхалъ про молодцовъ?»

нул, будто норовистый конь, и выкинул ездока из седла.

Алешу отбросило аж на пыльную обочину, что в сущности было удачей. Если б он упал на каменную мостовую, обязательно что-нибудь себе сломал бы. А так лишь вскочил да встряхнулся.

Сам-то он был цел, но вот велосипед...

Колесо выгнулось восьмеркой, руль скособочился.

Чуть не плача, Алеша вынул из подвешенной седельной сумочки гаечный ключ, попробовал выправить поломку, но плюнул. Возиться придется долго, а времени нет.

На шоссе пусто, даже остановить некого.

Что было делать?

Побежал вдогонку — через рощу, потом мимо луга, потом через лесок. Гаечный ключ так и остался зажатым в руке, но сраженный бедой Алеша этого не замечал.

Два раза бегуна обогнали: легкая спортивная одноколка, за ней авто. Он кричал, махал рукой — только скорости прибавили. Бежит по дороге какой-то умалишот, весь испачканный, с диким взглядом. Кто ж остановится?

Надеяться, собственно, было не на что. На своих двоих пару рысаков не догонишь. Ну а у первой же развилки или перекрестка придется вовсе остановиться. Поди знай, куда свернули шпионы.

— Недотепа... Идиот... — шептал на бегу студент. И, как в детстве, когда еще верил в Бога, взмолился. — Господи, спаси люди твоя!

И чудо свершилось

За леском было открытое пространство. Поле, железная дорога, переезд с телеграфной будкой.

Вконец выбившийся из сил Алеша не поверил своим глазам.

Вдали, пыхая дымом, несся поезд. Шлагбаум был опущен, и перед ним выстроилась небольшая вереница из экипажей: обогнавшие спортсмена одноколка и автомобиль, а перед ними знакомая пролетка!

Не оставил Господь бедную Россию! И это логично, сказал себе счастливый Романов, ради такого случая готовый примирить научное мировоззрение с религиозным. Пускай Бог помогает немцам у них дома, а тут земля русская. Если говорить по-футбольному, игра идет на нашем поле.

Неторопливым прогулочным шагом Алеша дошел до самого шлагбаума, скучающе поглядел на проносящийся мимо пассажирский поезд. Навстречу несся еще один. Отлично. Минута-другая есть.

Он позевывая повернул обратно.

Вряд ли резидент (если резидент и Лафит — один и тот же человек) мог запомнить в лицо своего ночного спасителя, но на всякий случай, проходя мимо коляски, Романов прикрылся платком — вроде как сморкается.

Вот тебе раз!

Кучер был тот же верзила с костлявой лошадиной физиономией, но вместо черного, как жук, судьи сзади сидел какой-то белобрысый господин. И вместо роскошных, кренделями, усов под носом у него золотилась вполне умеренная, англоманская растительность. Ни летнего пальто, ни судейской формы — обычная полотняная пара, да русская рубашка с вышитым воротом. На голове не кепи, а соломенная шляпа.

Когда же успел смениться седок? Наверное, в леске. Больше негде.

А папка?!

От ужаса у Алеши сжалось сердце. Но блондин заворочался на сиденье, у него из-за спины высунулся желтый коленкоровый угол. Тревога оказалась ложной.

Это он, все тот же «мсье Лафит», сказал себе студент, отворачиваясь. Просто переоделся, снял парик и отцепил фальшивые усы. Игра продолжается. Финальный свисток еще не прозвучал.

Пора действовать. Другого случая не представится.

Оказавшись позади пролетки, он полез в карман за оружием и лишь теперь обнаружил, что до сих пор сжимает в руке гаечный ключ. Отшвырнул в пыль.

Посмотрел назад. Водитель автомобиля сидел, закрывшись газетой.

Алеша набрал полную грудь воздуха.

Скорее всего сейчас придется стрелять. Только бы не запаниковать. Нужно не насмерть, а в руку или в ногу. С такого расстояния это, наверное, нетрудно.

Он посмотрел на свой «штейер-пипер». Чтобы привести оружие в боевую готовность, полагается снять предохранитель и взвести затвор. Где тут предохранитель-то?

Ага.

Нажал маленький рычажок — из паза выскочила спусковая скоба. Попробовал вставить ее обратно — не хочет!

А мимо переезда с грохотом и лязгом уже проезжал второй поезд.

Что делать? Думай, математик!

Придумал.

Он подобрал с земли ключ. Опустился на корточки возле колеса, быстро открутил со ступицы гайку, вынул втулку. О шуме можно было не беспокоиться — проносящийся мимо состав обеспечивал прикрытие с лихвой.

Когда дело было сделано, Алеша побежал вбок, к кирпичной будке с вывеской «Телеграфный пункт».

Ворвался без стука.

Так, что здесь?

Стойка, телеграфный аппарат, расписание поездов, связки разноцветных флажков. Очевидно, домик использовался не только телеграфистом, но и обходчиком.

У окна седоусый человек в черной железнодорожной форме поливал герань.

— Телефон есть? — закричал ему Романов. — Государственное дело!

Телеграфист обернулся, увидел пистолет в руке. Не очень-то и удивился. Наверное, привык ко всякому. Дорога-то особенная, по ней в Царское Село ездят.

— Из Охранного? Вон аппарат, пожалуйте.

На переезде что-то звякнуло. Шлагбаум начал подниматься.

— Алло, Центральная? — покрутив рычажок, закричал Алеша. — Спортивный клуб Гвардейского корпуса! Скорей, пожалуйста! ...Да-да, в Царском Селе!

Но звонка никто
не услышал

Аппарат стоял на столике в гостиной, под парадной лестницей. Он был исправен и трезвонил с положенной громкостью, но этот звук тонул в шуме: криках, хохоте, пальбе открываемых пробок. В комнату набилось множество народу. Русские спортсмены и их друзья праздновали небывалый триумф отечественного футбола — игру с германцами вничью. Мэтч закончился со счетом ноль-ноль.

Героем дня был, конечно же, доблестный голкипер. Его то обнимали, то целовали, то трясли за руку.

Со всех сторон неслось:

— Ура лейб-кирасирам! ...Лавруша, дай я тебя... Вы чудо, чудо, позвольте вас облобызать!

Ошалевший, счастливый Козловский лишь улыбался и чокался, чокался и улыбался.

Расстроенные германские футболисты покинули территорию клуба, даже не умывшись и не переодевшись. Их болельщики тоже ушли. «Будто побитые собаки» — так выразился Николай Николаевич, лично пожавший руку каждому из русских спортсменов.

Филеры, согласно инструкции, последовали каждый за своим объектом. Наблюдение будет продолжено. Но факт очевиден: контрразведочная операция не состоялась. Резидент так и не появился. Возможно, не осмелился действовать, заметив агентов. А еще вероятней, что немцы и сами не знают, где находится тайник. Резидент слопал бумажку со схемой, не успев в ней разобраться.

В любом случае, план развертывания тевтоны не получили.

Зато какой подъем патриотизма вызовет исход игры! Завтра об этом напишут все газеты. Русские витязи устояли перед германской мощью! Это великое предзнаменование. Дали отпор на спортивном поле — не оплошаем и на поле брани.

Какой-то конногвардеец наконец обратил внимание на уныло дребезжащий телефон. Снял трубку, но ничего не расслышал — в гостиной как раз все зааплодировали: голкипер собрался произносить речь.

— Кого? Князя Козловского? Пардон, не слышно, — сказал конногвардеец и рассоединился. Ему тоже хотелось послушать.

Волнуясь и краснея, не привыкший к публичным выступлениям штабс-ротмистр сбивчиво начал:

— Друзья, товарищи! Я... это такой день... Я ждал от него совсем другого, но... Черт побери! ...Счастливейший день моей жизни, честное офицерское! Я думал, футбол — это... а он, оказывается...

От полноты чувств он не мог продолжать. Да и не нужно было — слушатели и так встретили спич бурными изъявлениями восторга.

— Князь! Князь! — закричали Козловскому. — Вас к телефонному аппарату! Второй раз звонят. Говорят, срочно.

Штабс-ротмистр с трудом пробился к столику.

Это был студент. Настроение у Козловского было великодушное. Он сразу сказал:

— Куда вы подевались, Алексей Парисович? Засовестились? Ерунда. Ну, ошиблись, всякое бывает. Вы видели, как я взял мяч?

— Он вам нарочно в руки послал! — пропищала трубка. — Чтоб бедлам начался и все на поле высыпали!

— Что? — поразился князь. — Бред какой! Да чего ради?

— Чтоб отвлечь внимание от резидента! Пока все орали и сходили с ума, он вынес папку с планом!

— Вы что, спятили?! — страшным голосом заорал штабс-ротмистр. — Не было здесь никакого резиден...

Еще более истошный крик, раздавшийся с самой середины комнаты, не дал ему закончить.

Одна из дам, вся белая от ужаса, показывала трясущимся пальцем куда-то вниз, под стол.

Исполняется «Похоронный марш» г-на Шопена

Из-за края низко опустившейся скатерти торчала рука с безжизненно скрюченными пальцами. Рядом, тускло поблескивая, ползла по паркету темная струйка крови.

Миновало семнадцать с половиной минут

«**Р**уссобалт» подлетел к переезду на сумасшедшей скорости. Не остановился, лишь сбавил ход. Ждавший у поднятого шлагбаума Алеша перевалился через дверцу, и Козловский снова наддал газа.

— Почему вы один? — крикнул студент сквозь рев мотора и свист ветра.

Некогда было объяснять ему, что агенты отправлены наблюдать не за тем, за кем следовало.

— Потому что я болван. Докладывайте скорей!

— Потом! Жмите на акселерейтор! Вперед! Скорей!

Штабс-ротмистр и без того разогнал машину до шестидесяти, но отлично понимал: всё впустую.

— Что толку? Почти двадцать минут прошло. Впереди несколько развилок!

— Далеко не уедут, — с загадочным видом обронил Романов.

— С чего вы взяли?

— Интуиция.

А вот и первый перекресток. Налево дачный поселок, он резиденту ни к чему. Впереди Петербург, до него 20 верст. Направо станция Александровская Варшавской железной дороги, 3 версты.

— Направо! — чуть подумав, сказал студент.

— Почему? Опять интуиция?

— Дедукция. Зачем им ехать в Питер на лошадях, если на поезде быстрей?

Резонно. Козловский повернул к станции.

Не проехали и минуты — увидели на обочине осевшую на бок пролетку. Рядом валялось колесо. Лошади с трудом тянули экипаж в сторону, к лугу, где росла аппетитная травка. Коляска скребла осью по земле.

— Ваша работа? — Князь глянул на сорвавшееся колесо, потом на молодого человека — с искренним восхищением. — Молодец, Романов! А почему не арестовали на месте? У вас же пистолет.

Он вышел из автомобиля. В брошенной коляске, под сиденьем, валялись светлый плащ, полосатая фуфайка, бутсы с гетрами.

— Что же вы? — нервно воскликнул Алексей, не отвечая на вопрос о несостоявшемся аресте. — Нужно ехать! Мы их догоним!

Штабс-ротмистр бросил на сиденье автомобильные очки, перчатки.

— Теперь мой черед дедуктировать. Они пошли вон через тот лесок. Так до станции вдвое короче, чем по дороге.

— Но на машине мы домчим до Александровской раньше их. Там и встретим!

Козловский уже хромал через поле.

— И что? — крикнул он на бегу. — Откроем пальбу среди дачников? За мной, студент, за мной! Мы их в лесу возьмем, на пленэре!

В дачном лесу

По тропинке, вдоль живописного оврага быстро шагали двое мужчин. Первый, сухощавый блондин с аккуратными усиками, нес подмышкой довольно толстую папку желтого коленкора; у второго, неуклюжего верзилы с непомерно длинными ручищами, за спиной на лямках висела корзина для пикника.

Лес был не настоящий, дачный. Без диких кустов, без сухостоя и валежника. Всё подчищено, прилизано, овраг в опасных местах огорожен перильцами. Откуда-то не из дальнего далека донесся свисток поезда.

— Это пригородный. Следующий наш, — сказал блондин. — Успеваем.

Несмотря на некстати отскочившее колесо, всё пока шло по разработанному плану. Через полчаса на станции Александровская остановится курьерский «Санкт-Петербург — Вержболово». Купе заказано на имя двух подданных безобидной Дании. Через тридцать часов господин Оле и господин Лукойе пересекут германскую границу. Самая блестящая операция в истории современной разведки будет завершена.

А все же Зепп был недоволен.

С документами-то всё в полном порядке. По дороге он успел пролистать папку и убедился, что поручик Рябцев исправно отработал свои серебреники. Копия составлена добросовестно и обстоятельно. Но, положа руку на сердце, такой ли уж блестящей получилась операция? Вот если бы Рябцев не наследил и план развертывания попал к Зеппу без ведома контрразведки — тогда другое дело. Русские двинули бы свои корпуса в строгом соответствии с заранее разработанной стратегией, ни о чем не тревожась и пребывая в полнейшем благодушии. Теперь же им доподлинно известно, что важнейший документ похищен. Это значит, что они кинутся вносить в план какие-то изменения. Конечно, коррективы не могут быть кардинальными, иначе это разладит и запутает сложнейший механизм выстраивания фронта. Однако мелкие, но крайне неприятные для германского командования сюрпризы неизбежны.

Увы. Бывают обстоятельства, над которыми не властен даже человек изобретательный и умный.

Тимо топал за спиной, как слон.

— Выкинь ты эту чертову корзину! — раздраженно бросил фон Теофельс. — На что нам твои разносолы? Отлично поужинаем в вагоне-ресторане.

Слуга рассудительно ответил:

— Ресторан на поезд очень плёхо. Нужно думать сдоровье. У вас нервный работа. Gastritis* у вас есть, будет Geschwär**. Я готовиль кароший пуляр, пирошок с капуста, свежий редис...

Он замолчал, не закончив, потому что Зепп резко обернулся.

Сзади вдоль оврага кто-то бежал.

Из-за деревьев показались две быстро двигающиеся фигуры, до них было шагов сорок. Замерших на месте пешеходов бегущие пока не заметили.

Первого фон Теофельс узнал сразу, по усам. Звезда русского футбола князь Тараканов, собственной персоной.

— По нашу душу, — тихо сказал Зепп. — Три-четыре.

* Гастрит (*нем.*)
** Язва (*нем.*)

Действуя с идеальной синхронностью, словно солдаты на параде, разведчики одинаковым жестом выхватили из-под пиджаков оружие.

Выстрел из «парабеллума» слился с выстрелом «рейхсревольвера» в единый оглушительный треск, раскатившийся эхом по сосновому бору.

Один против двоих

Студент, взмахнув руками и прокрутившись вокруг собственной оси, покатился вниз по склону оврага. Но князь Козловский, человек военный, в ранней юности успевший захватить кусочек Маньчжурской кампании и ездивший наблюдателем на Балканскую, под пулю не подставился.

Заметил впереди какое-то быстрое движение и одновременно со вспышками, даже на долю секунды раньше, упал ничком. Перекатился по земле, приподнялся, снова рыбкой нырнул в траву — и так несколько раз, пока не занял удобную позицию. Даже фуражки не потерял. Какой офицер без фуражки?

В десяти шагах от тропы из земли торчали два сосновых пня, почти сросшиеся друг с другом. Можно было вести огонь и с правой стороны, и с левой, и из зазора. Именно этим штабс-ротмистр и занялся.

Дело было простое, ясное, не шпионов вынюхивать. В свое время Козловский не раз брал призы за отличную стрельбу — хоть с упора, хоть с руки, хоть из седла.

Определив примерное местонахождение противника, он высунулся, чтоб спровоцировать новые выстрелы и локализовать мишени поточнее.

Ага!

Двое.

Один прячется за красноватой сосной, второй за желтоватой.

Ну, поглядим, кто кого.

Мальчишку, такая жалость, кажется, подстрелили, но сейчас было не до этого.

То выныривая, то снова прячась, князь метко и расчетливо посылал пулю за пулей. Сдвоенный пень заплевался огнем с трех разных точек и стал похож на огнедышащего Змея Горыныча.

Правда, и немцы стреляли отменно. На погоны, фуражку Козловского то и дело сыпались щепки и древесная труха.

Хорошо иметь принципы, думал штабс-ротмистр, перекатываясь то влево, то вправо. Взял себе железное правило: всегда держать при себе две запасные обоймы. И карман оттягивают, и ляжку натирают, зато сколько пользы.

В эту самую секунду

В эту самую секунду на дне оврага очнулся Алексей Романов. Встал на четвереньки, по-собачьи встряхнулся. Попытался понять, что это с ним произошло.

Последовательность событий, насколько он мог вспомнить, была такая.

Бежал, задыхался. Вдруг удар по голове — будто палкой стукнули. Приступ головокружения. Наклонилась и ушла из-под ног земля. Падение куда-то вниз, хлещущие по лицу ветки.

Наверху гремело и грохотало. В ушах не утихал неприятный звон.

Алеша схватился за ушибленный висок, где набухала чудна́я продольная царапина. Она вся горела огнем.

Это меня пулей контузило, дошло до студента. Верчение перед глазами прекратилось, но зато пересохло во рту и задрожали руки.

Меня хотели убить. По-настоящему. Навсегда.

Он икнул раз, другой и уже не мог остановиться.

Спокойно. По-медицински это называется «шок». Нужно взять себя в руки.

Стрельба наверху не утихала. Он полез в карман за пистолетом.

Раздался крик:

— Эй, господа шпионы! Сопротивление бесполезно! Лес окружен! Сдавайтесь!

В ответ новые выстрелы. Немцы не поверили штабс-ротмистру. И правильно сделали.

А может, неправильно? Нужно в самом деле их окружить. В смысле, зайти им в тыл и отрезать дорогу к отступлению.

Алеша побежал вперед по оврагу. Под ногами трещали сучья, но это было ничего: пальба и эхо заглушали любые звуки.

«Обходной маневр» удался на славу. Вскарабкавшись по склону, Алеша оказался именно там, где нужно.

Перед ним, как на ладони, открылась небольшая поляна. На ее краю, укрывшись за деревьями, стояли верзила и блондин. Позы одинаковые: левая рука придерживает за локоть правую; в ней оружие. При этом оба прижимаются к стволу спиной, но в Алешину сторону не смотрят — головы повернуты.

Одновременно (очевидно по счету) поворачиваются то вправо, то влево. Высунувшись на мгновение, стреляют и снова прячутся.

Очередная молниеносная вылазка получилась неудачной — долговязый как раз угадал под выстрел Козловского и вскрикнул:

— Scheise!

Зажал рукой ухо. Пальцы окрасились кровью.

— По-русски, Тимо, по-русски! — весело сказал блондин без какого-либо акцента. — До свадьбы заживет. А не заживет — куплю тебе новое ухо.

Расстояние до немцев было ерундовское, метров двадцать.

Сначала шутника, решил Алеша, ложась на живот и упираясь локтем в землю. Кажется, он сообразил, где на этом чертовом «пипере» предохранитель. Вот эта кнопочка вверху рукоятки.

Нет, лежа нельзя, глупо.

Попадешь в одного, а второй обернется и застрелит. Прятаться-то некуда.

Он приподнялся, отполз в сторону, за дерево.

Тут можно было и встать.

Согласно правилам меткой стрельбы, Алеша задержал дыхание, снял оружие с предохранителя...

Только это оказался никакой не предохранитель!

«Вотъ пуля пролетѣла, и ага.
Вотъ пуля пролетѣла, и ага»
(2 раза)

От нажатия на кнопку из рукояти с тихим щелчком выскочил магазин и упал в траву!

— Тимо! — крикнул блондин, делая напарнику какие-то непонятные знаки. — Сук!

— Зук? — переспросил тот.

— Der Ast!

Корноухий кивнул — до него дошло.

Сук

Позиция штабс-ротмистра была всем хороша — кроме одного.

Прямо над удобнейшими пнями навис мертвый сук, весь покрытый сухими желтыми иголками. Неудачней же всего было то, что князь этого дамоклова меча не приметил, не до того было.

Только вдруг, во время очередного залпа, немцы выстрелили не по пню, а выше. Козловский и удивиться не успел.

Над головой раздался угрожающий треск. Офицер вскинулся, увидел: прямо на него падает что-то корявое, разлапистое. Еле успел метнуться в сторону, из укрытия на голое место. И аккурат угодил под пулю «рейхсревольвера».

С криком «Черт!» откатился в траву. Кусая губы, чтоб не взвыть от ужасной боли, пополз по траве — наугад, вслепую, ничего не видя и не слыша.

Всё было кончено

Хоть Алеша и не видел, как пал сраженный германской пулей штабс-ротмистр, но и без того было ясно: бой окончен.

Шпионы, ничего более не опасаясь, вышли из укрытия.

Лихорадочные поиски пропавшего в густой траве магазина пришлось прервать — теперь, когда стало тихо, любой шорох с такого расстояния был бы услышан. Романов опустился на колени, потом совсем лег. Заметят — убьют. В этом не было ни малейших сомнений.

— Кончать? — спросил верзила, показывая в ту сторону, откуда недавно стрелял Козловский.

— Ты во второго попал? — ответил вопросом на вопрос резидент.

— Думаль нет. Чут-чут попаль, но думаль не отшень. Он голова повернуль.

— Тогда нет смысла князя Тараканова по кустам искать. Еще на пулю нарвемся. А время дорого. Второй наверняка дунул за подмогой.

Долговязый поплевал на платок, прижал к оцарапанному уху.

— Что есть «дунуль»?

Но блондин ему объяснять не стал.

— Жалко, — сказал он. — Теперь на поезд нельзя. Догадаются. В пути перехватят.

Говорил он негромко, будто сам с собой, однако Романову было слышно каждое слово.

— Мать твою кочергой! — причудливо выругался резидент и яростно пнул ни в чем не повинную сосну, и без того окарябанную штабс-ротмистровыми выстрелами.

— Первое: уносить отсюда ноги... — Теперь светловолосый шпион уже не рассуждал вслух, а отдавал приказы. — Второе: как можно быстрей и дальше, чтоб не попасть в кольцо оцепления. Вперед, Тимо, мы отправляемся на пикник!

Он побежал рысцой наискось от тропы, прямо через лес. Его подручный подобрал корзину с лямками, надел на спину и понесся догонять.

Лишь теперь Алеша получил возможность броситься на поиски тяжело раненного, а может быть, уже мертвого Козловского.

Князя он нашел в полусотне шагов от поляны. Скрюченный пополам, бывший лейб-кирасир рвал на полосы рубашку и пытался перевязать живот, но белая ткань моментально темнела от крови.

— Дайте я! — закричал Алеша. — Нет, я побегу на станцию! Врача! Носилки!

— Я тебе дам «станцию»! — просипел белый, как снег, Козловский. — Мальчишка! За ними! Марш! ...План! ...К немцам! ...Попасть! ...Не должен!

В промежутках между обычными словами штабс-ротмистр вставлял по целой матерной фразе — почему-то они проще выговаривались и словно давали энергетический толчок договорить до конца.

Студент попробовал спорить.

— Я вас не брошу! Вы умрете!

Князь говорить уже не мог — хрипел.

— Слюнтяй! Я сдохну, ты сдохнешь — плевать... Не стой, беги! Оторвутся — всё пропало!

Из последних сил он ткнул Алешу кулаком в скулу и не сдержался, охнул от боли.

Отброшенный ударом, Романов вскочил и, посекундно оглядываясь, побежал по усыпанной хвоей, пружинящей под ногами земле.

Хорошо, что жирафоподобный помощник резидента топал своими ножищами, будто целый взвод солдат.

Не оторвались шпионы, не успели. Алеша пристроился сзади. Пригнувшись, перебегал от дерева к дереву. Не отставал.

Слежка шла уже
третий час...

В лесу-то было легко, но скоро он кончился. На поле и на лугу вести слежку было значительно труднее. Приходилось двигаться согнувшись. Чуть что — падать ничком и замирать.

Населенные пункты и отдельно стоящие дачи немцы обходили стороной. Дороги тоже.

Ориентацию Алеша довольно быстро потерял. Кажется, резидент держал путь на юг, но уверенности в этом у студента не было. Познания городского жителя об определении сторон света ограничиваются расхожей легендой о том, что мох на деревьях растет якобы исключительно с северной стороны.

Неправда. Романов собственными глазами видел рядом два ствола, повернутые зелеными плюшевыми поверхностями друг к другу.

От многократных падений и ползания на животе колени, локти, весь перёд пиджака у Алеши стали серого цвета.

Расчет немцев был ясен. Двигаясь таким темпом, они за пять-шесть часов отмахают добрых тридцать верст. На плотное оцепление зоны с таким радиусом не хватит всех войск Петербургского округа. В лучшем случае поставили бы кордоны на станциях и дорогах. И то если б студент Романов действительно поднял тревогу...

Но ничего подобного вышеназванный студент не сделал. Правду сказать, от него вообще не было никакого толку, один лишь вред.

Стыдней всего вспоминалось про потерянный магазин, так и оставшийся где-то в траве. Пистолет по-прежнему лежал в кармане, только что от него было проку?

Вторая причина для терзаний состояла в том, что не догадался забрать у раненого штабс-ротмистра его офицерский самовзводный «наган». Это уж был чистой воды идиотизм. Шарахнулся от бешеного хрипа, от злобного тычка в скулу. И что теперь? Безоружен и беспомощен. Враги — вот они, а ничего не сделаешь.

Чертовы немцы были будто выкованы из крупповской стали. Алеша, на что спортсмен, а начал спотыкаться от усталости. Они же шагали ровной, механи-

«Дышала ночь восторгомъ сладострастья,
Неясныхъ думъ и трепета полна...»

ческой походкой, будто заводные автоматы. Ни разу не присели.

На поле, покрытом стожками скошенной травы, заморосил дождь. По краю неба раздалось сердитое урчание. Гроза, весь день подбиравшаяся с Балтики, наконец, накрыла землю.

В лицо Алеше полетели холодные капли. Сначала редкие и мелкие, потом всё чаще, всё крупнее.

Дождь усиливался...

На краю скошенного поля стояла заброшенная и полуразвалившаяся лачуга. Может, когда-то здесь была сторожка или пастушья хижина.

Впервые за всё время марша-броска фон Теофельс остановился.

От места перестрелки удалились достаточно. Подстраховочная эстафета ждала в Гатчине. Время встречи — половина пятого утра. Значит, можно минут сто пятьдесят отдохнуть: перекусить, поспать. Если повезет, переждать грозу.

Запасной вариант предусматривал изменение внешности и маршрут с двумя пересадками. Менее удобно и не так быстро, но задержка выйдет небольшой. Папка прибудет в Берлин послезавтра во второй половине дня.

Это бы ладно. Скверно другое. Худшие опасения подтвердились. Теперь русские знают не предположительно, а наверняка, что план развертывания в руках германского командования. Плод, добытый таким трудом, оказался с гнильцой. Скорей бы уж объявляли мобилизацию. Тогда у русского генштаба не останется времени на изменения...

Хибара, где господину капитану предстояло скоротать ночь, внутри выглядела еще менее презентабельно, чем снаружи.

Соломенная крыша посередине зияла прорехой, сквозь которую беспрепятственно лился дождь. Прямо под дырой на земляном полу — самодельный очаг из камней. Окна выбиты. Вместо мебели несколько пуков сена, пустой ящик да пачка старых газет. В качестве декора — пустые бутылки и пара ржавых жестянок. Очевидно, здесь частенько останавливались на ночлег нищие и бродяги.

— Романтично, — резюмировал Зепп, осмотревшись. — К тому же здесь явно квартировали интеллигентные люди. Газета — двигатель прогресса. И почитать, и накрыться, и огонь разжечь...

Он пододвинул ногой пачку, сел на нее и блаженно потянулся.

— Ну, добрый гений, давай свою пулярку и что там у тебя еще.

Полчаса спустя

Полчаса спустя трапеза была готова.

На «доброго гения» Тимо, возможно, не походил, но свое дело знал прекрасно.

Приют бродяг преобразился. Пожалуй, даже стал уютным.

По крыше шуршал дождь, за дырявыми окнами свистел ветер, в темном небе рокотал гром, а в домике весело пылал костер, белый дым дисциплинированно уходил вверх. Тепло, сухо. На перевернутом ящике сервирован чудесный походный ужин: бутерброды с ветчиной, жареный цыпленок, бутылка вина, термос с горячим чаем.

— Хотель корзина кидать... Корзина кидать — кушать что? — ворчал верный слуга, повязывая капитану белейшую салфетку.

Зепп смиренно отвечал:

— Я склоняюсь пред твоей мудростью, о достойнейший из джиннов. Чур белое мясо мне.

Алеше тоже хотелось есть

Студент Романов белое мясо в курице тоже любил больше, но сейчас он согласился бы и на красное. Даже на крылышко. Что крылышко — и шею, которую резидент пренебрежительно кинул в огонь, Алеша обглодал бы за милую душу.

Тут ведь что получалось?

Утром не завтракал, потому что нервы. Днем было не до обеда. Потом кросс на велосипеде, пробежка по лесу, плюс двадцать, если не тридцать верст по пересеченной местности. За всё время во рту ни маковой росинки.

Пока шла слежка, думал только о том, чтоб не отстать и не засветиться. Не до голода было. Зато теперь живот подвело просто ужас как. Того и гляди забурчит слишком громко — демаскирует.

«Нашъ уголокъ я убрала цвѣтами,
Къ вамъ одному неслись мечты мои...»

И еще гроза, будь она неладна.

Если прижиматься к стене вплотную, можно было не только подсматривать в окно, но и кое-как укрываться от дождя под свесом крыши. Минус один: при дуновении ветра траектория стекающей по стрехе воды менялась, и холодные струи попадали прямиком за шиворот.

В общем, голодно, холодно, мокро, противно.

Но все эти мелкие неприятности были ерундой по сравнению с главным: желтая папка с похищенным планом находилась здесь, в пяти шагах от окна. Она лежала на земле, рядом со стопкой старых газет, на которой устроился резидент. А значит, еще не все было потеряно. Мэтч продолжался.

Скорей бы уж немцы сожрали свои припасы и улеглись спать. Долговязый Тимо сложил в углу два ложа — одно попышнее, из сена, второе тощенькое, из соломы, — но черт их знает, намерены ли они заночевать или просто передохнут немножко и дальше пойдут.

Романов уже знал, как поступит, если шпионы завалятся дрыхнуть.

Совсем будет хорошо, коли уснут оба. Тогда пробраться в дом, взять папку — и со всех ног отсюда.

Но надеяться на такой исход нечего. Не дураки они, своё дело знают. Будут спать по очереди.

В этом случае действовать надо вот как. Едва станет ясно, что немцы расположились в этой развалюхе надолго, нужно найти ближайший населенный пункт. Если там есть полицейский участок или телефон, задача облегчается. Если нет — схватить за грудки старосту. Пусть поднимает мужиков. Речь идет о судьбе отчизны!

Отчизна отчизной, но есть все-таки хотелось ужасно. Особенно тяжело было наблюдать, как резидент взял с бутерброда одну ветчину, а хлеб бросил.

И чай не допил, сволочь.

Прошло еще несколько минут

Пока Тимо догрызал то, что осталось от цыпленка, фон Теофельс лежал на сене, курил папиросу и благосклонно взирал на своего верного Санчо Пансу, который внешностью, впрочем, скорей напоминал дон Кихота.

Небо треснуло напополам прямо над избушкой. Вспыхнула молния, и ночь на мгновение из черной стала белой.

Сытость, пламя костра и неопасное буйство стихии настроили Зеппа на сентиментальный лад.

— Подруга дней моих суровых, голубка дряхлая моя, — ласково сказал он. — Как по-твоему, дядька Савельич, долго ль продлится сей буран?

Из всего сказанного Тимо понял только одно слово:

— Почему дядька? Дядька — это Onkel, да?

— Дядька — самое точное название твоей должности. Ты состоишь при мне с детства. Куда я, туда и ты. Так кто ж ты мне? Слуга? Денщик? Нет, Тимо, ты мой дядька. Мы с тобой идеальная пара. Даже курицу едим гармонично. Ты любишь ножку, я грудку.

— Грудка тоже могу, — возразил Тимо.

— Да ты всё слопаешь, что ни дай. Помнишь, как в Каракумской пустыне кобру стрескал? Сырую.

— Что есть «трескал»? Убиваль?

Но Зеппу прискучила праздная болтовня. Он опять помрачнел. Мысль о том, что победа вышла подмоченной, терзала заядлому перфекционисту душу.

Вздохнув, швырнул недокуренную папиросу в огонь. Поднялся.

— Ладно, что уж теперь... Как сказал мудрец: если не можешь облегчить душу, облегчи мочевой пузырь.

Он поднял повыше воротник и вышел наружу.

Далеко отходить не стал. Во-первых, не перед кем церемонничать. Во-вторых, вышло бы глупо: герр фон

Теофельс мочится на землю, а небо мочится на герра фон Теофельса. Круговорот воды в природе.

Струйка дождевой воды пролилась Зеппу на плечо. Он недовольно дернул головой и краешком глаза заметил позади какое-то быстрое, почти неуловимое движение. Не сказать, чтобы встревожился (не с чего было), но все-таки дошел до угла, застегивая на ходу ширинку.

Высунулся — и уперся лбом в дуло пистолета.

Вот тебе на!

Перед капитаном Гроссе-Генералштаба стоял молодой человек в мокром и перепачканном летнем пиджаке. Лицо у молодого человека было отчаянное.

— Только попробуйте что-нибудь — выстрелю. Честное слово, — очень тихо сказал незнакомец. (А может, и знакомец — где-то Зепп его уже видел).

Просьба была убедительная. Можно бы, конечно, рискнуть. Отшатнуться назад, за угол и попробовать добежать до двери. Но шансы на успех подобного предприятия были мизерные. Схлопочешь пулю — если не в лоб, то в затылок. Да и вряд ли этот молокосос тут один.

Поэтому фон Теофельс не только раздумал шарахаться за угол, но, наоборот, шагнул навстречу невесть откуда взявшемуся юноше. Еще и руки поднял.

Тот попятился. Правильно, между прочим, сделал.

Возникла непродолжительная пауза. Больше никто из темноты не выпрыгивал, никаких звуков кроме шума дождя и воя ветра Зепп не слышал.

— Вы что, один? — с некоторым удивлением спросил он, делая еще шажок.

Молодой человек проворно отступил и оказался вровень с выбитым окном, но не заметил этого — очень уж был сосредоточен на капитане.

— Нас двое! — кивнул на свой пистолет осторожный юноша и шикнул. — Стойте, где стоите! Сейчас мы войдем внутрь, и вы отдадите мне папку.

Палец противника лежал на спусковом крючке. Только бы Тимо не вздумал стрелять, подумал Зепп. Даже с пулей в голове человек может рефлекторно сжать руку, и тогда вместо одного трупа будет два.

Но Тимо свое дело знал, идиотской ошибки не сделал.

Из окна высунулась ручища, «рейхсревольвер» ткнулся русскому прямо в висок.

«Не разойтись ли намъ, пока
Не обагрилася рука?»

Говорить «дядька» ничего не стал. Не любил попусту болтать на работе. Особенно, если и так всё ясно.

— Браво, Тимо, — похвалил фон Теофельс. — А вы, милый мальчик, бросайте свою аркебузу. Иначе вы труп.

Пистолет, направленный на капитана, дрогнул, но не опустился.

— Вы тоже! — сдавленным голосом произнес молодой человек. — Я всё равно успею нажать! Моторная реакция сработает. Слыхали про такую?

Оказывается, не одни лишь великие умы мыслят сходно, с грустью констатировал Зепп. Паршивец оказался не робкого десятка.

— Ну хорошо. Вы убьете меня, Тимо убьет вас. Что проку? Папка все равно попадет по назначению.

Русский снова удивил. Уверенно сказал:

— Ваш слуга не выстрелит. Я видел, как он с вами возится. Будто мамка. Или нянька. Ну-ка велите ему убрать револьвер.

Задачка получалась более сложной, чем вначале показалось фон Теофельсу. Юноша был непрост. А значит, опасен. Придется повозиться.

— Как вырос интеллектуальный уровень русской контрразведки! — совершенно искренне восхитился Зепп. — У вас что, теперь штудируют практическую психологию? Вы правы, первым он не выстрелит. Старина Тимо опекает меня с детства. Славный шваб. Добрый, сентиментальный. ...Убери оружие, Тимо! Ты же видишь, наш гость не испугался.

Дуло отодвинулось от виска контрразведчика, но недалеко.

Следовало менять тактику. Жаль, лица оппонента в темноте было толком не разглядеть. Глядишь, зацепился бы за что-нибудь (Зепп считал себя мастером физиогномистики).

— Знаете что? — на пробу сказал он. — Давайте разойдемся миром. Зачем вам умирать в ваши двадцать лет? Да и я бы еще пожил. Если честно.

— Во-первых, мне двадцать три. А во-вторых, есть вещи важнее жизни.

Завязывалась дискуссия, уже неплохо. Двадцать три, стало быть?

Тоном старого-престарого, траченного молью Экклезиаста капитан пробрюзжал:

— Это вы по молодости так говорите. Важнее жизни ничего нет. Разве что смерть.

— Вы забыли про честь! — строго воскликнул агент.

Тут-то и стало ясно, за какие ниточки дергать.

Зепп вскинул голову. Мысленно подкрутил усы и вставил в глаз монокль.

На дуло пистолета смотреть перестал, будто теперь ему и смерть стала нипочем.

А в пистолете
не было патронов...

Услышав про честь, резидент переменился в лице. Построжел лицом, в осанке стала заметна коренная офицерская выправка. И, слава Богу, перестал пялиться на пистолет, а то Алеша всё боялся, что немец углядит в низу рукоятки зияющую дырку.

— Нет, не забыл, — отчеканил резидент. — Просто я думал, что разговариваю с обычным филером. Теперь вижу — ошибся. Что ж, давайте поговорим как люди чести.

А потом вдруг поежился и совсем другим, *человеческим* голосом попросил:

— Послушайте, давайте продолжим эту увлекательную беседу внутри. Не хотелось бы простудиться перед смертью.

Романов тоже продрог, да еще и промок, главное же — оказавшись внутри, он приблизился бы к заветной папке. Это соображение и положило конец колебаниям.

— Пожалуй, — великодушно кивнул он.

Резидент повернулся идти, но сразу же с беспокойством оглянулся:

— Только дайте честное слово, что не выстрелите мне в затылок. Теперь, когда Тимо больше не держит вас на мушке...

Покосившись на свой бесполезный пистолет, Алеша пообещал:

— Честное слово.

Перед самой дверью (верней, дверным проемом, ибо створка как таковая отсутствовала) шпион обернулся еще раз.

— Вспомнил, где я вас видел. Во-вторых, это вы были в лесу с тем офицером...

— Во-вторых? — удивился Алеша странному обороту речи.

— Да. Потому что в первый раз мы встретились на станции Левашево. Не так ли? Вы рыцарственно пришли мне на выручку. — Немец понимающе усмехнулся. — Рассчитывали втереться в доверие?

— Что-то в этом роде, — бодро ответил Романов.

— Правильно сделали, что отказались от этой глупой затеи. Лежали бы сейчас где-нибудь в канализационном люке с проломленной головой. Я на дешевые трюки не покупаюсь.

У входа благодаря отсвету костра было светлее, и резидент с любопытством рассматривал студента. А студент — резидента. Обычное лицо, без особых примет. Такое может быть и у русского, и у немца.

— Наверное, вы русский немец?

Не думал, что шпион ответит. Однако блондин охотно поддержал разговор:

— Нет, я немецкий немец. Просто с детства учил ваш язык. Отец и дядя, оба люди военные, всегда говорили: Россия для нас самая главная страна. И это правда. Ваша отчизна, мой друг, велика размерами, но юна разумом. Рано или поздно вы, русские, поймете, что наши три империи, как родные братья. Германия — старший брат, Австро-Венгрия — средний, Россия — младший. Нужно всего лишь, чтоб вы признали эту иерархию, и тогда три наших орла будут парить над всем миром.

Снисходительность, с которой резидент излагал свою, с позволения сказать, концепцию, была просто смехотворна!

Алеша подхватил:

— «Старший умный был детина, средний сын и так и сяк, младший вовсе был дурак». Так что ли? Знаете, чем эта сказка кончилась?

— Знаю. Ивану-дураку помог Конек Горбунок. Но мы живем не в сказочном царстве-государстве, а в Европе двадцатого века. Дуракам здесь никто помогать не станет. Хотите, я скажу вам, зачем нужна война, которая начнется через неделю, самое большее через две? Без войны Россия не поймет, что старших братьев нужно слушаться. Урок будет болезненный, но пойдет вам на благо.

Еще и указательный палец поднял. Разозленный Алеша прикрикнул на благожелателя:

— Ладно, это мы поглядим. Что встали? Идем!

А поскольку немец не тронулся с места, да еще и смотрел на студента с возмутительной отеческой улыбкой, Романов подтолкнул его свободной левой рукой. Это подействовало. Улыбочка исчезла.

— Попрошу без фамильярностей! — Физиономия шпиона будто одеревенела. — Перед вами капитан генерального штаба! Позвольте представиться: Йозеф фон Теофельс. Вы знаете, что согласно международной конвенции я обязан в подобной ситуации называть подлинное имя и звание. — Он щелкнул каблуками, сухо и резко наклонил голову. — Это очень древний род. Среди владельцев замка Теофельс были и крестоносцы. А с кем имею честь я?

— Романов. Алексей Парисович.

Алеша тоже распрямился.

— Романов? Символическая фамилия.

С крыши пролилась струйка — аккурат за шиворот студенту. Это и положило конец затянувшейся беседе.

— Да идемте же! — передернулся студент. — Дождь!

Но последовать в дом за капитаном решился не сразу.

— Стоять! Я не вижу вашего Франкенштейна. Пусть покажется.

Замерший на месте с поднятыми руками Теофельс позвал:

— Тимо, покажись гостю. А то некрасиво получается.

Из темного угла, держа наготове револьвер, вышел слуга. Его некрасивая, костлявая физиономия вся подергивалась. За капитана волнуется, понял Алеша. И очень хорошо — значит, первым не выстрелит.

— Ну вот, патовая ситуация восстановлена, — сказал резидент, медленно поворачиваясь и слегка опуская руки. Теперь он стоял бок о бок со своим помощником. — Но здесь гораздо лучше, чем снаружи, не правда ли?

— Правда.

Как действовать, Романов уже придумал. Выход из положения был всего один. Отчаянный, почти стопроцентно обреченный на неудачу. Но иного не существовало.

Мелко переступая, он переместился боком к жарко пылающему костру. Быстро наклонился, схватил желтую папку и бросил в огонь. Одновременно выставил вперед пистолет и истошно закричал:

— Не двигаться! Убью!!!

Тут вся тонкость была в том, что целил Алеша не в вооруженного слугу, а в безоружного господина. Если б в Тимо, тот, пожалуй, выстрелил бы, а так не осмелился. Еще и ухватил рванувшегося с места капитана за локоть.

Отступив к стене, Романов всё наводил ствол на Теофельса, тщетно пытавшегося вырваться из цепкой лапы своего клеврета. Желтый коленкор едва начал чернеть, содержимое же и подавно пока оставалось нетронутым.

Вырвется или нет? Если накинется, всё пропало...

— Пусти! Пусти! Idiot! Lass mich weg!* — кричал капитан.

Он ударил слугу локтем в бок, лягнул каблуком, но чудищу это было нипочем. По-прежнему держа в правой руке револьвер, Тимо левой перехватил господина за шею и сжал так, что Теофельс лишь беспомощно трепыхался.

А папка, умница, уже пылала, с каждой секундой всё жарче, всё веселей.

— Тимо, стреляй! Приказываю! — просипел полузадушенный резидент.

— Nein! Er wird Ihnen schiessen!** — отрезал славный Тимо, да еще и к Алеше обратился, по-русски. — Не надо стрелят! Ви не стрелят — я не стрелят.

Ай да верный Личарда! Ай да золотое сердце!

К дыре в потолке валил густой белый дым, летели искры и клочки сажи.

---

* Идиот! Пусти! (*нем.*)
** Нет! Он вас застрелит! (*нем.*)

Капитан уже не барахтался в железных тисках, лишь завороженно смотрел на бушующее пламя.

Дело было сделано. Алеша отлично понимал, что живым ему отсюда не уйти. Жизнь кончена. Она получилась короткой и немного нелепой, но финал, ей-богу, совсем неплох. Жаль только, наши не узнают, что план развертывания к немцам не попал. И как погиб студент Романов, тоже не узнают.

Он вздохнул.

— Как весело горит сухая бумага, — неживым голосом сказал Теофельс. Он перевел взгляд на Алешу. Глаза у немца светились странным блеском. — Что ж, господин Романов, вы провалили мне задание. Такое со мной случается в первый раз. И, клянусь, в последний... Пусти, Тимо, черт бы тебя побрал! Старый сентиментальный осел, ты растоптал мою честь.

Слуга больше не держал его. Растирая помятое горло, капитан цедил слова с пугающей неторопливостью. Эта ледяная ярость устрашала гораздо больше, чем недавний истерический хрип.

— Вы победили, юноша. Но погодите радоваться. Я вызываю вас на дуэль. Биться насмерть. Всё равно жить мне теперь незачем.

— Какая еще дуэль? — Алеша косился на пылающую папку — вся ли сгорела, не уцелеют ли какие-то страницы? — Думаете, я позволю вам взять в руки оружие?

— Обойдусь без оружия. — Теофельс криво усмехнулся. — Мы с вами вот как. Держу пари, что вы любитель Конан Дойля... «Этюд в багровых тонах» читали? Про Божий Суд. Как двое американцев пилюли
глотают?

Романов кивнул. Конечно, читал. Первый раз —
еще приготовишкой.

— Вино вот. — Немец мотнул головой на полупус-
тую бутылку. — А это, — он вынул из жилетного кар-
машка крохотную коробочку, — пилюли.

Там, разложенные каждая в свою ячейку, лежали
одинаковые таблетки.

— Вторая слева, вторая слева... — пробормотал резидент. — Ага, вот эта.

Вынул одну пилюльку, положил на ящик рядом с
бутылкой.

— Яд моментального действия. У каждого уважаю-
щего себя разведчика есть такая малютка-спаситель-
ница. От виселицы. Остальные — обыкновенный аспирин.

Он взял еще одну таблетку, положил обе в стакан-
чик, встряхнул и высыпал на салфетку.

— Теперь я и сам не знаю, где тут лекарство, а где
яд. Принцип дуэли, надеюсь, понятен? Выбора у вас
нет. Один из нас должен погибнуть. В противном случае я просто кинусь на вас, и тогда мы погибнем оба.
Тимо, выстрелишь ему в живот, чтоб помучился.

Слуга, напряженно вслушивавшийся в медлительную речь своего господина, сделал протестующий жест:

— Es geht nicht! Zu gefährlich!*

— Ничего, я везучий, — осклабился капитан. — Быть может, эта маленькая встряска вернет меня к жизни.

Если он думал, что затея с поединком на пилюлях испугает противника, то здорово ошибся.

Алеша встрепенулся. Кажется, прощаться с жизнью было еще рано. Появилась пускай слабая, но надежда.

— Какой мне смысл играть в эти детские игры? — с небрежным видом сказал он. — Даже если мне повезет, ваш слуга все равно меня застрелит.

Капитан поморщился, будто молодой человек сказал бестактность.

— Тимо, выйди. Raus, raus!**

С большой неохотой, посекундно оборачиваясь, великан удалился за дверь.

— Если останетесь живы, успеете выскочить в окно. Любое из трех. — Теофельс широким жестом обвел комнату. — Заметьте, я доверяю вашей порядочности. Не боюсь, что пальнете в меня и сиганете через окошко прямо сейчас. Потому что вижу: передо мной человек чести... Ну, хватит болтовни. Выбирайте, которая?

---

* Так не пойдет! Слишком опасно! (*нем.*)
** Вон, вон! (*нем.*)

Поразительная штука психология! Именно теперь, когда шанс на спасение подскочил с нулевой величины до вполне приличного соотношения 1:1, Алеше вдруг сделалось очень страшно. Словно окоченев, он смотрел, как капитан твердой рукой наливает в два стаканчика вино и бросает в каждый по таблетке; как те, шипя, растворяются.

— Вино, кстати, отличное, — с жестокой улыбкой сообщил резидент. — И яд тоже первоклассный. Больно не будет. Сначала приступ икоты, потом секунд тридцать судороги — и остановка сердца. Выбирайте: правый или левый.

Очень боясь, что задрожат пальцы, Алеша взял левый. Потому что на букву «Л», а мама в детстве звала его «Лешенька».

— Пьем разом, по команде, до дна. И не ловчить. Слово чести?

— Слово.

Пистолет Алеша убрал в карман. Шпион слегка поклонился — оценил жест.

— Благодарю за доверие.

— Не за что.

В этот решающий, очень возможно что предсмертный миг Романов внезапно ощутил странное родство с этим полоумным немцем. Кажется, и тот испытывал нечто подобное.

— Знаете что? — Теофельс беззаботно улыбнулся. — А давайте на брудершафт. Такой момент, можно сказать, раз в жизни бывает. — Они перекрестили руки, глядя друг другу в глаза. — Вот это по-нашему, побуршески. Друзья называют меня «Зепп». А я вас «Алешей», ладно? За Германию, Алеша!

Студент хрипло ответил:

— За Россию!

— Ну, как говорится, три-четыре.

Оба выпили вино залпом. Честно.

Несколько секунд (как пишут в романах, показавшихся Алешей вечностью) он прислушивался к своему телу.

Что за бешеный стук? Начинаются судороги? Или просто сердцебиение?

Вдруг раздался громкий неромантичный звук.

— Ик!

Во взгляде немца мелькнул ужас. Капитан оттолкнул студента, протянул руку, чтобы схватиться за горло — и не смог.

— Ик! Ик! Ик!

Икота делалась всё чаще. Теофельс мягко повалился на пол. Нога в заляпанном грязью ботинке возила по полу. Из горла вырывалось сипение.

Алеша попятился к стене, не в силах отвести глаза от этой ужасной картины.

В дом ворвался Тимо и с ревом склонился над умирающим. Зачем-то подхватил его на руки, поднял. Из широкой груди слуги вырвался звериный вой.

«Кубокъ янтарный
полонъ давно!
пѣной угарной
блещетъ вино!»

Тогда, опомнившись, Романов развернулся и с разбега выпрыгнул в окно — одновременно со вспышкой очередной молнии.

Дождь ударил его в лицо, будто облил живой водой. Студент побежал в темноту, не разбирая дороги.

Гром ударил совсем рядом. Снова полыхнуло. И еще. И еще.

Оглянувшись, Алеша увидел, что из окна хибары высовывается Тимо. Рыдая и выкрикивая бессвязные ругательства, идолище вслепую палило из револьвера.

Да-дах! Да-дах! Да-дах!

Берлин.
Große Generalstab

В просторном дубовом кабинете, под высоким портретом Вильгельма Второго, у стола сидели два генерала. Один с закрученными, как у кайзера, усами. Второй с гладким пробором ровно посередине макушки и с моноклем в глазу. Всю поверхность стола занимала карта Восточной Пруссии, разрисованная красными клиньями, синими квадратами, желтыми кружками и прочей геометрией.

— Ну что ж, — произнес генерал Монокль, распрямляясь. — Всё ясно. Их первая армия бьет сюда, вторая сюда. Активная фаза наступательной операции начнется на восемнадцатый день после объявления мобилизации. Это слишком рано. Но планы, особенно русские, всегда чересчур оптимистичны. Набавим неделю, а то и две на русское медленное запрягание. Итого у нашей западной группировки будет примерно месяц. Достаточно, чтобы проскочить Бельгию и нависнуть над Парижем. Потом, пока наша артиллерия разъяснит французам, что упрямство — тяжкий грех, перебросим пять-шесть корпусов на восток. Вот в эту точку. — Красный карандаш ткнулся острием в район Мазурских болот. — Между русскими армиями Ренненкампфа и Самсонова.

Генерал Усы вдумчиво глядел на карту. Что-то поприкидывал, пожевал губами.

— Складывается. Полагаю, можно докладывать его величеству. Отличная работа. Ваш протеже — мастер своего дела.

— Ему будет приятно услышать это из ваших уст, — улыбнулся Монокль.

В ответ Усы (он был старше по должности) благосклонно кивнул.

— Пусть войдет, — коротко сказал Монокль в телефонную трубку.

Полминуты спустя, чеканя шаг, в кабинет вошел бравый капитан. Просто картинка, а не офицер: прямой, как струна, грудь колесом, мундир с иголочки, сапоги — ослепнуть можно. Внешностью он напоминал сразу обоих генералов, ибо был и при монокле, и при гладком приборе, а небольшие светлые усы своими кончиками воинственно торчали кверху.

— Экселенц! — пролаяла сия ходячая иллюстрация к прусскому военному уставу. — Капитан фон Теофельс по вашему приказанию явился!

Монокль нынче уже виделся с героем, поэтому ограничился кивком. Усы же встал и протянул для пожатия руку, что было честью, которой удостаивались очень немногие из подчиненных. В управлении старик имел репутацию сухаря и педанта.

— Русским в самом деле неизвестно, что план развертывания у нас? — недоверчиво спросил Усы.

— Так точно, экселенц!

Начальник поморщился:

— Не кричите. Как вам это удалось?

В вытаращенных глазах капитана мелькнула некая искорка, но тут же погасла.

— Маленький фокус, потом маленький спектакль, — отчеканил Зепп, зная, что старик не любит многословия и похвальбы. — Не буду утомлять ваше превосходительство лишними подробностями.

Монокль улыбнулся. Он-то подробности знал и собирался пересказать их старшему товарищу позднее, за ужином.

— Отличная работа, Теофельс, — словно нехотя буркнул Усы. — К ордену вы представлены. Но, может быть, у вас есть личные просьбы? Маленький отпуск перед началом боевых действий?

— Благодарю, экселенц! — гаркнул Зепп. — Я бы предпочел немедленно вернуться в Россию, пока не перекрыта граница. Во время войны разведчик должен находиться во вражеском тылу.

Генералы одобрительно переглянулись.

— Вы один из наших лучших специалистов-практиков по России. — Усы расстегнул верхний крючок кителя, что означало: разговор переходит из фазы официальной в неофициальную. Однако сесть подчиненному не предложил, эта привилегия предназначалась для офицеров не младше майорского звания. — Каков ваш прогноз относительно хода войны?

Приняв стойку «вольно», то есть чуть расставив ноги и убрав руки в перчатках за спину, фон Теофельс уверенно сказал:

— Армия у русских сильная. Особенно хороши артиллерия и конница. Но войну они проиграют. У них нет профессионалов ни в разведке, ни в контрразведке. А что такое современная армия без разведки? Ослепший Циклоп. У нас же, как вам известно, создана отличная диверсионно-агентурная сеть. В двадцатом веке войны будет выигрывать не тот, кто сильнее, а тот, кто лучше информирован.

Отличная аргументация, чтобы истребовать у министра расширение бюджета, подумал Усы и записал в блокноте для высочайших докладов «erblindeter Zyklop»*.

Пока он скрипел карандашом, Монокль подмигнул офицеру незастекленным глазом: молодцом, Зепп, горжусь тобой.

— Хорошо, капитан, — Усы снова застегнул крючок. — Можете идти.

Теофельс грациозно отсалютовал, с хрустом развернулся и, звеня шпорами, отмаршировал за дверь.

— Настоящая военная косточка, — проворчал начальник таким голосом, будто объявлял арест на тридцать суток.

Через адъютантскую Зепп прошествовал всё таким же гусаком. В коридоре позволил себе несколько смягчить поступь. На лестнице оглянулся и увидев, что никого нет, весело поскакал через две ступеньки.

Пролетом ниже остановился перед зеркалом, ухмыльнулся. Начальству потрафил, теперь можно вернуть себе человеческий облик.

---

* Ослепший Циклоп (*нем.*)

«Deutschland, Deutschland über alles,
Über alles in der Welt!»

Он растрепал волосы и снова, но уже без пробора, разгладил; монокль сунул в карман; с усов стер воск, и они распрямились.

Подмигнул себе. Шепнул: «Ловкий ты парень, чертяка». Сим эпитетом Зепп аттестовал себя лишь в моменты наивысшего довольства.

Настроение у капитана было великолепное, еще с позавчерашнего дня. Любовь начальства — в сущности, ерунда. Ордена — тем более. Главное — виртуозно выполненная работа.

Убедившись, что на лестнице по-прежнему никого нет, капитан фон Теофельс прокатился до следующей площадки по перилам.

В тот же день, в тысяче верст от Берлина

Не менее счастливый Алексей Романов крутил руль «руссобалта» и распевал ариозо герцога Бургундского, заменяя «Матильду» на «Симаду», а «черные очи» на синие:

> Кто может сравниться с Симадой моей,
> Сверкающей искрами синих очей,
> Как на небе звезды осенних ночей!

Симочка, ради загородной прогулки повязавшая волосы платком японского шелка (отсюда и «Симада»), слушала так восторженно, а взвизгивала от скорости так очаровательно, что Алеша просто не мог не остановиться и не поцеловать ее в раскрасневшуюся щечку, а потом в губки.

— Пой, пой! — попросила она (они уже второй день были на «ты»).

Он снова разогнался по чудесной, только немножко пыльной дороге и запел:

> Она только взглянет, —
> Как молнией ранит,
> И пламень любви
> Зардеет в крови;
> Она засмеется
> Иль песней зальется, —
> И жемчугов ряд
> Лицо осветят...

На ухабе Симочка ойкнула, качнулась всем телом к шоффэру. Пришлось снова останавливаться и целовать ее.

Так и ехали почти до самой Гатчины: под рев мотора, пение и звонкие поцелуи.

Когда свернули на проселок и сияющий водитель сказал, что осталось совсем недалеко, Симочка прошептала «Жалко». Это ли не счастье?

А еще утром Алеша плакал. Не по-детски, конечно, не навзрыд, но слезы на глазах выступали и голос срывался.

Это когда он провожал Лавра Константиновича на операцию, уже вторую. Первый раз штабс-ротмистра резали еще позавчера, в сельской больнице, но пулю достать не сумели. Нынче же князем должен был заняться профессор Тихомирский, звезда военно-полевой хирургии. Шансы на выживание оценивались невысоко, потому что пуля, разорвавшая офицеру внутренности, была разрывная.

— У нее оболочка при ударе раскрывается. Как лепестки у цветка, — еле слышным голосом объяснил студенту Козловский, скосив воспаленный взгляд на пышный букет, что стоял на тумбочке близ кровати. — ..От его превосходительства. Навещал. Руку жал. Даже в лоб лобызал.

Лавр Константинович закусил губу от боли и сделался еще бледнее. Под глазами лежали синие тени, рот ввалился, к локтю была прицеплена резиновая трубка (перед операцией раненому делали переливание крови).

У Алеши подкатил к горлу комок. Невыносимо было видеть князя, такого сильного, энергичного, мужественного, в этой больничной палате, на пороге смерти. Особенно, когда на улице светило солнце и жизнь была до краев наполнена счастьем.

— Э-э, что это у вас капель из глаз, — попробовал улыбнуться штабс-ротмистр. — Хороните, что ли? Зря. Мы, Козловские, порода живучая... Предка моего Иван Грозный на кол посадил... Так князюшка день, ночь и еще пол-дня не желал Богу душу отдавать. Висел себе да государя-батюшку матерно лаял...

Алеша заморгал, стряхивая слезинки, и приказал себе: «Не раскисать!» Перед наркозом больной должен верить, что всё будет хорошо.

— Так-то лучше. — Козловский облизнул лиловые губы. — Я с вами вот о чем хотел... Что сказать? Молодец. Спаситель отечества... Ладно, комплименты опускаю, сил нет. Я про другое... На что вам математика? Всё равно будет война, не доучитесь. На фронт пойдете, жалко... У вас талант. Вам в контрразведку нужно... Чинов у нас, правда, не выслужишь. Наград тоже. Вам его превосходительство что сказал?

— «Отменная работа, господин Романов, — нагнув голову и набычившись, передразнил Алеша генерала. — Отрадно наблюдать в столь молодом человеке м-м-м столько самоотверженности и патриотизма. Благодарю от имени отечества. Далеко пойдете». Лобызать не лобызал, но руку тряс долго.

Козловский беззвучно рассмеялся — уже неплохо.

— А мне сказал: «Сами знаете, на нашей службе боевых орденов не дают, а на статский орден вы сами не согласитесь». Хитрит, бестия. Так и не доложил наверх о похищении плана... Побоялся, что голову оторвут... За плохую работу контрразведки... Наплевать. Главное, что немцам достался кукиш.

Это неромантическое слово было последним, что услышал Алеша из уст товарища.

В палату вошел профессор, санитары вкатили тележку. Какой-то господин в очках сразу закрыл князю лицо марлей, от которой сильно несло хлороформом.

И повезли Рюриковича на ристалище Жизни со Смертью.

— Вам, юноша, тут торчать незачем, — строго сказал профессор перед уходом. — Поверьте моему опыту: нервозность близких передается оперируемому. Что это вы тут всхлипываете? Подите в синематограф, выпейте вина, погуляйте с барышней. Если пациент вам дорог, источайте joie de vivre*. Это его поддержит лучше рыданий.

А у выхода из госпиталя Алеше вручили пакет от князя. Там лежал ключ от автомобиля и коротенькая записка: «Мне нескоро понадобится. Катайтесь».

Вот Романов и послушался профессора, отправился источать радость жизни.

---

* Радость жизни *(фр.)*

То самое место

— В он оно, то самое место! — показал он на поле и на жавшуюся к опушке лачугу. — Там все и случилось.

Машину пришлось оставить на дороге. Шли по хрустящей под ногами стерне, взявшись за руки. Алеша по второму разу — что называется, со всей наглядностью — живописал величественные и страшные события позавчерашней ночи.

— ...Пью вино, а сам думаю: вот сейчас вся жизнь пролетит перед мысленным взором, в одно мгновение. Так во всех романах пишут. А она не пролетает... Отупение какое-то нашло... Да, я про самое главное забыл! Когда колебался, какой из стаканов взять, чуть было не схватил правый. В котором был яд!

Симочка ахнула.

— Но вдруг, будто наяву, увидел тебя, твое лицо — и как ударило: «Бери левый!»

Студент не то чтобы врал, просто прибавлял и без того эффектной истории еще больше драматизма. Про букву «Л» и «Лешеньку» он, действительно, уже не помнил.

— Это моя любовь тебя спасла, — очень серьезно сказала девушка и побледнела — то ли от сопереживания рассказу, то ли испугалась вылетевшего слова, которым не шутят.

Последовали новые поцелуи. Гораздо более опасные, чем в автомобиле, потому что вокруг не было ни души, а рядом, в рискованной близости, благоухал стожок свежескошенной травы. Не расцепляя объятий влюбленные, словно в самозабвенном танце, сделали в том направлении шаг, другой, третий. Последние остатки благоразумия заставили Симочку прошептать:

— А куда делся этот немецкий капитан, потомок крестоносцев?

Алеша отстранился, помрачнел.

— Не знаю. Наши вчера тут всё облазили, не нашли. Наверно, слуга его куда-нибудь унес и зарыл. Ты бы его видела, этого Тимо. Прямо как оруженосец при рыцаре.

С опаской поглядывая на стожок, чуть было не ставший роковым, преодолевшая минутную слабость Симочка развила маневр:

— Пойдем в хижину. Покажешь, как всё это было.

Упрашивать его не пришлось.

— Я подглядывал отсюда, — стал показывать Алеша. — Холодно, дождь за шиворот, а у них там тепло, сухо. Вино, цыпленок, разносолы разные. Этот Зепп сидит с белой салфеткой, как на рауте.

— Прямо на полу? — спросила Сима шепотом, будто боялась спугнуть вражеского резидента.

— Нет, на стопке газет. Старых...

И что-то тут стряслось с Симиным обожателем. Он раскрыл рот, заморгал. Внезапно очень невежливо оттолкнул барышню и бросился внутрь.

Она смотрела и ничегошеньки не понимала.

Зачем он мечется из угла в угол? Почему роется в грязном кострище? Подобрал какой-то обгорелый клочок, поднес к самым глазам и вдруг упал на колени, прямо в золу. С ума, что ли, сошел?

У его превосходительства
был файв-о-клок

В пять часов вечера, по английскому обычаю, господин начальник контрразведочного отделения устраивал себе маленький *repas*. Или, выражаясь по-английски, файв-о-клок: кофе со сливками, булочка, потом сигара.

В это священное время тревожить его превосходительство не дозволялось никому. Даже если звонил черный телефон, прямая связь с генерал-квартирмейстером, начальником генштаба и министром, чаепитствующий трубки не снимал. Потому что служба службой, а здоровье важнее. Тридцатипятилетний опыт работы в исключительно нервных учреждениях научил генерала: нет таких срочных дел, которые не могут пять или десять минут обождать.

Только размешал сахар, только вдохнул божественный эфиопский аромат, вдруг в приемной что-то загрохотало, заверещал адъютант. Дверь с шумом распахнулась, и в кабинет вбежал какой-то распаренный молодец, весь в скрипучей коже, с запыленным лицом, на котором розовели чистые круги вокруг глазниц. Генерал с трудом узнал в нем студента Романова.

— Ваше превосходительство! — закричал полоумный, стряхивая вцепившегося в плечо адъютанта. — Беда! Ужасное заблуждение!

Капитан Лазарев (мало того что из *тех самых* Лазаревых, но еще и отличный, исполнительный офицер) схватил мальчишку за локти и поволок обратно, шипя:

— Вы что, рехнулись?! Ваше превосходительство, я не виноват!

Уволакиваемый за порог студент выкрикнул:

— Папка у немцев!

— Что-о?! — взревел начальник, вскакивая и опрокидывая чашку. Кофе разлился на бумаги, на чудесную лакированную поверхность карельской березы. — Капитан, назад его! А сами за дверь! И никого, слышите? Ни-ко-го!

— Что вы несете?! — накинулся его превосходительство на Романова, едва они остались одни.

Молодой человек пролепетал:

— Они провели меня... Папка не сгорела!

— Вы бредите!

Генерал открыл сейф, кинул на стол коробку, в которой лежало несколько обгоревших кусочков желтого коленкора.

— Вот всё, что осталось от папки! Агенты тщательно всё проверили!

— Да папка-то, что папка... — Голос студента сорвался. — Он документы унес! А в папку сунул старые газеты!

— Какие газеты? Кто «он»?

— Тимо! А Зепп этот меня нарочно забалтывал! Я, помню, еще удивился, что это он представляться вздумал! Про предков своих, про крестоносцев. А это он время тянул! Чтоб помощник успел содержимое папки заменить!

Но генерал лишь таращил глаза, понимать отказывался. Пришлось рассказать о своем позоре детально, со всеми подробностями. Что не было никакого яда, в обоих таблетках был самый обычный аспирин. Что резидент сактерствовал, изображая мучительную смерть, а слуга ему подыграл. Что дурака-агента выпустили живым нарочно — дабы успокоил начальство: мол, план развертывания уничтожен. На самом же деле он целехонек и сейчас наверняка уже находится в Берлине.

Когда его превосходительство, наконец, уяснил всю кошмарность случившегося, ему стало плохо. Он рухнул в кресло, отодрал шитый позументами ворот. Лицо сделалось серым.

— План развертывания у немцев? Боже, Боже... Это катастрофа. Не отставка. Крепость... Нет, хуже...

Алеша лил из графина воду, чтобы спасать пожилого человека от сердечного приступа, но генерал вдруг вскочил, подбежал к нему и схватил за плечи.

— Господин Романов, Алексей э-э-э Парисович, голубчик! Теперь уж все равно... Не поправить, не изменить... Так вы бы уж... А? — Он оглянулся на дверь и понизил голос. — Сами ведь виноваты. И меня в заблуждение ввели. Ну что теперь поделаешь? Шум поднимать? Что это даст? Только себя и меня погубите. Следствие, суд, разрушенные судьбы. А ради чего?

— Как это «ради чего»? — вырвался из его цепких, как рыболовные крючки, пальцев Алеша. — Вы скрыть, что ли, хотите? Да ведь немцам наш план известен!

Начальник взмолился:

— Тише, что вы кричите! Ну, известен. И что? Кабы был смысл, я бы немедленно, не взирая на последствия, кинулся с рапортом. И будь что будет! — Он отчаянно рубанул воздух рукой. — Да только поздно! Зря погибну. Ни за что. Попусту.

— Как это попусту? — опешил Романов. — Можно же внести хоть какие-то поправки!

— Нельзя. — Его превосходительство доверительно зашептал. — Сообщаю вам под строжайшим секретом. Сегодня подписан высочайший указ о мобилизации. Гигантская машина заработала. Выдвигаются штабы, снаряжаются эшелоны, отгружается амуниция. Остановить или перенаправить эти потоки невозможно, произойдет всеобщий паралич. Через 18 дней полмиллиона наших солдатушек войдут в Восточную Пруссию. Махина! Знают про это немцы или не знают — неважно. Поражения им не избежать. Наша с вами досадная неудача — мелочь, пустяк. Она ничего не изменит. А еще, юноша, я вам вот что скажу.

В выпуклых глазах начальника зажглись экстатические искорки, голос проникновенно завибрировал.

— В Бога надо верить, Алексей Парисович. Он Россию не оставит.

В августе-сентябре 1914 года
Вторая армия генерала Самсонова,
наносившая главный удар по Германии,
была окружена и сгинула
в Мазурских болотах.
Командующий застрелился.
Погиб цвет русской регулярной армии.
Бой слепого со зрячим закончился
единственно возможным исходом.

Конецъ Первой Фильмы

ХРОНИКА

Кузен Вилли и кузен Ники:
сердечная дружба двух «орлиных» империй

Дача под С.-Петербургом

Моды 1914 г.

Футбол 1914 г.

Автомобиль «Руссобалт»

БОЖІЕЮ МИЛОСТІЮ
МЫ, НИКОЛАЙ ВТОРЫЙ,
ИМПЕРАТОРЪ И САМОДЕРЖЕЦЪ ВСЕРОССІЙСКІЙ,
ЦАРЬ ПОЛЬСКІЙ, ВЕЛИКІЙ КНЯЗЬ ФИНЛЯНДСКІЙ, И ПРОЧАЯ, И ПРОЧАЯ, И ПРОЧАЯ.

Объявляемъ всѣмъ вѣрнымъ Нашимъ подданнымъ:

Слѣдуя историческимъ своимъ завѣтамъ, Россія, единая по вѣрѣ и крови съ славянскими народами, никогда не взирала на ихъ судьбу безучастно. Съ полнымъ единодушіемъ и особою силою пробудились братскія чувства русскаго народа къ славянамъ въ послѣдніе дни, когда Австро-Венгрія предъявила Сербіи завѣдомо непріемлемыя для державнаго государства требованія.

Презрѣвъ уступчивый и миролюбивый отвѣтъ Сербскаго правительства, отвергнувъ доброжелательное посредничество Россіи, Австрія поспѣшно перешла въ вооруженное нападеніе, открывъ бомбардировку беззащитнаго Бѣлграда.

Вынужденные, въ силу создавшихся условій, принять необходимыя мѣры предосторожности, Мы повелѣли привести армію и флотъ на военное положеніе, но, дорожа кровью и достояніемъ Нашихъ подданныхъ, прилагали всѣ усилія къ мирному исходу начавшихся переговоровъ.

Среди дружественныхъ сношеній, союзная Австріи Германія, вопреки Нашимъ надеждамъ на вѣковое доброе сосѣдство и не внемля завѣренію Нашему, что принятыя мѣры отнюдь не имѣютъ враждебныхъ ей цѣлей, стала домогаться немедленной ихъ отмѣны и, встрѣтивъ отказъ въ этомъ требованіи, внезапно объявила Россіи войну.

Нынѣ предстоитъ уже не заступаться только за несправедливо обиженную родственную Намъ страну, но оградить честь, достоинство, цѣлость Россіи и положеніе ея среди Великихъ Державъ. Мы непоколебимо вѣримъ, что на защиту Русской Земли дружно и самоотверженно встанутъ всѣ вѣрные Наши подданные.

Въ грозный часъ испытанія да будутъ забыты внутренніе распри. Да укрѣпится еще тѣснѣе единеніе Царя съ Его народомъ, и да отразитъ Россія, поднявшаяся, какъ одинъ человѣкъ, дерзкій натискъ врага.

Съ глубокою вѣрою въ правоту Нашего дѣла и смиреннымъ упованіемъ на Всемогущій Промыслъ, Мы молитвенно призываемъ на Святую Русь и доблестныя войска Наши Божіе благословеніе.

Данъ въ Санктъ-Петербургѣ, въ двадцатый день іюля, въ лѣто отъ Рождества Христова тысяча девятьсотъ четырнадцатое, Царствованія же Нашего въ двадцатое.

На подлинномъ Собственною ЕГО ИМПЕРАТОРСКАГО ВЕЛИЧЕСТВА рукою подписано:

"НИКОЛАЙ".

На Берлинъ!

Запись добровольцев

На Москву!

Фильма Вторая

МУКА РАЗБИТАГО СЕРДЦА

Мелодрама

ОПЕРАТОРЪ

ДЕНИСЪ ГОРДЕЕВЪ

Таперъ г-н Акунинъ

В первый же день мобилизации студент Алексей Романов отправился на призывной пункт и записался добровольцем в действующую армию. Побудительным мотивом был не патриотизм, а самобичевание: смыть кровью ужасную вину за проваленную операцию. Еще лучше — пасть на поле брани, потому что в жилах одного человека не достанет крови, чтобы искупить ошибку такого масштаба.

Студентов на службу брали неохотно, армейское командование было уверено, что побьет тевтонов силами одной регулярной армии, однако Алеше повезло. В N-ском пехотном полку, формировавшемся из запасных Санкт-Петербургской губернии, был недокомплект писарей. Посему Романов получил погоны с витым шнурком и был зачислен в штаб оператором пишущих машин. Однако при «ундервуде» студент состоял недолго.

В первом же серьезном бою, у восточнопрусской мызы Блюменфельд, едва лишь батарея начала артподготовку, вольноопределяющийся сбежал на передовую линию. Он боялся только одного — что турнут обратно. Но офицеры были ему рады — и командир роты, и субалтерн Шольц, очень славный веснушчатый подпоручик одного с Алешей возраста. Пожали храбрецу руку, выдали винтовку, показали, как примкнуть штык.

Когда капитан заливисто дунул в свисток и отчаянным голосом крикнул «Ура, братцы! Вперед!», Алеша зачем-то посмотрел на часы (было ровно девять утра) и прыгнул из окопа на поле, будто в прорубь на Крещенье.

Он несся огромными прыжками. Потом оглянулся, увидел, что здорово оторвался от роты, и стал бежать потише.

Спереди, со стороны кустарника, начали стрелять, воздух наполнился шипением и разбойничьим свистом. Это пули, понял Романов. Представил, как раскаленный кусок свинца попадает в живот, зажмурился и тоже стал орать «Ура-а-а!». Но кричать и бежать было трудно — не хватало дыхания. Глаза же и вовсе закрывать не следовало. Вольноопределяющийся споткнулся о торчащий из земли сук и упал, а когда поднялся, впереди были сплошь спины в линялых гимнастерках.

Та-та-та-та-та! — с радостным ожесточением ударил пулемет. Вокруг все закричали, но не «Ура!», а «Мама!» или по-матерному. Все вдруг побежали гораздо медленнее. Многие стали падать. Кое-кто повернул назад. У этих, которые повернули и теперь оказались к Алеше лицом, были вытаращенные, остановившиеся глаза и разинутые рты.

Сплошная стена гимнастерок, заслонявшая поле, проредилась. Романов снова оказался впереди всех. Капитана не было видно, в свисток больше никто не дул. Зато Шольца студент увидел совсем близко. Подпоручик лежал ничком, отбросив руку в перчатке.

— Вы что, ребята, вы что?! — закричал Алеша бегущим.

Только в этот миг ему стало по-настоящему страшно. Если все побегут, то и ему придется. Тогда пуля попадет не в грудь, а в спину. Хороша будет смерть храбрых!

Он замахал винтовкой, повернув назад одну только голову.

— Ребята, вперед! Немножко осталось! Вон они, кусты!

«Совсем как Болконский при Аустерлице», мелькнуло в голове у Романова.

Только за князем Болконским солдаты побежали, а за Алешей никто. Он остался торчать посреди пустого пространства один.

«Пройдетъ немного дней, и раненую руку
Врачъ перевяжетъ мнѣ и скоро исцѣлитъ...
Но что, скажите, что излѣчитъ сердца муку
И что въ груди моей любовь къ вамъ заглушитъ?»

Вперед бежать было глупо, в плен попадешь. Назад — немыслимо.

Неизвестно, чем бы закончилась эта невозможная ситуация, если б не германская пуля, попавшая-таки в Алешу. Не в грудь и, слава Богу, не в спину. В руку.

Как будто кто-то с размаху ударил железным ломом пониже правого локтя. Было не столько больно, сколько горячо, и вся рука до плеча разом онемела. От толчка Романов крутанулся на месте, упал.

Понял: ранен. И опять зачем-то посмотрел на часы. Очевидно, сработала подсознательная реакция — ухватиться за нечто незыблемое и логическое в сошедшей с ума реальности.

Но оказывается, время тоже окоченело от ужаса. Циферблат показывал все те же девять часов. Атака не продлилась и одной минуты.

Неимоверное облегчение — вот чувство, с которым Алеша, пригнувшись, бежал назад. Винтовку волочил по траве за ремень. Немцы по раненому не стреляли.

Доковылял до окопа, упал на руки солдат и лишь тогда, опять-таки с облегчением, лишился чувств.

С героями на германском фронте в эти мрачные сентябрьские дни было скудно. Бездарную атаку на пулеметы по открытому полю в рапорте представили как богатырский порыв. Раненого студента представили к унтер-офицерскому чину, наградили крестом, а еще поместили в газете Севзапфронта заметку «Подвиг вольноопределяющегося», которую потом перепечатали и в столицах.

Из публикации Романов узнал, что он с огнем в глазах и кличем «За Русь-матушку!», увлек роту в геройскую штыковую атаку после выбытия из строя всех офицеров. Про то, что рота не очень-то увлеклась, а до штыков вовсе не дошло, в статейке упомянуто не было.

Вопрос о том, смыл ли он вину кровью, для Алеши так и остался открытым. По правде говоря, ему было не до моральных терзаний — хватало физических. Восьмимиллиметровая пуля германского «машинен-гевера» перебила кости предплечья. Измученный беспрерывными операциями хирург поначалу хотел отчикать растерзанную конечность, потому что ампутация занимает пятнадцать минут, а, если вычищать осколки кости да сшивать сухожилия, это возни часа на два. Но узнал, что студент — и пожалел. Повезло Алеше, остался при руке.

Проку от нее, честно сказать, было мало. Одна мука. Рука двигаться не двигалась, но исторгала невероятное количество гноя и адски саднила, а обезболивающие уколы в отделении для нижних чинов делали лишь самым тяжелым. Чтобы не выть в голос, Романов распевал нудные, тягучие романсы Абазы. Тем и спасся.

У кровати бледного героя стали задерживаться сестрички милосердия. Слушали с затуманенным взором, вздыхали, иные и плакали. Одна повязку не в очередь сменит, другая лоб уксусом протрет, а некая Машенька даже потихоньку таскала из операционной шприцы с морфием. Так Алеша и пережил первые три недели, потом стало легче. Лихорадка спа́ла, боли прошли.

В госпиталь приехал генерал, прицепил герою прямо на пижаму сияющий солдатский «Георгий». Алеша спел на Покровском концерте, после чего был перемещен в офицерскую палату. Жизнь понемногу вновь обретала краски.

Но были и поводы для огорчения, числом два.

Во-первых, не слушалась рука. Кисть еще так-сяк шевелилась, а пальцы ни в какую, и старший ординатор на вопрос о перспективах лишь качал головой. Было очень похоже, что ни водить авто, ни играть на фортепьяно студенту Романову больше не доведется.

Меньшее (но тоже нешуточное) огорчение возникло из-за милосердной Машеньки. Как известно, в женском сердце от милосердия до любви дистанция самая крохотная. А девушка была смелая, с характером — даром что ли на войну ушла — и повела себя на манер пушкинской героини, то есть своих чувств скрывать не стала.

В случаях, когда нужно ответить на страстное признание отказом, мужчине приходится куда труднее, чем женщине. Обычаи и привычки общества таковы, что, оказавшись в положении Иосифа Прекрасного, бегущего ласк жены Потифара, молодой человек выглядит довольно комично и даже жалко. Особенно если тут еще примешивается долг живейшей благодарности и симпатия, ибо Машенька была, хоть не красавица, но очень и очень мила.

В конце концов обошлось. Алеша поступил немножко жестоко, но честно: рассказал про Симу, и Машенька, благородная душа, поняла. Даже предложила, что будет под Алешину диктовку писать счастливой сопернице письма, однако это было бы уже чересчур.

После ранения Романов невесте ни разу не написал, да и от нее весточек не было. Последнее неудивительно, поскольку госпиталь несколько раз переезжал с места на место. Сам же он не мог держать перо, а потом, когда кое-как обучился карябать левой, подумал, что эффектнее будет заявиться лично. Наверняка Сима читала про геройство вольноопределяющегося в газете, места себе от тревоги не находит. Тут-то он и объявится: с крестом, с лычками, с рукой на черном платке.

Через восемь недель после ранения младший унтер-офицер А.П.Романов был выписан в бессрочный отпуск и отбыл в Санкт-Петербург.

При трогательном расставании получил от Машеньки закапанную слезами инструкцию с рисуночками (как разрабатывать руку, чтоб не сохла) и маленький каучуковый мячик — тренировать пальцы.

Фронтовая карьера добровольца была закончена.

Возвращение героя

Однажды ноябрьскими сумерками на крыльцо маленького, знававшего лучшие времена особнячка у Невской заставы поднялся увечный защитник отечества в накинутой на плечи шинели. Встал перед медным колокольчиком, но позвонил в него не сразу, а минут через пять.

Сначала поставил чемоданчик и продел левую руку в рукав, правое же плечо шинели отвел подальше, чтоб было видно черную перевязь. Подумав немного, раскрыл пошире и левый отворот — там блеснул георгиевский крест. Поправил фуражку. Посмотрелся в маленькое зеркальце и, кажется, остался собою доволен. Взволнованное лицо просияло улыбкой.

Не может быть, чтобы Симочка долго сердилась на раненого героя. Ну да, ушел на фронт не попрощавшись, написал уже из эшелона. И после ранения не давал о себе знать. Но ведь не к цыганам на острова ездил — Родину защищал. И вернулся со щитом. То есть, собственно, даже на щите. Если учитывать тяжкое ранение.

Главное ни в коем случае не оправдываться. Просто сказать: «Любимая, это я». Или еще лучше: «Господи, как я по тебе соскучился».

Охваченный новым приступом волнения, он дернул за язычок. Колокольчик зазвонил громко и страстно.

Хорошо бы открыла не горничная, а сама Симочка. Но лучше горничная, чем матушка Антония Николаевна. Она Алеше никогда не симпатизировала.

— Глашка, звонят! Открой! — донесся откуда-то из глубин дома звучный мужской голос. — Глафира! Где она? Что за черт?

Точно такой же вопрос возник и у Алеши. Что за черт? Какой такой крикун распоряжается в доме Чегодаевых?

Послышались тяжелые шаги. Дверь распахнулась.

На пороге стоял усатый субъект в самом что ни на есть затрапезном виде. На волосах сеточка, на груди салфетка, одет в бархатную куртку, ноги в домашних туфлях. Судя по цвету канта на форменных брюках офицер интендантского ведомства.

Увидев перед собой нижнего чина, непонятный человек рассердился:

— Что трезвонишь, болван? Для хамья есть черный ход! А расхристался-то! — Взгляд грозно упал на раскрытую шинель. Наверняка заметил и руку на перевязи, и крест, но не смягчился, а совсем наоборот. — Еще кавалер! Стыдно!

— Что за тон, милостивый государь! — вспыхнул Романов, благо наглец был не в кителе, а офицерских брюк раненый герой мог и не заметить.

Незнакомец услышал «милостивого государя», разглядел шнурок по краю погона и сменил тон:

— А, вольнопер, — снисходительно пробасил он. — Извиняюсь. Не разглядел. Вам кого?

У Алеши сжалось сердце. Съехали! Вот и горничная не злющая мымра Степанида, а какая-то неведомая Глашка.

— Я к Серафиме Александровне Чегодаевой... Они что, тут больше не живут?

Офицер чуть нахмурился. Невежливо ответил вопросом на вопрос:

— Вы, собственно, кто?

— Романов, Алексей Парисович.

Вдруг Алешу осенило. Антония Николаевна рассказывала про какого-то своего двоюродного племянника.

— А вы, наверно, Симочкин кузен из Тулы? — заулыбался молодой человек. — Антония Николаевна говорила, что вы артиллерист. Наверно, перепутала. Знаете, женщинам всё едино...

— «Симочкин»? — повторил интендант голосом, который не предвещал ничего хорошего. — Однако... Я не кузен и в Туле отродясь не бывал. — Обернувшись, загадочный господин крикнул. — Лапусик! К тебе какой-то господин Рубанов!

— Романов, — смертельно побледнев, пролепетал Алеша.

Ему показалось, что в прихожей вдруг стало темно, а стены будто качнулись и стиснули коридор, который сделался похож на мрачное, бесприютное ущелье.

Но раскрылась белая дверь, из нее хлынул яркий электрический свет. В дверном проеме стояла Симочка в красном шелковом халате и папильотках.

Она увидела гостя, сразу всё поняла и схватилась за сердце.

— Ах! Алеша... То есть Алексей Парисович! — с удивительной быстротой поправилась она и, решительно сжав кулачки, заговорила быстро и твердо. Очевидно, не раз воображала себе эту сцену и была к ней готова. — Я хотела тебе... то есть вам написать, но... всё не могла собраться... Это Михаил Антонович. Мой муж. Мы только что вернулись из свадебного путешествия. Ездили на воды, в Кисловодск. Всего на неделю. На бо́льший срок Мишеля не отпустили. Война, а он так нужен на службе! Вы, Алеша, наверное, к маме? А

«Динь-динь-динь, динь-динь-динь,
Колокольчикъ звенитъ,
Съ молодою женой
Мой соперникъ стоитъ»

они со Степанидой переехали. Мишель снял им чудную квартирку на Литейном.

Муж слушал и наливался опасным багрянцем. Кажется, басне про маму не поверил.

— Ах, милый, это же Алексей Романов! Я тебе рассказывала! — всё быстрей тараторила Сима, теребя своего Мишеля пальчиками за рукав. — Ну, которому мама так покровительствовала. У него еще баритон. Неужели не помнишь?

Она говорила что-то еще, но бедный, раздавленный Алеша уже не слушал. Он опустил глаза, чтобы не видеть раскрасневшегося от вранья личика своей невесты. Взгляд упал на ее щиколотки, розовевшие в обрамлении туфелек беличьего меха.

Сердце сжалось, в груди будто что-то хрустнуло.

Жизнь была кончена

К огда Мишель, сменив гнев на милость и даже выказав деликатность, вышел из коридора, Сима перешла на шепот, даже прижалась на миг. Губам стало горячо и влажно — то ли поцеловала, то ли слезой капнула. Алеша не разобрал, ибо пребывал в оцепенении.

Жизнь была кончена. В этот черный миг жалеть следовало только об одном — что германский пулемет не оборвал ее на поле у мызы Блюменфельд. Всё, что произошло позднее, два месяца боли и надежд, были ни к чему. Пустой перевод тепловой энергии, кислорода и дефицитного морфия.

Романов вспомнил блаженное ощущение неуязвимости и довольства, накатывавшее после каждого Машенькиного шприца. Вспомнил и саму Машеньку. Но морфий не может заменить реальность. Машенька не может заменить любовь.

Кончено, всё кончено.

Он шел по мокрой мостовой под мелким ноябрьским дождем. Вдоль тротуарных бровок густо лежали мертвые листья. Как тела в линялых гимнастерках на расстрелянном поле. Не повезло. Не повезло...

Когда первое потрясение ослабело, Алеша по математической привычке просчитал варианты решения.

В армию не возьмут. Кому он, однорукий, нужен? Комиссован вчистую.

Вернуться в университет? Невозможно. Какие могут быть лекции и экзамены после Блюменфельда? Какая к черту математика? Мир бессмысленно жесток, любая попытка его рационализировать, научно объяснить — подлость и шарлатанство.

Уехать к отцу в Сестрорецк? Там другая жена, другие дети. Не нужен им Алексей Романов, да и они ему не нужны.

Варианты были перебраны более для проформы. Разбитое сердце знало правильный ответ заранее. Он оказывался единственно верным.

Вчистую так вчистую. Отличное слово.

Грязь, слякоть, ноябрь, предательство, физическая и духовная мука пускай остаются здесь. Без нас.

Как? — спросил себя разом повеселевший Алеша.

Очень просто.

А «Капитал»-то на что?

Смертоносная книга

Марксов «Капитал» стоял на том же месте, только пылью покрылся — и то исключительно из-за почтительности горничной-чухонки, которая знала, что Алексей Парисович не одобряет, когда тряпка или щетка касаются его письменного стола или книжных полок.

Ирма Урховна была славная, на ее аккуратности и обстоятельности держался весь безалаберный дом дяди Жоржа. В тощие дни, когда старый оболтус спускал в карты все деньги, Ирма прибегала к крайнему средству — отпирала свой заветный сундучок, в котором хранились деньги, отложенные на похороны. Баба она была еще не старая, исключительно крепкого здоровья, но любила повторять: «Если сто, Ирма сама са себя плятит, перет лютьми стыдно не путет». Потом, восстановив кредитоспособность, Георгий Степанович возвращал долг с лихвой. Лихва тоже откладывалась во имя грядущего скорбного торжества. Денег в сундучке, наверное, уже хватило бы на генеральские похороны с лакированным катафалком и духовым оркестром.

Дяди в городе не было. Он заделался видным деятелем патриотического движения, беспрестанно разъезжал по городам и весям, собирая зажигательными речами средства на военный заём.

Вернувшегося воина встретила одна горничная. Оросила слезами и всё повторяла «какой плёхой стал, коза да кости». Сбегала куда-то, принесла платок, на котором все эти дни вышивала ангелов. Они-то, по ее словам, и уберегли «Алёсеньку» от гибели.

Вот единственный человек, который меня ждал, с обидной для Ирмы горечью подумал Романов. Сухо спровадил добрую женщину за дверь и огляделся.

Как уже было сказано, в комнате студента всё осталось по-прежнему. Даже оброненная на пол коленкоровая тетрадочка лежала нетронутой, Ирма подметала пол вокруг нее, а саму писчебумажную принадлежность не потревожила. В тетрадочке наивный студент намеревался вести фронтовой дневник, да позабыл взять из-за поспешности сборов.

Алеша поднял блокнот, вырвал страничку и злобно накалякал карандашом: «А ну вас всех!»

Еще раз обвел взглядом комнату, в которой прожил целых четыре года.

Пианино сверкало черным лаком, как будущий Ирмин катафалк. Играть на инструменте всё равно не пришлось бы. Разве можно тренировать пальцы каучуковым мячиком, если сердце в осколках?

На столе (маленькая садистская деталь) стояла в рамке фотокарточка улыбающейся Симы, супруги мордатого интенданта.

Да, женское сердце загадка. Но пускай ее разгадывают другие.

Без колебаний он снял с полки картонный книжный футляр. На нем было напечатано готическими буквами «Das Kapital», однако фолианта внутри не было. На первом курсе Алеша честно пытался освоить эпохальный труд германского ученого, но не преуспел. В картонке был спрятан пистолет «штейер-пипер», досадное напоминание об еще одном горьком фиаско.

На следующий день после памятной дуэли на брудершафт Романов наведался в дачный лесок и отыскал
выпавшую обойму. Ибо как без нее возвращать казен-
ное оружие? Но сдавать пистолет не пришлось. Штабс-
ротмистр Козловский лежал в госпитале, а тут нагрянула мобилизация. Отправляясь на фронт, Алеша спрятал оружие в такое место, куда ни дисциплинирован-
ная Ирма, ни равнодушный к ученым книгам дядя нипочем не полезли бы.

Расчет оказался верен.

На ладонь легла маленькая, совсем не тяжелая машинка, таившая в себе ответ на главный вопрос бытия:
быть иль не быть.

Ответ был таков: not to be.

Младший унтер-офицер N-ского пехотного полка —
это вам не растяпа-студент. В рычажках и кнопках не
запутается, магазина на пол не выронит. Одна беда —
не так-то просто взвести затвор одной левой.

Яростно ругаясь шепотом, Романов сел поудобнее,
зажал пистолет под мышкой. И чуть не всхлипнул от
злости. Опять не вышло!

Эврика!

На краю стола в тусклом свете абажура блеснули
маленькие тиски. Когда-то, в прежней жизни, у студента Алеши Романова было множество невинных ув-
лечений. Пение. Футбол. Бокс. Выпиливание лобзи-
ком. Самым полезным оказалось последнее.

Вот оно, решение задачи. Зажать кончик ствола, затвор дернуть левой рукой.

Алеша порывисто вскочил, и тут, как назло, раздалось: тук-тук-тук!

Кто там еще? Ирма в дверь никогда не стучит, это кажется ей неделикатным. Скребет ногтем и спрашивает: «Мозьно?»

Не откликаться, не открывать!

Всех к черту!

Дверная рукоятка качнулась. Створка скрипнула. Проклятье! От волнения он забыл запереться!

Алеша еле успел положить «пипер» на стол и прикрыть батистовым платком, сплошь расшитым ангелочками.

Явление Ангела-Спасителя

Высокая, плечистая фигура, вдоль и поперек перехваченная скрипучими ремнями, заняла собою весь проем.

— Ну-ка, ну-ка, покажитесь! Что это вы в сумерках? Где тут выключатель? — Вспыхнула люстра, и штабс-ротмистр Козловский предстал перед бывшим соратником во всей гвардейской красе: румяный, здоровый, с победительно торчащими усами. — Лычки, боевой крест! Герой! Я вас, Романов, обыскался. Хотел из полка вытребовать — говорят, в госпитале. Я в госпиталь — выписан. Ну, я сюда, по старой памяти. И застал! Повезло! Как рука? — заботливо нахмурился князь, обнимая Алешу только с одной, левой стороны. — Срослась?

Постная физиономия могла вызвать ненужные расспросы, поэтому Романов изо всех сил растянул губы в улыбке.

— Здравствуйте, Лавр Константинович. Кости-то ничего, вот сухожилия... Пальцы не слушаются.

— Э, голуба, мячик жать надо, гуттаперчевый, я вам подарю.

Козловский сел на стул, положил фуражку прямо рядом с ненадежно замаскированным пистолетом.

— Мячик есть. Вы сами-то как? Поправились? — поспешно спросил Алеша, заходя с другой стороны, чтобы собеседник повернул к нему голову.

— Здоровей прежнего. — Князь с любопытством разглядывал молодого человека. — Дыра в кишках — ерунда, зарастает в два счета, это вам не сухожилие. Доктора говорят, мне теперь коньяку нельзя, плохо будет. Но это они врут, я проверял. Очень даже хорошо. Читал в газете про ваш подвиг. Герой! А почему лицо кислое? В чем дело?

«О чемъ задумался, служивый,
о чемъ горюешь,
удалой?»

Контрразведчик есть контрразведчик, перед таким притворяться бессмысленно.

Убрав с лица фальшивую улыбку, Романов небрежно обронил:

— Так... Невеста замуж вышла. В смысле, за другого... Трех месяцев не прождала.

— Та, блондиночка? — кивнул штабс-ротмистр. — Ну и черт с ней. На что вам невеста, которая ждать не умеет? А не дай Бог, женились бы? Еще хуже бы вышло. Радоваться надо, что спас Господь.

Он хлопнул Алешу по здоровому плечу и подмигнул:

— Будет вам. Что нос повесили? Не стреляться же из-за дуры! — Еще и засмеялся, солдафон. — Сейчас такие времена, найдется, кому в нас пострелять.

Он подождал, не скажет ли что-нибудь на это собеседник. Не дождался. Тогда прищурился и сменил тон с веселого на деловитый.

— Его превосходительство помните? Кофе с булочкой? Погнали к черту. Он и в мирное-то время был не орел, а как война началась, вовсе потерялся. Отправлен назад, в полицию. Бдить за марксистами. — Штабс-ротмистр покосился на футляр от «Дас Капитала» и наморщил нос. — Ну туда ему и дорога. А у нас новый шеф, генерал Жуковский. Толковый, одно удовольствие служить. Причем разведку и контрразведку решено объединить под общим руководством. Так что все вместе работаем.

Алеша ахал, двигал бровями, вставлял односложные слова — в общем, изображал заинтересованность. Нужно было дотерпеть, дождаться, пока старый знакомец уйдет.

Но князь, похоже, никуда не торопился. Закурил папиросу, откинулся назад, пристроил хромую ногу поудобнее.

— А я к вам по делу. Вы мне очень нужны. Сколько времени на поиски потратил!

По какому еще делу, тоскливо подумалось без пяти минут самоубийце. Долго ты меня мучить будешь, дьявол колченогий? Изыди!

— Хотите Родине пользу принести? — интригующим тоном спросил Козловский. — Гораздо бо́льшую, чем в окопе?

— С окопами всё. — Романов кивнул на раненую руку. — Комиссован вчистую.

— Тем более! Тут такое дело... — Штабс-ротмистр весь подался в Алешину сторону и понизил голос. — Шерлок Холмс, Монте-Кристо и Нат Пинкертон в одной шкатулке. Я сразу про вас вспомнил. Во-первых, отлично на том деле поработали...

Алеша скривился — воспоминание было не из приятных.

— ...А во-вторых, у вас, сколько я помню, хороший тенор?

— Баритон.

— Неважно. Талант в землю зарывать — грех. Готовы послужить отечеству, георгиевский кавалер?

— Готов, — вяло ответил кавалер.

А что было отвечать: «Не готов, я покидаю ваше отечество ради Отечества Небесного»? При чем тут талант и баритон, даже спрашивать не стал. Неинтересно.

— Вы извините, Лавр Константинович, рука что-то разнылась... Давайте после поговорим.

Но от штабс-ротмистра так просто было не отвязаться.

Он поднялся, потянул молодого человека за локоть из комнаты.

В прихожей накинул ему на плечи шинель, нахлобучил фуражку.

— А раз готовы, так едемте. Время дорого. Такое расскажу — враз о ране позабудете.

От этакого напора Романов опешил, да и не в том он сейчас был состоянии, чтобы отбиваться. Бубнил что-то про усталость, про руку, но князь не слушал.

Уже на лестнице Козловский хлопнул себя по лбу, рассмеялся.

— Вас-то одел, а сам с непокрытой головой. Я сейчас!

Быстро проковылял назад в комнату, взял со стола забытую фуражку. Потом, воровато оглянувшись, приподнял платок. Поцокал языком.

Вынув из пистолета обойму, князь спрятал ее в карман и снова прикрыл оружие батистом.

У генерала Жуковского

Лобастый, коротко стриженный человек поднял голову от бумаг, посмотрел на вошедших в кабинет и коротко кивнул.

— А, Козловский. Отыскали своего певца?

Голубые, немного навыкате глаза неторопливо оглядели унтер-офицера. Массивная нижняя челюсть подвигалась вправо-влево, будто пробовала молодого человека на вкус.

Бульдог в пенсне, подумал Алеша, не отводя взгляда. Для человека, готового переступить порог смерти, есть лишь одно начальство — Господь Бог. Да и того, может, не существует. Скоро выясним.

Две звездочки на погонах, вензель — генерал-майор свиты его величества. Белый мальтийский крестик — закончил Пажеский корпус. Круглый значок — это, кажется, академия Генштаба. Все эти атрибуты мирской суеты на человека с разбитым сердцем особенного впечатления не произвели.

— Так точно, ваше превосходительство! Кандидат в солисты! Фамилия Романов! Я докладывал! — отрапортовал штабс-ротмистр короткими молодецкими фразами.

Генерал встал, обошел стол и остановился в двух шагах от Алеши. И впрямь бульдог, обнюхивает, сказал себе тот, бестрепетно снося инспекцию. Какой кандидат? В какие солисты?

— Видом недурен, — объявил приговор Жуковский и спросил — непонятно, Алешу или князя. — Работать готов?

Романов не ответил. За него это сделал Козловский:

— Счастлив, ваше превосходительство!

Лицо генерала помягчело, бульдожьи брыли расползлись в улыбке. Начальник разведочно-контрразведочного управления крепко пожал Алеше левую руку.

— Ну, как говорится, добро пожаловать на корабль. — Голос у него стал веселый, бодрый. — Паруса подняты, команда в сборе, ждали только вас. Плавание предстоит увлекательное и опасное. Вы как, опасностей не боитесь? — осведомился генерал, усмешкой давая понять, что вопрос риторический.

— Нет, — безо всякой бравады, совершенно искренне ответил Алеша. Хотел добавить «ваше превосходительство», как положено по уставу, но поленился.

Вряд ли существуют вояжи более опасные, чем тот, в который он собрался отправиться при помощи «штейерпипера».

«Чу, тревогу грянули!
Сердце рвется въ строй,
Такъ бы воть и кинулся
Съ супостатомъ въ бой!»

А все же слабое любопытство шевельнулось.

Немногословие вольноопределяющегося начальнику, похоже, импонировало.

— Ну так садитесь. Оба! — прикрикнул Жуковский на замешкавшегося князя, который не смел опускаться на стул, пока командир стоит. — Ничего, я разомнусь. Задницу отсидел. А вы, Романов, слушайте и вникайте.

Это было странно. Младший унтер-офицер сидит, а генерал-майор свиты его величества расхаживает перед ним взад-вперед и рассказывает, рассказывает. Сам! Хотя мог поручить штабс-ротмистру. Оказалось, что в Алешиной душе кроме любопытства жива еще одна эмоция: он чувствовал себя польщенным.

— В итальянской части Швейцарии, в курортном городке Сан-Плачидо, это на Луганском озере, существует одна необычнейшая фирма, — с видимым удовольствием, как-то очень вкусно начал Жуковский. — То есть по внешней видимости фирма как раз самая обычная. Название скучное: экспортно-импортная компания «Зоммер унд Зоммер». В каком смысле «унд», не знаю, поскольку Зоммер там всего один. Должно быть, в аллегорическом — намек на двуликого Януса. Нас, однако, интересуют не аллегории, а товар, которым очень успешно торгует господин Зоммер. Среди специалистов его предприятие принято именовать «Шпионской биржей». Это и в самом деле род биржи.

Но продают там не акции, а самые разнообразные секреты. По случаю войны в основном шпионские сведения. Лавр Константинович, покажите-ка юноше нашего коммерсанта...

Козловский встал, дохромал до шкафа и взял с полки весьма пухлую папку.

— Вот он, сокол ясный... В авто... Со стройной брю-
неткой... С пышной блондинкой... С мулаткой. Хороша, да?

Немолодой и, на Алешин взгляд, очень непривлека-
тельный господин с маленькими глазками и мясистым
ртом почти на всех фотографиях был запечатлен в об-
ществе писаных красавиц. Снимки, правда, были не-
важного качества. Одни темные, другие светлые, третьи смазанные. Тайная съемка, догадался Романов.

— Президент «биржи» — большой ценитель прекрасного пола. Но это нам, увы, не поможет, — вздохнул генерал. — Французская разведка отлично исполь-
зует агентов-женщин. У немцев это тоже заведено, а
мы как-то не сподобились. По нашему русскому обыкновению всё чистоплюйничаем. Можно было бы дамо-
чек в Охранном отделении одолжить, там практикуют.
Но подготовка не та. Зоммер — это вам не эсер и не
анархист. Господин в высшей степени прагматичный,
осторожный. Чтоб с ним работать, нужна разведчица
высокого полета. В Охранном таких не водится... Пока
всё понятно? Спрашивайте сейчас. Чтоб потом не возвращаться.

Спросить, конечно, хотелось про интересное: что такое практикуют с «дамочками» в Охранном отделении? Но про это, вероятно, не следовало.

— Ваше превосходительство, а откуда у Зоммера берутся секреты, которыми он торгует?

— О, это коммерческий гений. В своем роде. Президент «биржи» раньше всех понял, что самый дорогой на свете товар — тайны. У Зоммера сотни агентов и симпатизантов в высших кругах всего мира. Высматривают, вынюхивают, выпытывают — и за комиссионные поставляют улов нашему биржевику, а он потом находит на товар клиента. Нередко бывает, что люди, вовсе не знакомые с Зоммером, но откуда-то узнавшие о «Шпионской бирже», выходят на нее сами. Эксперты проверяют подлинность сведений, владелец назначает цену. Иногда, если товар слишком дорог или специфичен, Зоммер выступает в роли маклера, извещает потенциального покупателя, которого эта поставка может заинтересовать. Случается и наоборот: клиенты делают Зоммеру заявку, а он кумекает, как выполнить заказ. Это стоит дороже. — Генерал рассказывал про тароватого швейцарца с улыбкой, в которой читалось чуть ли не восхищение. — Он, мерзавец, развратил множество профессиональных шпионов. Иные, особенно из числа некадровых, раскопав что-нибудь особенно важное, несут добычу не своему резиденту, а Зоммеру — тот больше заплатит... Вопрос? — прервался Жуковский, заметив, что вольноопределяющийся насупил брови.

— Ваше превосходительство, Зоммер что, работает против Антанты?

— Как вы могли такое подумать? Это честный коммерсант, придерживающийся строгого нейтралитета, — укоризненно развел руками начальник, и штабс-ротмистр, не сдержавшись, фыркнул. — Зоммер обслуживает обе стороны. Продал французскому генштабу германский морской радиошифр. Австрийцам — чертежи нового разведывательного аэроплана «Фарман F-22». Англичанам переуступил ценный источник в турецком МИДе. И так далее. Нашему военному агенту в Берне тоже предлагал свои услуги. Но к сожалению, в России ассигнования на разведочную деятельность слишком скудны. Тарифы «Шпионской биржи» нам не по карману. Поэтому его основные клиенты — Франция и Британия, а с той стороны — Австро-Венгрия и Германия. Мы лишь ходим кругами да облизываемся.

У генерала вырвался вздох искреннего сожаления, но долго унывать этот человек, по всей видимости, не привык. Он энергично тряхнул головой:

— Что ж, раз мы не можем использовать фирму «Зоммер унд Зоммер» в своих интересах, выход один: пресечь ее деятельность. Иначе расклад не в нашу пользу. В войне разведок мы оказываемся слабее всех.

Жуковский нахмурил лоб и надолго замолчал, над чем-то задумавшись. Алеша понял, что сейчас не нужно встревать с вопросами. Нужно переждать.

— Вот, взгляните, — прошептал князь, протягивая фотокарточку, на которой Зоммер был запечатлен в каком-то ресторане, за одним столиком с подтянутым ритоголовым господином в австрийской форме. — Это он с майором Фекешем, специальным представителем австрийской разведки. Фекеш торчит в Сан-Плаидо безвылазно. Самый щедрый из клиентов Зоммера. Задрал цены до небес, даже его союзники-немцы недовольны.

— Что? — рассеянно обернулся генерал. — Прошу извинить, отвлекся. Всё ли пока ясно?

По-ученически подняв руку, Алеша спросил:

— Ваше превосходительство, а почему вы, ну то есть не вы лично, а наше министерство иностранных дел не пошлет ноту правительству Швейцарии. Так, мол и так, на вашей территории действует враждебная России шпионская организация, это является нарушением швейцарского нейтралитета и прочее подобное?

— Ноту послать, конечно, можно, — терпеливо объяснил Жуковский. — Но ведь Швейцария не Россия. Это у нас хватило бы запроса в Охранку, и прикрыли бы к черту любую фирму. А там начнется тягомотина: доказательства, адвокаты, судебная волокита. Зомме-

ра так просто не ухватишь. Почтенный член общества
крупный налогоплательщик. Он для прикрытия ведет
и легальную коммерческую деятельность — торгует
экзотическими домашними растениями или чем-то в
этом роде. Ботаник! Главное же...

Это было и так понятно — что его превосходитель
ство сейчас заговорит о чем-то очень важном: он по
дошел к Алеше вплотную, наклонился и понизил го
лос, а князь Козловский умудрился в сидячем состоя
нии изобразить стойку «смирно».

— ...Перед нами другая задача. Эту лавочку мало
прикрыть. Хорошо бы добыть знаменитую картотеку
«Шпионской биржи». Там хранится самое ценное:
имена и координаты информантов Зоммера по всем
странам. Тех самых курочек, что несут ему золотые
яйца. И к каждому источнику свой ключик. Мы знаем
лишь одно: картотека спрятана на вилле Зоммера, в
какой-то хитроумной потайной комнате, куда посто
ронним доступа нет. Дорого бы я заплатил, чтоб за
глянуть в эту пещеру Аладдина! — мечтательно про
изнес Жуковский. — Теперь вам ясна вся важность
операции?

Важность-то была ясна. Но при чем здесь Алексей
Романов и его баритон?

Не дожидаясь вопроса, генерал кивнул:

— Вам, разумеется, хочется знать, зачем я раскры
ваю план секретнейшей операции постороннему чело

веку? Ну, во-первых, я доверяю Лавр Константиновичу, а он поручился, что вы человек чести и в любом случае будете молчать — даже если откажетесь...

Начальник снова умолк, испытующе глядя на молодого человека сверху вниз.

— ...Но я вижу, что вы не откажетесь. А потому расскажу вам всё без малейшей утайки. Итак, Швейцария — страна нейтральная, причем самых строгих правил. Взвод жандармов туда не пошлешь. Как быть? У Лавра Константиновича возникла оригинальная идея. Главная достопримечательность городка Сан-Плачидо — роскошная гостиница «Гранд-отель». Зоммер ужинает там почти всякий вечер. Из-за войны курорты Франции и Германии закрылись. Зато для швейцарских наступил истинный золотой век. Богатые люди непатриотического склада хлынули туда из европейских столиц, чтобы переждать тяжелые времена. Ну а швейцарцы и рады стараться. На гастроли в «Гранд-отель» приезжают артисты и музыканты с мировым именем, им ведь тоже сейчас несладко. А тут изысканная публика, превосходные гонорары... Вот князь и предложил: а не побаловать ли миллионеров русскими талантами? Не отправить ли в Сан-Плачидо под видом гастролирующей труппы маленький отряд агентов? Они проведут разведку на месте, проникнут на виллу Зоммера и захватят картотеку. — Жуковский азартно взмахнул рукой. — Идея превосходная. Наш сотрудник в

Риме договорился с тенором Корнелини, у которого в «Гранд-отеле» через десять дней начинается ангажемент. В последний момент маэстро заболеет и предложит на замену — с самыми лестными рекомендациями — русских артистов. Это стоило нам десять тысяч лир. Но далее возник вопрос. А кто будет обеспечивать прикрытие, то есть выступать? Мои сотрудники художественными талантами, увы, не блещут. Можно было бы попросить о помощи кого-нибудь из наших прославленных певцов, но все они в оперативном отношении люди не слишком надежные. Кто выпивает, кто нюхает кокаин, кто, пардон, глуп как пробка. Вот Лавр Константинович и вспомнил о вас. Проверены в деле, языки знаете. Если приодеть да причесать, будете недурны собой. Опять же у вас, говорят, голос. Ну-ка, спойте что-нибудь.

От неожиданности Алеша заморгал.

— Спойте, Алексей Парисович, не стесняйтесь, — ободряюще подмигнул Козловский.

— А что петь? Из классического репертуара? Романс? Народное что-нибудь? Цыганское?

Жуковский дернул плечом — очевидно, он не принадлежал к числу меломанов:

— Неважно. Любую песенку. Что у вас в палате пели раненые? Я помню по русско-японской, когда сам в госпитале лежал. Каждый вечер перед сном выздоравливающие что-нибудь да пели. М-м-м... Про степь что-такое, еще про м-м-м... как это... — До невероятности фальшивым голосом его превосходительство завел: — «Меня все зна-ют, меня все лю-бят, мужчины-душки меня голу-бят. Зизи — красотка, Зизи — кокотка, плывет по жизни, как в море лодка!»

Штабс-ротмистр и унтер-офицер не сговариваясь сморщились. Тембр, каким генерал исполнял куплеты, в просторечии обычно именуют «козлетоном».

— Ну а у вас что пели выздоравливающие?

— Вам не понравится.

— Да пойте же! Я не гимназистка.

— Как прикажете.

Не без злорадства Алеша запел:

> Вихри враждебные веют над нами,
> Темные силы нас злобно гнетут.
> В бой роковой мы вступили с врагами,
> Нас еще судьбы безвестные ждут.
> Но мы поднимем гордо и смело
> Знамя борьбы за рабочее дело...

Начальник жестом остановил его.

— Знаю я эту песенку. Дрянь. Поете, однако, превосходно. Не хуже, чем этот, ну как его... Меня еще жена на концерт водила... Не вспомню. Молодец, вольноопределяющийся! Чувствуется школа. А «артисты», которых подобрали вы, Лавр Константинович, похожи на банду головорезов. И репертуар сомнительный. Солист у нас теперь есть. Нужно, чтобы остальная «труппа» его не скомпрометировала. В Сан-Плачидо вы будете иметь дело с очень неглупым противником. — Жуковский немножко подумал и объявил. — Знаете что, извольте-ка во всех художественных вопросах слушать унтер-офицера. Вы, Романов, целиком и полностью отвечаете за артистическое прикрытие операции. Произведете отбор талантов по собственному усмотрению. Ясно?

— Так точно, ваше превосходительство!

Алеша встал и вытянулся. И Козловский тоже вскочил.

Из тона, каким было произнесено это самое «Ясно?», следовало, что решение принято, разговор окончен.

Смотр талантов

Час спустя Романов сидел у штабс-ротмистра, готовясь к смотру отобранных для поездки агентов.

Всё происходило так стремительно, что Алеша как-то забыл об оставшемся под салфеткой «штейерпипере». Формального согласия унтер-офицера на участие в операции так никто и не спросил. Это вроде как само собой подразумевалось.

После выхода из генеральского кабинета Козловский ни на минуту не оставлял молодого человека одного, так что не было решительно никакой возможности собраться с мыслями. Князь отвел нового сотрудника в костюмную и велел подобрать для него цивильное. Накормил ужином в столовой. Сообщил кое-какие дополнительные сведения. А там уж пора было идти принимать экзамен — срочно истребованные к штабс-ротмистру таланты собрались и ждали в коридоре.

Князь немного нервничал за своих выдвиженцев.

— ... В смысле репертуара его превосходительство, конечно, прав, — говорил он. — Есть некоторые сомнения. Сам я буду при вас аккомпаниатором. В детстве меня много мучили игрой на фортепьяно. Матушка мечтала, что я пойду в консерваторию. Слава Богу, папаша отдал в корпус... Но как играть, помню. Меня в полку на праздниках всегда за пианино сажали. Могу и «Польку-бабочку», и «Кирасиры-молодцы». В сущности, если есть ноты, сыграю что угодно. — Лавр Константинович вдруг засмеялся. — Хорошая мы с вами будем парочка. Певец сухорукий, концертмейстер колченогий. Зато остальные участники труппы молодец к молодцу, сами увидите. Кого запустить первым?

— Кого угодно.

— Лютиков! — гаркнул Козловский, повернувшись к двери. И пояснил. — Это будет наш иллюзионист. Ну, или просто фокусник. Очень нужный для дела человек. Вы уж, Алексей Парисович, будьте к нему поснисходительней.

В кабинет развалистой походкой вошел сутулый человек с неподвижным лицом, черты которого наверняка заинтересовали бы сторонника криминально-физиогномической теории Ламброзо.

Вместо приветствия подозрительный тип дернул углом ртом в сторону штабс-ротмистра, а в Алешу всверлился жестким, как фреза, взглядом.

— Давай, — приказал князь, — показывай. Только о приветливой улыбке не забывай. Я тебе объяснял!

Губы Лютикова скривились в презрительной ухмылочке. Он извлек из кармана колоду карт и с невероятной ловкостью погонял ее разноцветной радугой из ладони в ладонь. Выудил первую попавшуюся — это оказался туз треф. Скривился, порвал на мелкие кусочки. Снова перетасовал, снова вынул — туз треф. Порвал. И так третий раз, четвертый.

— Покажите колоду, — сказал Алеша.

— Пажа-алста.

Все тридцать шесть карт были на месте. Трефовый туз тоже.

«Я мальчишечка фартовый,
мало ѣлъ и много пилъ.
тузъ казенный, тузъ трефовый
жизнь младую мнѣ сгубилъ!»

Лютиков перемешал колоду, не глядя выудил из нее злосчастного туза, предал лютой казни.

— Покажите теперь!

Ага, карт осталось тридцать пять!

— Туза нет, — констатировал Романов.

— Как это нет? Вон он он.

Иллюзионист извлек целого и невредимого повелителя треф из Алешиного нагрудного кармана.

— Ну как? — спросил гордый за своего кандидата Козловский. — Правда молодец? Над улыбкой только надо еще поработать.

— Вашбродь, корму подымите, — попросил фокусник. — Со стула.

И вынул из-под штабс-ротмистра еще одного трефового туза. Потом из-под правого погона. Из-под левого. Из княжьего уха. Из-за воротника.

Сказал с растяжечкой:

— Самая поганая карта. Никакой от нее жисти нет.

— Как вы это делаете? — заинтересовался Алеша.

Ответом ему была лишь снисходительная усмешечка.

— Филя — легендарный «медвежатник», — объяснил штабс-ротмистр, любовно глядя на Лютикова. — Любые сейфы, как орехи, щелкает. Как началась война, проникся патриотизмом, с уголовным прошлым покончил. Ты ведь в завязке, Лютиков?

— До победы над немцем — железно, — пообещал патриот.

С тяжелым вздохом Алеша развел руками:

— Ну, если нужен для дела, пускай будет. Пойдет как артист оригинального жанра.

— Молодец, Лютиков! — Козловский просиял. — Зови сюда Гулыгу. Это, Алексей Парисович, «волкодав», мастер по захвату. Отобран в отряд, потому что здорово сочиняет комические куплеты. Имеет у сослуживцев большущий успех.

На смену уголовнику явился мелкий мужчинка с несоразмерно большими руками, в которых он держал кокетливую гармонику.

— Здравия желаю! Прикажете исполнять?

— Валяй! С душой, как умеешь!

Физиономия Гулыги вся пошла мелкими лучиками, один глаз хитро подмигнул.

— Й-эх!

> У моей молодки
> На бахче арбузы.
> Чуть пониже подбородку,
> Чуть повыше пуза!

Певец изобразил при помощи своего музыкального инструмента огромный бюст, и князь зашелся смехом. Отбивая каблуками подобие чечетки, Гулыга исполнил второй куплет, еще заковыристей предыдущего:

У моей голубки
Аж четыре губки.
Две для поцелуя,
Две для пользы ...обчества!

Князь от хохота согнулся пополам, обессилено замахал рукой. Зато Алеша сидел мрачнее тучи и после первой же строки третьего куплета («У моей Аниськи...») прервал выступление:

— Спасибо, господин Гулыга. Можете идти. — А когда за кандидатом закрылась дверь, отрезал. — Нет, Лавр Константинович, для Швейцарии это не годится.

— Да? — Козловский был обескуражен. — А нашим всем нравится... По захвату у меня, впрочем, еще один кандидат есть. Эй! — крикнул он. — Давайте сюда Никашидзе!

Минуту спустя из коридора, грациозно покачивая бедрами, вошел умопомрачительный франт: сверкающий пробор, усишки в ниточку, атласная жилетка, на пальце — огромный сверкающий камень, отчасти похожий на бриллиант.

— ...Джиуджицу знает, всеми видами оружия владеет. Особенно по холодному мастак, — дошептывал штабс-ротмистр.

— А что может для концертной программы? — строго спросил вошедший в роль экзаменатора Алеша.

— Покажи что умеешь, Никашидзе.

Брюнет сахарно улыбнулся, зачем-то расстегнул модный широкий пиджак.

— Ничего, если попорчу-с? — кивнул он на черную, школьного вида доску, где была прикноплена большая фотокарточка какого-то бородатого господина, а внизу мелом написано: «Капитан Отто Зингер, он же Лейбович, он же Лошадников».

Взмахом руки князь показал: можно.

Быстрым движением агент откинул полу пиджака. Блеснули какие-то металлические полоски — Романов даже не успел их разглядеть. Несколькими бросками, до того стремительными, что у Алеши замелькало в глазах, Никашидзе кинул один за другим четыре ножа, которые вонзились в снимок по периметру лица, оставив его нетронутым.

Подержав многозначительную паузу, Алеша обронил:

— Ну, предположим. Хорошо бы еще какую-нибудь барышню беззащитной внешности — в качестве мишени. Тоненькую блондинку с кудряшками. Чтоб публика охала.

Штабс-ротмистр виновато развел руками:

— У нас барышень нет, и уж особенно — беззащитной внешности. Может, на месте наймем какую-нибудь. Ты как думаешь, Георгий?

— Зачем наймем? Добровольно пойдет-с. Не извольте беспокоиться, ваше благородие.

Исполняется кавказская
танцовальная мелодія
«Лезгинка»

Кавказец пригладил завиток на виске, самодовольно улыбнулся.

— Что ты ходок знаменитый, мне известно, но как ты с иностранкой объяснишься?

— Обижаете, ваше благородие. Мне хоть эфиопку — всё одно-с. У Георгия Никашидзе осечек не бывает.

— Ладно, принят. Зови Булошникова. Это, Алексей Парисович, на амплуа силача. Наш Илья Муромец. Что-нибудь взломать, поднять, вышибить. Не человек — паровоз. Десять пудов на плечах выносит. Картотека, надо полагать, тяжеленька.

Очень большой человек, задевший дверной косяк сразу обоими плечами, сказал неожиданно тонким, бабьим голосишком:

— Здравия желаю.

Лицо у него было круглое, пухлое, с розовой, как у младенца, кожей. Фигура, как у куклы-матрешки. Кисть руки — безволосая, толстая и короткопалая — напоминала раздутое молоком вымя.

— Не годится, — сразу отрезал Романов. — Для гарнира к основному номеру довольно метания ножей и карточных фокусов. Силач — явный перебор. Это же не цирк, а отель высокого класса. И, воля ваша, Лавр Константинович, но без артисток как-то странно. Подозрительно.

— Откуда я, милый вы мой, возьму женщин? В штате разведки их нет, в контрразведке тем более. Уйди! — опечаленно махнул князь толстяку. — Не проходишь.

— Ваше благородие, Лавр Константинович! — фальцетом взмолился Булошников. — Всю жизнь мечтал за границу попасть. Возьмите, ну ради Христа, а?

— Да как я тебя возьму, болван, если ты ничего художественного представлять не умеешь?

Илья Муромец закручинился, повесил голову.

— Эх, раньше я русские песни пел, под балалайку. Даже на свадьбы приглашали...

Сочувственно вздохнув, князь шепотом объяснил:

— Это он весной в ледяной воде сидел, за шведом одним слежку вел. Получил медаль за геройство, но застудил себе напрочь всё, что только можно.

— Грех вам, — продолжал жаловаться инвалид. — Живу, как Иов многострадальный. Борода расти перестала. Жена ушла. Всем ради отечества пожертвовал... — Вдруг в маленьких, но по-младенчески ясных глазках Булошникова блеснула надежда. — А хотите, дишкантом спою? Давеча попробовал — вроде получается.

Он подбоченился одной ручищей, другую округлил и выставил вперед, запел тонким, довольно сильным голосом: «Выйду ль я на реченьку, погляжу на быструю. Унеси ты мое горе, быстра реченька с собой».

Дослушав до конца, Алеша засмеялся:

«унеси ты мое горе,
быстра рѣченька,
съ собой!»

— Да это не дискант, это настоящее сопрано.

Иностранного слова Булошников не понял, но одобрительную интонацию уловил и плаксиво заныл:

— Возьмите меня, ваше благородие! Я горы альпийские на открытке видел — красотища! Страсть как повидать хочется!

— Извини, Вася. Видно, не судьба.

Лавр Константинович подошел к бедняге, потрепал по плечу, даже полуобнял, для чего пришлось подняться на носки.

Будто к мамкиной груди припал, подумал Алеша. Тут-то ему и пришла в голову идея.

— Погодите-ка, погодите... — медленно сказал он.

Швейцария.
Сан-Плачидо

В Европе полным-полно старых отелей, про которые обычно говорят: «ах, это заведение знавало лучшие времена!»

Каких-нибудь полгода назад то же мнение высказывали и по поводу «Гранд-отеля» в Сан-Плачидо.

Эта гостиница помпезной, тортообразной архитектуры пережила пик моды тому лет тридцать, когда здесь любила останавливаться немолодая, но все еще прекрасная вдова императора Луи-Наполеона. Потом вкусы изысканной публики переменились, и отель стал обителью тихого семейного отдыха миланских и венских буржуа средней руки. Но едва континент затянуло пороховым дымом, для гостиницы, как и для прочих швейцарских курортов, настал истинный ренессанс. Номера подорожали втрое, но их все равно не хватало. Из Парижа прибыли два первоклассных шеф-повара, не пожелавшие попадать под призыв. На сцене выступали мировые знаменитости, развлекая взыскательных постояльцев. Среди последних было особенно много американских миллионеров, очень недовольных тем, что Старый Свет ни с того ни с сего сошел с ума и лишил приличных людей возможности отдыхать на Лазурном берегу, в Биаррице или Баден-Бадене.

Чудесным ноябрьским утром, в самый разгар бархатного сезона, на подъездную аллею «Гранд-отеля», шурша гравием, въехал длинный «делонэ-бельвилль» и остановился у парадного входа, прямо напротив огромной афиши, где был изображен усатый красавец в казачьей черкеске. Объявление на трех языках (итальянском, французском и немецком) извещало:

РУССКИЙ СЕЗОН В «ГРАНД-ОТЕЛЕ»
Звезда петербургской оперной сцены АЛЕКС РОМАНОФФ.
Народные песни в исполнении г-жи ВАСИЛИСЫ.
А также варьете-шоу

Каждый вечер
в Парчовом зале ресторана

Лакей с поклоном открыл вторую справа, так называемую «парадную», дверцу автомобиля, и оттуда вышел красивый молодой человек в роскошном пальто — легкого сукна, но с пышным собольим воротником. Конец алого кашне с обдуманной небрежностью был перекинут через плечо, белоснежные гамаши посверкивали перламутровыми пуговками. Очень эффектно смотрелась рука на черной шелковой перевязи. Пальцы в лайковой перчатке беспрестанно мяли каучуковый мячик.

На веранде, где полдничала публика, моментально стало известно, что это и есть петербургская знаменитость. Дамам певец ужасно понравился, к тому же от стола к столу жужжащим шмелем пролетел невесть откуда взявшийся слух, что он царского рода, ибо в

Исполняется русская
народная песня
«Калинка-малинка»

России *Романофф* — фамилия очень редкая и простой человек носить такую не может.

Если дамы главным образом засматривались на августейшую звезду санкт-петербургской оперы, то благосклонное внимание кельнерш и горничных привлек интересный брюнет, соскочивший с подножки третьего, «свитского» ряда сидений. Девушки из прислуги сочли, что он одет еще шикарней солиста, а кроме того брюнет успел в одну минуту перемигнуться по меньшей мере с шестью из них.

Вокруг суетился, распоряжаясь разгрузкой чемоданов, хромоногий господин с тараканьими усами. Наблюдатели сначала предположили, что это импресарио, но судя по куцему пиджаку и обтрепанным брючкам, то была какая-то мелкая сошка.

На угрюмого субъекта в наглухо застегнутом макинтоше особенного внимания не обратили. Зато сугубый интерес мужской половины вызвала монументальная дама в шляпе с огромными страусовыми перьями. Тяжело ступив внушительной ногой на землю, она обвела взглядом озеро, горы и воскликнула тонким голоском:

— Gospodi, krasota-to kakaya!

Старший портье тараторил по-французски с итальянским акцентом:

— У мсье солиста номер-люкс с балконом в бельэтаже. У госпожи певицы номер на шестом, с ванной.

Остальным господам отведены три комнаты в чердачном этаже.

— Акакий Акакиевич, осторожнее, это очень хрупкая шляпка! — сердито крикнула госпожа Василиса хромому, который вынимал из багажника круглую коробку. — Дайте сюда, болван! — И, перейдя на шепот, спросила. — Ваше благородие, можно хоть у себя в комнате по-человечески ходить?

— Я тебе похожу, — тоже шепотом ответил Козловский. — Только в пеньюаре! Терпи, Василий, сам вызвался.

Потом подошел к каждому и тихо приказал:

— Час на обустройство. Потом все ко мне, на инструктаж.

На озере

По гладкой, как каминная доска, поверхности Луганского озера скользила прогулочная лодка, в которой с комфортом расположилась праздная компания. На носу в романтическом одиночестве, си-

«Не гребли, а цѣловались,
Не качай, брать, головой!»

дел Алексей Романов. «Концертмейстер Акакий Акакиевич» скромно примостился на дне. Гребли Никашидзе и Лютиков, а на корме, одной рукой держа руль, другой кружевной зонтик, сидел Булошников и распевал народную песню «Мы на лодочке катались золотистой, золотой».

— Вот она, — кивнул штабс-ротмистр в сторону берега. — Только не все разом головы поворачивайте.

На скале, прямо над обрывом, нависла прелестная вилла в псевдоготическом стиле. С обеих сторон от нее росли деревья, дальше виднелся срез высокой стены, обрывавшейся на самой кромке.

— Нет, отсюда тоже не подберешься. Черт!

Козловский сердито швырнул за борт окурок папиросы.

Итоги рекогносцировки выглядели неутешительно, полностью подтверждая агентурные данные.

Вилла Зоммера представляла собой настоящую цитадель.

Со стороны озера ее надежно прикрывал обрыв. С суши вилла была окружена двухсаженной стеной. В саду постоянно дежурили двое часовых — очень бдительных. Еще четверо охранников в самом доме. И это не считая шестерки телохранителей, повсюду сопровождавших президента «Шпионской биржи».

— «Ты правишь в открытое море, где с бурей не справиться нам! В такую лихую погоду нельзя дове-

ряться волнам!» — развивал водную тематику Булошников следующей песней.

— Побереги голос, дура! Вечером выступление, —
раздраженно прикрикнул на сотрудника князь.

Лодка сбавила ход под самой кручей. Алеша задрал
голову, присвистнул. Эркер виллы торчал высоко вверху, похожий на бастион неприступной крепости.

— Да, с воды не подступишься. Что будем делать,
Лавр Константинович?

— Искать решение. Это уж моя забота. — Штабс-
ротмистр нервно дернул усом. — Ваше дело, Романов,
обеспечивать качественное прикрытие. Чтоб на концерте овации были, ясно?

И овации были!

После первого выступления (на языке артистов —
аппетизанта, то есть номера, призванного разжечь у публики аппетит) «Алекса Романофф»
не отпускали целых пять минут. А ведь когда распорядитель концерта, объявлял нового певца, в ответ раздались вялые, почти сразу оборвавшиеся хлопки...

Конферансье синьор Лоди провозгласил:

— Первое выступление наших гостей из снежной России! Синьор Романофф, из настоящих петербургских казаков. Попросим!

Пока еще немногочисленная публика (время было раннее) жиденько поаплодировала. К роялю сел принаряженный Козловский. Вышел Алеша в папахе и белой черкеске с серебряными газырями. Спел для разогрева «Ночь тиха, под луной тихо плещет волна» — и сразу, без перерыва, выдал «Una furtiva lacrima» Доницетти, свою коронную арию.

Тут-то слушатели и взорвались криками «браво!» «анкора!», аплодисментами. На этот аппетитный шум в ресторан потянулись новые клиенты, но солист с поклоном удалился, а конферансье объявил, что выступление русских артистов начнется через час, когда почтеннейшая публика закончит трапезу и перейдет к напиткам.

Сойдя со сцены, штабс-ротмистр обнял и расцеловал певца, что было, конечно, лестно, но физически не очень приятно, ибо князь от волнения сильно вспотел.

— Вы бы, Лавр Константинович, лучше за нотами повнимательней следили. Привираете.

— Ерунда! Буду играть потише, а вы громче пойте.

В первый вечер отдуваться за всю труппу предстояло лишь певцам. У Лютикова и Никашидзе было особое задание.

Баритон и аккомпаниатор остались за кулисами, наблюдая через щель в занавесе, как наполняется зал. К восьми часам не осталось почти ни одного пустого столика, а те, куда никто не сел, были зарезервированы.

— Наши друзья-австрияки пожаловали, — хищно прошептал Козловский, показывая на двух мужчин с военной выправкой. Они сели к одному из заказанных столов и одинаковым, заученным движением обвели глазами зал. — Усатый — майор Фекеш. Рыжий — его помощник, обер-лейтенант Воячек.

Два столика по соседству оставались незанятыми.

Конферансье сладчайшим голосом продекламировал:

— На сцене несравненная Клара Нинетти! Ученица великой Айседоры!

Судя по тому, как охотно повернула головы вся мужская часть аудитории, номер пользовался успехом.

Заиграла тихая, странноватая музыка, в зале негромко, но энтузиастически захлопали.

Обернувшись назад, Алеша увидел готовящуюся к выходу девушку, которой минуту назад за кулисами не было. Тоненькая, с коротко стриженными и очень гладкими, будто приклеенными к голове волосами, она скинула длинную газовую накидку, и Романов не поверил своим глазам. На девушке не было ничего кроме легчайшей античной туники, едва прикрывавшей колени! Чулков, и тех не было! Скинув бархатные туфельки, барышня быстро растерла маленькие ступни. Выпрямилась, взмахнула стройной ножкой. Алеша сглотнул. Танцовщица мельком скользнула по нему большими, круглыми, как у куклы глазами, поцеловала висящий на шее крестик и невесомо, будто ступая по облаку, выбежала на сцену.

Судя по восторженным крикам, поклонников у мадемуазель Нинетти было предостаточно.

Ее танец показался Алеше удивительным, ни на что не похожим. Он слышал о «свободном танце», но не видел выступлений Айседоры Дункан, когда та гастролировала в Петербурге, и теперь был совершенно потрясен.

Какая свобода, какая смелость движений, сколько непосредственности, сколько чувства — и сколько *чувственности*! Неудивительно, что почти все женщины в зале морщились, а почти все мужчины не сводили глаз с этого ожившего лучика света. Впрочем, у луча света не бывает стройных ножек и прелестных плеч, обнажавшихся при каждом воздевании рук. Когда же Клара завертелась в стремительном фуэте, полы туники приподнялись, и по ресторану прокатилось подобие коллективного вздоха.

Алешу толкнули в бок.

— А? — рассеянно спросил он.

— Ослепли вы, что ли? Вон он!

С сожалением отведя взгляд от волшебной плясу-
ньи, Романов вернулся к исполнению служебного долга — стал смотреть туда, куда показывал штабс-ротмистр.

«Президента» Алеша узнал сразу.

Толстогубый человек в подчеркнуто консерватив-
ном костюме, но при этом с орхидеей в петлице, медленно приблизился к столу, за которым сидели авс-
трийцы. Те разом поднялись, поприветствовали губас-
того коротким поклоном, обменялись с ним рукопо-
жатиями.

За шефом Шпионской биржи, немного отстав, шли
двое крепких молодцов, шарящих по сторонам профессионально стремительным взглядом.

— Телохранители, — шепнул Козловский, как будто Алеша сам бы не догадался.

Но это был еще не хвост процессии. Третий молодец, очень похожий на двух первых, вкатил в зал кресло на колесиках. Там, прикрытый пледом, сидел вет-
хий старичок с неподвижной, будто прилипшей улыбкой на морщинистом личике. А позади шествовал еще
и четвертый верзила.

— Это наверняка хранитель архива Жубер, — объяснил штабс-ротмистр про инвалида. — Почти никогда не покидает виллу, поэтому его фотографий у нас

«Кучумъ, презрѣнный царь Сибири, пронрался тайною тропой...»

нет. Но приметы совпадают: паралитик. Зоммер часто
в разъездах, но этот всегда на месте... Вероятно, авс
трийцам нужна какая-то консультация, потому и Жу
бер здесь. Послушать бы, о чем говорят!

Телохранители парами сели за два свободных сто
лика. Официант, ни о чем не спрашивая, поставил пе
ред каждым по чашке кофе.

— Серьезные ребята, — со вздохом кивнул князь на
охрану. — Сразу видно. А еще двое остались у автомо
биля.

Здесь Алеша сделал себе маленький подарок — ук
радкой взглянул на госпожу Нинетти, прелестной ко
зочкой летавшую между столиков.

— Глядите, глядите, я был прав! — снова дернул его
штабс-ротмистр. — Они спрашивают, он отвечает.

Австрийские разведчики внимательно слушали ар
хивариуса, который с благожелательной улыбкой им
что-то рассказывал. Один раз прервался, посмотрел
вверх, как бы что-то припоминая, и продолжил.

— Ходячая энциклопедия. Помнит наизусть. Что у
них есть, чего нет. Знает всех информантов, — корот
кими фразами нашептывал князь, тщетно пытаясь ра
зобрать по губам хоть какие-то слова. — Сейчас отве
тит. Может выполнить заказ или нет...

Жубер переглянулся с Зоммером, они пошепта
лись. Глава биржи кивнул и сказал что-то, отчего авс
трийцы сразу заулыбались.

Романов снова отвлекся.

Клара порхала по залу, будто нимфа по райскому лугу, где вокруг не столы с бутылками и не облизывающиеся самцы, а серафимы с херувимами да чудесные кущи. По лицу танцовщицы скользила мечтательная полуулыбка.

— Видали, а? — возбужденно шепнул Козловский.

— О да! — горячо ответил Алеша и спохватился — князь показывал на Зоммера.

Майор Фекеш протягивал коммерсанту какой-то конверт. Тот заглянул внутрь, небрежно кивнул, спрятал в карман.

— Чек! Это аванс. Значит, заявка принята. Эх, хоть бы одним глазком... Глядите, Фекеш шампанское заказывает! У, гадина!

— Ужасная, — согласился Романов, глядя не на майора, а на чрезвычайно неприятного господина, перед которым госпожа Нинетти что-то слишком надолго задержалась, будто танцевала персонально для него.

За самым лучшим столиком, у окна, с видом на озеро, в полном одиночестве восседал субтильный уродец надменного вида. Его подкрученные усы торчали двумя ятаганами, эспаньолка напоминала острие копья, в бутоньерке элегантного фрака алела роза. Чем дольше Клара танцевала перед этим смехотворным щеголем, тем неприятнее казался Алеше весь его облик. Осо-

Исполняется «Адажіо»
изъ балета г-на Чайковскаго
«Лебединое озеро»

бенно жилы, набухшие на лысом черепе, выпученные рыбьи глаза и неестественно длинные пальцы, которыми незнакомец чистил апельсин — будто потрошил маленькое живое существо.

Криво улыбнувшись тонкими губами, человечек бросил танцовщице свою розу. Клара поймала ее на лету, поцеловала и пристроила себе за ухо.

Тут и музыка стихла. Под крики и аплодисменты вакханка подсела за столик к мерзкому карлику. Он наполнил ей бокал шампанским, щелкнул пальцами — подсеменил лакей, неся газовую накидку и бархатные туфельки. Все с жадным любопытством наблюдали за эффектной парой. Когда недомерок опустился на одно колено и бережно надел Кларе туфельки, ресторан приглушенно зашумел.

К кипящему от возмущения Алеше подошел распорядитель Лоди.

— Через минуту ваш выход.

— Кто этот фигляр?

Синьор Лоди всплеснул руками, от ужаса его акцент стал сильнее.

— Как вы можете! Это мсье Д'Арборио! Первый поэт Италии! Современный Данте! Великий патриот!

Алеша нахмурился. Про Рафаэля Д'Арборио он, конечно, слышал, даже читал его изысканные поэмы в русском переводе, но кто бы мог подумать, что люби-

мец декадентствующей публики до такой степени не
хорош собой и... гадок, да-да, гадок!

Распорядитель снова объявил «петербургского ка
зака». Пора было выходить.

Едва русские появились на сцене, Фекеш с Вояче
ком и еще несколько человек из зала (должно быть, гер
манские и австрийские подданные) демонстративно
вышли. Стоящий у выхода Лютиков проводил их лени
вым взглядом.

Зоммер и его помощник остались сидеть. Они о чем
то сосредоточенно разговаривали, на певца не смотре
ли. Но всё это Романов заметил вскользь, краешком
глаза. Внимание его было целиком сосредоточено н
столике Клары Нинетти. Спеть нужно было так, чтоб
она отвернулась от своего тролля и забыла о нем, по
коренная музыкой.

— «Луны волшебной полосы», — велел Алеша ак
компаниатору.

И запел, как прежде не пел никогда, даже для Си
мы Чегодаевой, воспоминание о которой именно в эт
светлую минуту перестало терзать его сердце — раз
навсегда.

На первой же строфе Клара обернулась, сначал
рассеянно. Потом, когда певец нежно призвал подру
гу спеть с ним в два голоса, обернулась еще раз.
больше уже на своего кавалера не смотрела. Ее взгля

гал нежным, глаза повлажнели. Всё шло просто замечательно!

Мерзкий гном почуял неладное, нахмурился. Что, ел, лапша итальянская? Поэзия — не самый главный з видов искусства. Особенно, когда нужно воздейсовать на женскую душу.

После страстного зова, заставляющего кровь слуательницы быстрей струиться по жилам, следовало робудить в ней чувствительность и сострадание.

Вторым номером, после оглушительных аплодисентов, Алеша затянул «Лучинушку». Ничего, что Клаа не понимала слов. Что это за песня, в которой текст ебует перевода? И так ясно: погибает человек без обимой, жизнь не мила, и спасти его от гибели в сей оковой миг может лишь взаимность.

На глазах у танцовщицы выступили крупные слезы. оняла, она поняла!!!

Всецело захваченный музыкой, певец не видел ниго кроме этих сияющих, направленных только на не глаз. Он не заметил, как поднялся и направился к ыходу Зоммер, как выкатили инвалида, как аккомпаатор кивнул Лютикову.

Тот пропустил мимо себя президента биржи со ей его свитой, плавно развернулся на каблуке, двился следом.

Задание у Лютикова и Никашидзе было такое: прорить, нельзя ли захватить Зоммера поздним вечеом, когда он возвращается с ужина к себе на виллу.

Но Зоммера охраняли
превосходно

У входа почтенного коммерсанта поджидали д авто: роскошный «роллс-ройс» и американск «форд-фаэтон» для охраны.

Завидев патрона, шофер «роллс-ройса» выскоч навстречу. Двое охранников, дежуривших у подъез встали справа и слева. Остальные, явно действуя инструкции, сопроводили Зоммера и Жубера до шины, после чего сели в «форд».

С места оба автомобиля тронулись одновремен

Лютиков, внимательно наблюдавший весь этот лет из-за колонны, сорвался с места и нырнул в откр тую дверцу «бельвилля», стоявшего в стороне.

— Грамотно работают, — заметил Никашидзе, водя мотор. — Видал, как они все сектора прикры когда объект усаживали?

Уголовник сплюнул:

— Мартышки дрессированные. Чую, возни буде

«Бельвилль» длинной черной тенью пролетел по лее, за воротами пристроился на умеренной диста ции от «форда».

Фар Никашидзе включать не стал.

— Всё записывай, — сказал он. — Секунда в секунду. Я говорю, ты глядишь на хронометр — и в блокнот.

— Не учи ученого.

— Какой ты ученый? Урка с Лиговки, — беззлобно проворчал грузин. — Пиши: скинул скорость до двадцати, повернул налево...

«Очаровали вы меня»

В перерыве Алеша сидел в маленьком, отгороженном шторами закутке позади сцены и пил теплый «цаубертренк» — старинный оперный эликсир для размягчения и укрепления голосовых связок: красное вино со сливками.

Из зала доносилось пение Булошникова, заполнявшего паузу. Высокий, разудалый голос выводил:

> Очаровательные глазки,
> Очаровали вы меня!
> В вас много жизни, много ласки,
> В вас много страсти и огня.

Время от времени на сцене начинался род земле-
трясения — это «Василиса», подбоченясь, пускалась в
пляс. Судя по поощрительным возгласам, определен
ная часть аудитории не осталась равнодушной к мону
ментальной красоте русской Венеры.

Концертмейстер отчаянно колотил по клавишам
частенько попадая не на ту, на какую следовало. Штабс
ротмистр беспокоился за Лютикова и Никашидзе, что
сказывалось на качестве аккомпанемента.

А вот унтер-офицер Романов, увы, думал не о зада
нии Отечества. Честно пытался пробудить в себе чувст
во долга — не получалось. Хотелось лишь одного: под
красться к занавесу и подглядеть за Кларой. Что она?
Неужели снова кокетничает со своим Д'Арборио?

Алеша посмотрел в зеркало на свое разгоряченно
лицо, поправил прическу, пригладил светлый, не ус
певший как следует отрасти ус.

И вдруг пред ним предстало волшебное видение.

Штора качнулась, в каморку проскользнула мад
муазель Нинетти, в своей газовой накидке похожая н
фею, порождение прозрачного эфира.

Не зная, верить ли глазам, Романов обмер.

Нет, это происходило наяву!

Она подошла сзади и глядя через зеркало ему в гла
за, воскликнула с очаровательным акцентом:

— Ах, как вы пели!

— Вы знаете по-русски? — только и нашелся пр
лепетать потрясенный Алеша.

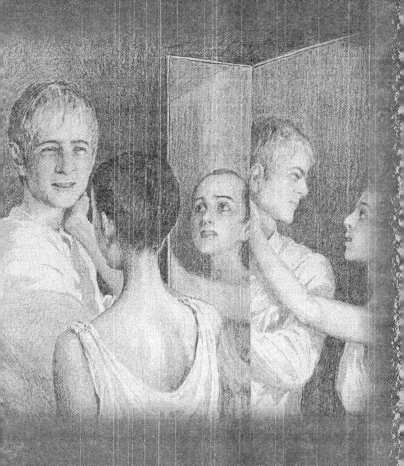

исполняется «Элегія»
г-на Масснэ

— Я романка... румынка, да? Когда девочка, немножко жила в Кишинеу. Нинетти — мое сценное имя, да?

Он поправил:

— Сценическое...

Надо бы обернуться, но Алешу сковал иррациональный страх: вдруг, если он хоть на мгновение отведет взгляд, она исчезнет? Так и смотрел на нее в зеркало.

Из-под невесомой ткани выпросталась голая рука и потянулась к его виску. Она была тонкая и совсем белая, будто луч лунного света. Длинные рубиновые ногти показались Романову похожими на капли вина. Когда пальцы дотронулись до его кожи, он вздрогнул от неожиданности — такими они оказались горячими.

Она не из воздуха! Она из плоти и крови!

Затрепетав, он быстро повернулся и вскочил.

Схватил ее кисть, стал целовать, бормоча что-то невнятное:

— Я... Вы... Мы... Может быть, мы могли бы...

Женщина, несмотря на скудное знание русского, была куда красноречивей. Отдернув руку, она сказала:

— Молчи. Слова не надо. Глаза достаточно. Я видела, ты видел. Конечно, мы могли бы. О, мы очень, очень могли бы! Но теперь нельзя. Совсем нельзя. Мне ужасно жалко...

Она приподнялась на цыпочки и, не идя в объятья, легонько, всего на секунду припала к его рту своими горячими губами.

С Симочкой студент целовался куда обстоятельней, не говоря уж о дачных эскападах с деревенскими простушками. Но то было совсем другое. Можно ли сравнить горение свечки с сиянием солнца?

Ослепленный и обожженный, Алеша все телом подался к ней.

— Что нельзя? Почему нельзя?!

Клара быстро отступила вбок и приложила палец к губам.

— Алексей Парисович! На выход! — донесся голос Козловского.

Чтобы князь не вошел, Алеша сам бросился к шторе.

— Сейчас! Секунду!

Когда же обернулся, женщины в каморке не было. Она исчезла в одно мгновение, совершенно бесшумно. В углу чуть покачивалась бархатная портьера.

Оперативное совещание

В час тридцать ночи, когда большой отель утих, вся группа собралась в номере штабс-ротмистра Козловского. Крошечная комнатка была располо-

жена изолированно, в маленькой башенке, которая сна
ружи смотрелась весьма живописно, изнутри же пред
ставляла собой чуланчик нелепой круглой формы
узкими оконцами и низким потолком. Зато к двери ве
ла невероятно скрипучая лесенка, а за стеной не было
соседей, так что подслушать, о чем говорят в номере
не представлялось возможным. Потому-то князь и вы
брал именно этот номер, самый дешевый из всех.

Командир устроился на подоконнике. Художест
венный руководитель на тумбочке. Трое остальных си
дели на железной кровати, которая под тяжестью до
родного Булошникова прогнула свое проволочное чре
во чуть не до пола.

— Перестаньте вертеться, — уже не в первый ра
сказал Козловский ерзавшему на своем неудобном си
денье Романову. — ...В общем, пока картина неутеши
тельная. Проникнуть на виллу трудно. В пути Зоммера
тоже не возьмешь. Так?

Повздыхали. Помолчали.

Алеша изо всех сил пытался сосредоточиться на про
клятом Зоммере, но в голову лезло совсем иное. Горячие
губы... Шуршание газа... Аромат белой кожи...

Он покачнулся — от воспоминания закружилась го
лова.

У тумбочки подломилась ножка. Романов едва ус
пел соскочить — грохнулся локтем о чугунный умы
вальник.

— Да что с вами сегодня? — рявкнул князь. — Вроде не пили!

— Извините, тесно.

— Да уж, не апартамент-люкс. Итак, жду предложений, соображений, идей.

Булошников пропищал:

— На вилле всегда шесть человек охраны. Да у Зоммера шестеро. Много, ваше благородие.

— Сам знаю, что много! Сколько раз говорить! Пока мы здесь, называть меня «Акакий Акакиевич»! А то забудетесь, ляпнете при посторонних... Ну, толковые мнения есть?

Крайнее раздражение, в котором пребывал начальник, лучше всего свидетельствовало: дело швах.

— Если б пострелять дозволили — другое дело, — степенно сказал Лютиков. — Сами же велели: без кровянки. И чтоб тихо. Как тут по-тихому обтяпаешь, когда вокруг него столько псов цепных?

— Нет, Акакий Акакьич, — припечатал колено ладонью Никашидзе. — По-тихому не получится. Даже не думайте.

Глаза штабс-ротмистра грозно округлились. Появилось на ком сорвать досаду.

— Ты как разговариваешь с офицером, сукин сын! — зашипел князь. — Ты на кого это рукой машешь?! Встать!

Агент вскочил, вытянул руки по швам. Кровать качнулась, и двое остальных завалились на бок.

— Виноват, ваше благородие! То есть Акакий Акакиевич!

Козловский только зубами скрипнул — теперь уже рассердился на самого себя, за несдержанность.

— Да сядь ты!

— Так чё делать-то? Говорите, сполним, — пожал плечами, как всегда, невозмутимый Лютиков.

Опять замолчали.

Штабс-ротмистр дергал себя за ус. Романов смотрел в окно. Там по озеру пролегла лунная полоса, напомнившая ему Кларину руку.

— Раз толковых идей нет, будем действовать по плану, который разработан нашей резидентурой, — сухо, недовольно заговорил наконец Козловский. План, придуманный в Берне, ему не нравился. Во-первых, слишком рискованный и чреватый неприятностями с полицией. А во-вторых (и если честно, в-главных), потому что придуман в Берне, а не самим князем. — Завтра вечером Зоммера на вилле не будет. Наш военный агент приглашает его на встречу в Локарно. Якобы для переговоров о закупке некоторых материалов. На вилле останутся шестеро охранников плюс старичок архивариус...

— Вот это подходяще, — кивнул Лютиков.

Булошников пихнул его локтем: заткнись, когда командир говорит. Однако и сам не удержался, вставил:

— Шестерых уж как-нибудь сделаем, Лавр Константиныч. Не сомневайтесь.

И огромными ручищами изобразил, будто сворачивает кому-то шею.

— Дура ты баба, Василиса! — встрял Никашидзе, которому хотелось реабилитироваться в глазах начальства. — Акакий Акакьич русским языком сказал: без трупаков.

— Акакий Акакиевич, чего он дразнится! — плаксиво возопил Булошников. — Сам он «баба»!

— Молчать! Никашидзе прав: убивать нельзя. Нужно попасть в секретную комнату и забрать оттуда картотеку. Во что бы то ни стало.

Агенты переглянулись. У Лютикова возникло сомнение.

— Если у них там обычный замок, я его сделаю, какой мудреный ни будь. Но по элестричеству я не того... Там надо цифирь знать.

— По «электричеству», лапоть, — поправил Никашидзе. — Если там цифирь, дедушка ее должен знать. Клянусь, всё мне расскажет.

Князь, чуть покраснев, предупредил:

— Ты только гляди у меня, без изуверства.

— Обижаете, Акакий Акакьич! Он полюбит меня, как внука!

Все засмеялись, а в Алеше вдруг проснулась совесть. Половину он пропустил мимо ушей и теперь хотел поучаствовать в разработке диспозиции.

— А как мы попадем на виллу? Там же стены. И часовые.

— Не *мы*, — поправил его штабс-ротмистр и кивнул на агентов. — Они. Их работа. Наше с вами дело обеспечивать прикрытие. Завтра ребята выступят первыми. Потом поете вы, долго. Я барабаню по клавишам. Нужно продержать зал в течение часа. Как, молодцы, за час управитесь?

— Ерунда-с, — красуясь, поиграл бровями Никашидзе. — Ехать тут пять минут. Еще к аплодисментам поспеем. А насчет стены, Алексей Парисович, не переживайте. Мы с Лютиковым там один шикарный дуб присмотрели...

Луны волшебной полосы

Романов возвращался в свой «люкс» по пустому коридору. Здесь, в бельэтаже, пол был не дощатый, как на чердаке, а укрытый толстым ковром, и шаги не нарушали ночной тишины. Когда Романов открыл дверь номера, ему под ноги легла лунная дорожка. Не включая света, постоялец прошел по ней до самого окна и стал смотреть на озеро. Оно мерцало и

искрилось. Алеше, пребывавшему в настроении вос-
торженно-поэтическом, подумалось: словно черное
лаковое блюдо, на котором рассыпаны бриллианты.
Несмотря на поздний час, спать не хотелось совсем.
Да и как тут уснешь?

Позади раздался тихий шелест. Чуть колыхнулся
воздух. На плечи Романову опустились две обнажен-
ные руки.

Задохнувшись, он обернулся.

— Вы?!

Перед ним стояла Клара. В ее глазах, очень близко,
отражались две маленькие луны.

— Тихо, тихо, — прошептала она, лаская пальцами
его шею.

Алеша хотел прижать ее к себе, но это не так просто, если одна рука на перевязи.

— Не бистро, не бистро, — снова шепнула Клара,
чуть отстранилась и сделала вот что: взяла его за левую ладонь и, раздвинув легкий газ, положила ее себе
на грудь. Под накидкой ничего не было — гладкая, не-
жная кожа. От бешеного толчка крови Алеша чуть не
потерял равновесие, так закружилась голова.

— Я... я... знаю, это нельзя... это очень нельзя, —
бормотала Клара, подставляя ему лицо, шею, плечи
для поцелуев. —... Все равно... Пускай... Люны волшебной полёсы...

И всё завертелось...

Алеша лежал на спине совершенно обессиленный и, даром что спортсмен, хватал ртом воздух, всё не мог отдышаться и прийти в себя. Клара же, несмотря на кажущуюся хрупкость, усталой совсем не выглядела, дышала размеренно, да еще мурлыкала песенку. Опершись на локоть, она водила пальчиком по Алешиной груди. На пальчике посверкивало кольцо с алмазом. Вдруг острый ноготок сердито царапнул по коже.

— Я знаю, что ты думаешь! Ты думаешь, что я без стыда. Что я распутина, да? Танцорки все такие, да? Бесчестные? Скажи!

Ее глаза наполнились слезами.

— Нет, что ты...

Но Клара нетерпеливо мотнула головой: молчи!

— Я самая честная. Другие женщины притворяются, я нет. Жизнь такая короткая! Молодость еще больше короткая! Ты мне так нравился, так нравился... — Она просияла улыбкой, смахнула слезинку и пропе-

«ЛУНЫ ВОЛШЕБНОЙ ПОЛОСЫ
НАМЪ ЛЬЮТСЯ СЪ ВЫСОТЫ...»

ла. — «Сядь поближе, гитару настрой, будут плакать волшебные струны...»

Однако теперь настала очередь Алеши хмуриться.

— Этот лысый поэт, он тебе тоже... нравится?

Клара передернулась и легла на спину.

— Почему ты молчишь? — приподнялся Романов. — Что у тебя с ним?

Поймать ее взгляд не удавалось, огромные глаза печально смотрели в потолок.

— Не надо спрашивать...

— Великий Д'Арборио, да? — терзая себя, горько сказал Алеша. — Богатый, знаменитый... И для артистической карьеры хорошо, да?

— Нет... — перебила она и снова содрогнулась. Выражение лица стало, как у смертельно напуганной маленькой девочки. — Д'Арборио страшный. Совсем страшный. О, ты не знаешь, какой он человек. Я его боюсь. Потому сказала «нельзя». Если он узнает...

— Ну, и что будет? — с вызовом спросил он.

— Д'Арборио будет меня убивать. Тебя тоже.

И зажмурилась.

Романову стало смешно.

— Тоже еще Синяя Борода! Дракон огнедышащий! Да я этого сморчка лысого...

Она прикрыла ему рот ладонью.

— Знаю. Ты его одной левой. У нас в Кишинеу так мальчишки хвастали... Конечно, одной левой. Правая у тебя больная.

Наклонилась, стала его целовать.

— Погоди-погоди! Ты думаешь, я не смогу тебя защитить?!

— Не надо про это говорить.

Клара закрыла ему рот поцелуем. Он хотел возразить, но для этого пришлось бы высвободить губы, а на это Алеша не согласился бы ни за что на свете.

Сквозь окна, сквозь стеклянную дверь балкона лился свет луны. Ночь казалась бесконечной. Время застыло.

Но взошло
безжалостное солнце...

Но утром взошло солнце. Алеша открыл глаза, увидел, что Клары нет, и в первый миг испугался, не приснилось ли ему всё это. Будь проклято солнце, прервавшее такой сон!

Но постель благоухала Кларой, тело помнило ее каждой клеточкой, а на груди осталась царапина от ноготка. Романов простил дневное светило, потянулся и запел неаполитанскую канцонетту «O sole mio», которую великий Эдуардо ди Капуа, как известно, сочинил, любуясь нашим Черным морем в Одессе.

Весь день Алеша провел в блаженном полусне. В этот день должна была решиться судьба всей операции, но унтер-офицер думал не о тайниках и картотеках. Он думал о любви.

Оказывается, настоящая любовь — не трепет души, описанный у Тургенева или Толстого. И не постельные кувыркания, о которых трепали языком в университетской курилке. То есть, конечно, и трепет, и кувыркание, но это лишь крошечная часть огромного, неописуемого словами мира, где и сосредоточена истинная Жизнь. Кто там не бывал — всё равно не поймет, зря Тургенев с Толстым только бумагу переводили. Или, может, сами знали об этом мире лишь понаслышке?

Неловко было вспоминать поцелуйчики с Симой Чегодаевой, и уж тем более неуклюжую возню на сеновале с деревенскими хохотушками. К любви эти глупости не имели никакого отношения. Совсем.

Выражение лица у влюбленного было такое, что даже Козловский обратил внимание и спросил, чем вызвана «идиотская улыбка». Впрочем, гораздо больше штабс-ротмистра занимало, в голосе ли нынче солист. Получив утвердительный ответ, князь помощником интересоваться перестал и до самого вечера натаскивал агентов: то по одиночке, то всех вместе.

Настал роковой вечер

На сей раз, когда распорядитель объявил русских артистов, майор Фекеш с Воячеком вышли не сразу, а в самой середине первого номера — видимо, специально, чтобы сорвать выступление.

Только ничего у них не получилось.

Во-первых, почти никто из соотечественников не последовал их примеру. Любопытство возобладало над патриотизмом.

Ну а во-вторых, Лютикова подобными пустяками было не смутить.

Поскольку трюки с картами имеет смысл показывать лишь с близкого расстояния, фокусник спустился прямо к столам. Воячек, топая мимо, нарочно толкнул его плечом. Лютиков глумливо поклонился вслед рыжему оберлейтенанту, и публика покатилась со смеху, потому что у австрияка на фалде заболтался невесть откуда взявшийся поросячий хвостик, а на спине заалел бубновый туз.

— Молодец, — фыркнул Козловский на ухо Алеше. — Одного боюсь: не утянул бы у кого-нибудь часы или бумажник, по старой памяти.

Зрителям фокусник очень понравился, его долго вызывали аплодисментами, но Лютиков не вышел.

После него пела Василиса в расшитом сарафане и кокошнике, тоже недолго.

Потом появился Никашидзе в германской каске и с кайзеровскими усами. Среди обитателей «Гранд-оте-ля», как и во всей итальянской Швейцарии, преобладали антинемецкие настроения, поэтому артиста приветствовали хохотом. Правда, из зала вышли еще несколько оскорбленных тевтонов, но это лишь прибавило номеру пикантности.

Состроив зверскую рожу, Никашидзе стал метать в Василису, олицетворявшую собой матушку-Русь, острые кинжалы. Сталь вонзалась в дерево, Булошников пищал и гордо тряс косой, зрители ахали. Всё шло великолепно.

Ровно в десять часов первая часть концерта закончилась.

За кулисами штабс-ротмистр сунул артистам сумку с оружием и инструментами.

— Всё, пошли-пошли. Лютиков уже в автомобиле. У вас 60 минут.

— Акакий Акакьич, штаны бы надеть, а? — попросил Булошников.

— Всё в сумке. Переоденешься по дороге. Марш! Только смотрите у меня. Без покойников! Головы поотрываю!

Командир перекрестил удаляющихся агентов и напутствовал Романова:

— Ну, Алексей Парисович, расстарайтесь. Чтоб десять раз на «бис» вызывали.

Солиста встретили хлопками и приветственными криками. Сегодня «казак» был в красной, расшитой золотом черкеске и белой папахе. Поправив на поясе бутафорский кинжал, он изящно поклонился залу.

Аккомпаниатор, ссутулившись, просеменил к роялю, открыл ноты.

— «Нотихá!» «Нотихá!» — донеслись возгласы.

Алеша прижал руку к сердцу, кивнул Козловскому и для разминки спел мелодичный, нетрудный для исполнения романс «Ночь тиха, под луной тихо плещет волна», обводя взглядом ресторан.

Здесь ли она? Вот единственное, что его сейчас занимало.

Да, да!

Когда он увидел Клару, ему показалось, будто в зале что-то произошло с освещением. Угол, где сидела она, словно озарился чудесным сиянием, зато вся остальная часть помещения погрузилась в сумрак.

В сегодняшней программе танец госпожи Нинетти не значился. Очевидно, поэтому Клара была не в своей газовой накидке, а в вечернем платье и пышном боа из страусовых перьев. Вуалетка, заколотая черной жемчужиной, опускалась на ее лицо, но не прятала его, а наоборот, делала еще ослепительней. Алешу поразило: неужто люди не видят этого неземного сияния? А если видят, как они могут есть, пить, смотреть на сцену?

Должно быть, у него на время помутилось зрение — соседа Клары певец разглядел с опозданием. И чуть не сбился с мелодии.

Проклятый итальянец сидел рядом с Кларой и поглаживал ей запястье!

За минувший день Алеша узнал о Рафаэле Д'Арборио больше, чем за всю предшествующую жизнь.

Это было нетрудно. В гостиничной библиотеке книги живого классика на разных языках занимали несколько полок. Все итальянские газеты и половина швейцарских обсуждали речь, которую Д'Арборио недавно произнес на римской площади перед двадцатитысячной толпой. Блестящий оратор призывал соотечественников воевать на стороне Антанты, и вся страна поддержала своего кумира. Просто поразительно, что этот негодяй придерживался столь похвальных взглядов! Но это его не извиняло. Глядя на портреты пучеглазого фанфарона, Алеша ощущал, как к горлу подкатывает тяжелая, густая ненависть. Гнусный сатир! Мерзкий пятидесятилетний старикашка!

После аплодисментов, проигнорировав вопросительный взгляд Козловского, Алеша на минуту ушел за кулисы — выпить воды и взять себя в руки.

«Ты невестой своей
полюбуйся, поди —
она въ саклѣ моей
спитъ съ кинжаломъ въ груди»

Вернулся, раздвинув занавес жестом супруга, распахивающего дверь спальни, чтобы покарать преступных любовников.

Бросил аккомпаниатору:

— «Хас-Булат!»

И сжимая рукоять кинжала, завел тягучую, грозную кавказскую песню про благородного джигита, зарезавшего неверную жену.

Клара почувствовала его обиду, послала певцу украдкой воздушный поцелуй, и баритон сразу зазвучал мягче, глубже.

В зале закричали:

— Bravo, Romanoff!

А тем временем...

елонэ-бельвилль» с погашенными фарами остановился в темном пустом переулке. Не хлопнув дверцами, вышли трое мужчин, одетых в черное и оттого почти не различимых во мраке.

Первый вышагивал налегке, грациозной кошачьей походкой. За ним вразвалочку шел второй, неся на плече тяжелую сумку. У третьего, огромного детины медвежьих пропорций, в руке тоже была большущая сумка, но пустая.

Переулок вывел троицу к высокой каменной стене. Не обменявшись ни единым словом, подозрительная компания повернула направо, проследовала мимо наглухо запертых ворот и остановилась у старого дуба. Дерево росло шагах в десяти от стены.

Здесь человек-кошка, он же агент первого разряда Георгий Никашидзе, надел специальные перчатки со стальными когтями и очень сноровисто вскарабкался на дерево. Булошников и Лютиков, присев на корточки, с интересом наблюдали за действиями своего товарища.

Тот пребывал в отличном расположении духа. Этот человек очень любил свою работу. По давней привычке, приступив к делу, он бормотал под нос какое-нибудь стихотворение из тех, что сохранила его память с гимназических лет. Дальше третьего класса чрезмерно резвый мальчуган не поднялся, поэтому стихов запомнил немного, но превосходно обходился и этим скромным репертуаром.

Залезая на дерево, он шептал: «У лукоморья дуб зеленый».

Распутывая бечеву: «Златая цепь на дубе том».

«Златая цепь» с тихим шелестом рассекла воздух, железный крюк зацепился за кромку стены. Без лязга, без скрежета — крюк был в чехле из прорезиненной ткани.

С ловкостью акробата «волкодав» перелез по верёвке с дуба на стену, распластался там и стал изучать обстановку.

Его взору открылся чудесный сад: пальмы, благоуханные тропические кусты, клумбы, стеклянные оранжереи. Но флора агента не заинтересовала. Повертев головой, он определил местоположение часовых. Один прохаживался у входа в дом. Второй стоял у ворот.

«И днем и ночью кот ученый всё ходит по цепи кругом», — прошептал грузин и, пригнувшись, беззвучно пробежал по стене налево.

«...Идет направо — песнь заводит, налево — сказку говорит...».

Остановился над воротами, примерился, прыгнул сверху точно на плечи дозорному. Короткий удар кулаком, в котором зажата свинчатка.

«Там тишина, там леший бродит...»

Охранник, дежуривший у дверей виллы, что-то услышал.

— Cosa c'e, Gino?*

Держа карабин наготове, осторожно двинулся по аллее к воротам. Прижавшийся к мохнатому стволу

_____
* Что случилось, Джино? (*ит.*)

«Я знаю, у красотки
есть сторожъ у крыльца...»

пальмы агент вынул метательный нож, взвесил на руке и с сожалением спрятал обратно. Губы Никашидзе были плотно сжаты. Лира временно умолкла.

— Gino! Gino! — всё громче звал часовой.

Лязгнул затвор.

Больше ждать было нельзя.

Скакнув из засады, агент ударил охранника в висок, подхватил тело, аккуратно уложил на дорожку.

Прежде чем открыть ворота, щедро полил засов маслом из бутылочки.

Соратников Никашидзе приветствовал словами:

— «И тридцать витязей прекрасных чредой из вод выходят ясных...»

В приоткрывшуюся щель нырнул Лютиков, за ним протиснулся Булошников. У него настроение тоже было отменное.

— Господи, отвык в штанах ходить, — хихикнул богатырь.

Грузин посоветовал:

— А ты сними.

Посмеиваясь, агенты перебежали к дому. Сзади враскачку шествовал Лютиков.

Все ставни первого этажа были закрыты, но сквозь жалюзи просачивался свет — охрана бодрствовала. Потрогали дверь — на замке.

— «Избушка там на курьих ножках стоит без окон, без дверей», — почесал затылок Никашидзе.

В ресторане

A в ресторане «Гранд-отеля», испепеляя взглядом ненавистного итальянца, Алеша в эту самую минуту пел про отраду, что живет в высоком терему, куда нет ходу никому.

На словах: «Я знаю, у красотки есть сторож у крыльца, но он не загородит дорогу молодца» — Клара испуганно схватилась за сердце и помотала головкой.

Романов зловеще усмехнулся. Дела соперника были плохи.

На вилле

Бравому Никашидзе пришла в голову отличная идея.

— Джино! Джино! — заорал он во всю глотку, стараясь произносить непонятное слово в точности, как часовой.

Черт знает, что оно значило. Может «шухер!», а может просто «Эй, ты чего?».

Так или иначе, сработало.

Дверь приоткрылась, высунулась усатая башка, сердито что-то крикнула в темноту. Вероятно: «Какого беса ты разорался?»

Было очень удобно взять болвана сбоку двумя пальцами за кадык, выдернуть из дверного проема и швырнуть со ступенек вниз, ну а там клиента принял Васька Булошников. Кулачина у него — никакой свинчатки не надо.

Ничего так получилось, довольно тихо. А главное, дверь теперь была открыта.

Туда-то Никашидзе и ввинтился.

Богато, но скучно, определил он про себя убранство дома.

Дубовая обшивка, тусклые картинки на стенах, всюду цветы в горшках и кадках. Ну да — ведь Зоммер ботаник, любитель экзотических растений.

Наверх вела лестница с ковром тоскливой расцветки. Никашидзе подумал, что когда ему надоест лихая служба и он женится на богатой невесте, в доме у него всё будет не так. Жить надо ярко, красиво, с блеском, с позолотой. Если ковры, так не черно-бурые, а желтые, красные и голубые.

— Не суйтесь! Не ваша работа! — шикнул он на своих напарников, которым тоже не терпелось попасть в дом.

Еще наделают шуму, черти косолапые.

Никашидзе прислушался.

Откуда это бубнеж доносится?

Ага, из-под лестницы!

Прошуршав каучуковыми подошвами по ковру, «волкодав» замер у приоткрытой дверцы, за которой находилась комната — очевидно, предназначенная для охраны.

Там находились двое. О чем они говорят, Никашидзе понять не мог, но по мелодичности речи догадался, что это итальянский.

Очень осторожно заглянул внутрь.

Один чернявый, рубаха расстегнута на волосатой груди, из-под мышки торчит рукоятка «маузера». Другой наклонился над столом, читает газету. Кобура на поясе, застегнутая. Да хоть бы и расстегнутая, это ничего бы не изменило. Не надо поворачиваться спиной к двери, когда находишься в карауле.

Агент сделал три быстрых шага. Чернявого рубанул ребром левой по уху, второго успокоил ударом свинчатки. Никашидзе одинаково хорошо владел обеими руками.

Посчитал улов. Двое в саду, трое здесь. А всего должно быть шестеро. Где последний?

Специалист по захватам вернулся в прихожую. Позвал шепотом:

— Булка! Сюда!

Ткнул пальцем в сторону каморки. Это было работой Булошникова: еще раз, для верности, стукнуть оглушенных охранников; связать, засунуть кляпы и отнести в сад, к остальным.

Тем временем Никашидзе взлетел по лестнице на второй этаж.

На площадке пустые кресла. Дальше коридор, двери. Одна открыта.

Вот он шестой, голубчик. Сидит, чаечек пьет. Ну, приятного чаепития.

С последним «волкодав» особенно осторожничать не стал. Вошел в дверь спокойно, не крадучись, поглядел охраннику в ошеломленные глаза — и влепил точнехонько между ними.

Снова «бис»

Отпев всю программу, на второй «бис» Алеша спел «Не уезжай ты, мой голубчик!» — тем более что слушатели, запомнившие эту трогательную песню со вчерашнего дня, просили: «Голюбсик! Голюбсик!»

— «Скажи-и ты мне, скажи-и ты мне, что любишь меня, что любишь меня!» — так убедительно просил певец Клару, что та не выдержала, закивала.

Ее гнусный кавалер давно уже не смотрел в потолок. И вина больше не пил. Он сидел мрачнее тучи, переводя взгляд со своей дамы на солиста и обратно. Почуял что-то. Ну и пусть бесится, упырь ушастый.

Кажется, и Клара, покоренная мастерством певца, забыла об осторожности. Когда он закончил, она вскочила и громче всех захлопала, закричала: «Романов, фора!»

Довольный ходом концерта Козловский кинул взгляд на часы и одобрительно пробурчал:

— Пой, ласточка, пой.

Но лицо солиста вдруг померкло. Клара обнимала поэта за плечо, говорила ему что-то ласковое и гладила по щеке — точно так же, как прошлой ночью Алешу!

О, женщины...

Опустив голову, Романов горько-горько запел:

— «Зачем, зачем тебя я встретил, зачем тебя я полюбил...»

Крепость взята!

Последний боец гарнизона был сражен. Все шестеро, бережно спеленутые Булошниковым, лежали рядком в саду, близ оранжереи.

— Чисто младенчики, — по-бабьи подперев щеку сказал Василий, полюбовался результатом своей работы и поспешил назад в дом.

Там сосредоточенный Лютиков доставал из сумки орудия своего утонченного мастерства: сверла, молоточки, отверточки. Каждый инструмент был любовно завернут в бархоточку.

Наверх идти было рано — Никашидзе позовет, когда надо.

А вот и он.

Грузин появился на верхней площадке, подмигнул, поманил рукой.

Втроем они прошли по длинному коридору, «волкодав» показал на приоткрытую щелку двери, прошептал:

— Там Царь Кащей над златом чахнет.

Булошников заглянул, но никакого царя не увидел, злата тоже.

В уютной комнате, все стены которой были заняты книжными полками, сидел старичок-архивариус в своем кресле на колесиках, перебирал на столе бумажки.

На вошедших незнакомцев он уставился с ужасом, стал тыкать пальцем в кнопку звонка.

— Поздно, милый, — жалеюще сказал ему Василий.

А Никашидзе, который умел объясняться по-всякому, положил инвалиду на плечо руку и задушевно спросил:

— Комната секрета, фершгеен?

Дедок залопотал что-то по-своему, головенкой замотал. Дурачком прикинулся.

Гога кивнул: давай, мол, Вася. Твой номер.

Бережно, чтоб не поломать хрупкие косточки, Василий взял калеку за цыплячьи ноги, выдернул из кресла и стал держать головой книзу. Вес был ерундовский.

Никашидзе присел на корточки, чтоб глядеть архивариусу в глаза.

— Ну, дедуля, где комната с секретом? Давай, парле, не то Вася пальчики разожмет.

А Лютиков пока скучал. Прошелся по комнате, трогая всякие разные безделки: бронзовую чернильницу, пресс-папье, часы на камине. Остановился у комода с запертыми ящиками. Зевнув, стал открывать пустяковые замки ногтем. Внутри ничего интересного не было. Лютиков рассеянно помахал фомкой, сковырнул с комода ручки — просто так, для разминки.

Но протомился он не сильно долго.

После того как Вася слегка постучал деда темечком об пол, беседа сразу пошла живее. Архивариус перестал прикидываться, будто не понимает по-иностранному, ткнул дрожащим пальцем в третью слева полку.

Булошников перевернул его, поднес к указанному месту. Старик сдвинул толстый том в кожаном переплете, и вся секция с тихим шелестом сдвинулась в сторону, за ней открылся темный прямоугольный проем.

Агенты переглянулись.

Наступала решительная минута.

«А мы просо сеяли, сеяли!
А мы просо вытопчемъ, вытопчемъ!»

Отпев десять романсов и арий, солист удалился на пятиминутный перерыв. На столике в гримерной стояли букеты от поклонниц и бутылка вина. Пока Козловский, заполняя паузу, отстукивал на рояле «Калинку-малинку», Алеша прогревал горло «цаубертренком». Невидящий взгляд был устремлен в пространство, правая рука сжимала и разжимала мячик.

Раздалось легкое шуршание — кто-то пытался постучаться в портьеру.

— Vous permettez?*

Это был распорядитель концертов синьор Лоди. В руке он держал вазу с фруктами.

— Мьсе Романофф, это комплимент от отеля, — сказал он, ставя ее на стол с таким видом, будто это был по меньшей мере ларец с драгоценными камнями. — Вы имеете большой успех. Что вы скажете, если мы предложим вам продлить ангажемент на неделю?

---

* Вы позволите? (*фр.*)

Оплата — двойная против нынешней, у остальных чле
нов труппы полуторная.

Ах, как он был некстати! Только мешал разобрать
ся в мыслях и чувствах.

— Поговорим об этом позже, — недовольно сказал
Алеша, обернувшись к надоеде.

Вдруг занавес резко качнулся. В конурку вошел
Д'Арборио — маленький, прямой, с бешено горящими
глазами. Махнул синьору Лоди, и тот с поклоном по
пятился вон.

Вот она, решительная минута!

— Что вам здесь нужно? — процедил Романов, чув
ствуя, как в глазах темнеет от ненависти.

Распорядитель просунул голову между шторами и
плаксиво сморщился, что несомненно означало: «Как
вы можете? Это же великий Д'Арборио!»

Великий Д'Арборио отчеканил, презрительно кри
вя тонкие губы:

— Мсье, я не привык исполнять роль рогоносца. Вы
молоды, я хочу дать вам шанс. Немедленно, сию же
секунду, убирайтесь — в Петербург, в Москву, к черту,
в преисподнюю. Иначе...

— Но ангажемент! Публика! — не выдержав, возо
пил синьор Лоди.

Поэт на него даже не оглянулся. Певец тоже не об
ратил на распорядителя ни малейшего внимания. Вра
ги не отрываясь смотрели друг на друга.

«Вставайте, люди русскiе,
На славный бой, на смертный бой!»

— Что «иначе»? — язвительно улыбнулся Алеша. Он вспомнил пушкинскую повесть «Выстрел» — как граф под прицелом Сильвио ел черешни. В вазе черешен не было, поэтому Алеша взял вишню, положил в рот. Жалко, Клара не видела.

— Убью, — будничным голосом известил его итальянец. — Пистолет, шпага — мне все равно.

Синьор Лоди испуганно прикрыл рот ладонью, но во взгляде зажглось жадное любопытство. Сцена, случайным свидетелем которой он оказался, обещала стать поистине исторической.

Алеша сказал:

— Пистолет.

Уж шпага-то точно исключалась. Даже если б он учился фехтованию, с такой правой рукой было не удержать и столового ножа.

Показав наклоном головы, что условие принято, поэт поманил пальцем распорядителя и заговорил с ним по-итальянски. Тот почтительно кланялся на каждую фразу. Несколько раз прозвучало слово padrino*.

Ответ синьора Лоди был коротким и завершился прижатием ладони к сердцу. Кажется, собирался возразить, но одного взгляда хватило, чтоб бедняга заткнулся.

— Он станет нашим секундантом, — суммировал диалог Д'Арборио. — Не будем формалистами, лиш-

---

* Секундант (*ит.*)

ние свидетели нам обоим ни к чему. У вас ангажемент, у меня... — Некрасивое лицо исказилось, как от приступа мигрени. — ...У меня дела поважнее ангажемента. Всё это исключительно не ко времени. Но выше чести все равно ничего нет. В восемь утра. У старого платана. Он объяснит, где это. Расстояние, количество выстрелов — на ваше усмотрение. Мне это безразлично. Главное: никому ни слова.

Подождав секунду, не будет ли возражений (их не было), рогоносец вышел прочь.

Распорядитель схватился за голову:

— Santa Madonna! Signor Dottore!

Бросился вдогонку за поэтом.

Алеша стоял у зеркала, потирая разгоряченный лоб. В мозгу мгновенно понеслись лихорадочные, выталкивающие одна другую мысли.

Дуэль! Как у Пушкина с Дантесом. Только кто тут Дантес? Очевидно, я. Он ведь великий поэт, а я иностранец... Смеясь, он дерзко презирал земли чужой язык и нравы, не мог он знать в сей миг кровавый... Чушь! Ничего я не презираю! Просто этому чудовищу не место на земле! ... Господи, только бы Козловский не узнал... Ах, Клара!

Словно услышав безмолвный зов, сбоку из-за портьеры вынырнула она и с плачем кинулась ему на шею.

— Я всё слушала! — всхлипывая, залепетала она. — Не стреляй с ним! Он тебе убьет! Я говорила, он страшный человек! Он стрелял дуэль восемнадцать раз! Он попадает из пистола вот такая костенька! — Клара показала на косточку от вишни. — А у тебя рука!

Нагнувшись, она поцеловала его раненую руку и безутешно разрыдалась.

— Что поделаешь, — пробормотал Романов, чувствуя, что у него тоже выступают слезы. — Дело чести...

А на душе сделалось горячо и очень хорошо. Клара плакала не из-за великого поэта, а из-за ничем не знаменитого Алексея Романова!

Тренканье фортепьяно оборвалось. Это означало, что пора на сцену.

Девушка выпрямилась. Ее мокрые глаза горели безумием и решимостью.

— Слушай! — шепнула она. — Скажи так: «Хочу самая маленькая дистанция». Пять шагов. Стреляй первый, прямо вот тут! — Клара ткнула себе пальчиком в середину лба. — Очень быстро стреляй! Пять шагов можно и левая рука! Понял? Очень быстро! Паф — и всё! Я буду тебе молиться.

— Не тебе, а «за тебя».

Он обнял одной рукой ее подрагивающее плечико. Страшно не было. Нисколечко.

За шторой раздались шаги, и на этот раз спрятаться Клара не успела.

Вошел штабс-ротмистр.

— Минутку отдохну. Пальцы задубели...

Увидел обнимающихся любовников, запнулся.

Шмыгнув носом, Клара выбежала вон. Князь проводил ее неодобрительным взглядом.

— Нашли время, Алексей Парисович... Что это у вас, винишко? Ну-ка плесните. Нервы ни к черту... Как там наши? Сорок три минуты прошло.

В тайнике

Зa книжной полкой открылось темное пространство, свет из библиотеки туда почти не проникал. Справа помигивали таинственные огоньки, красные и зеленые, будто глаза затаившихся в темноте хищных зверей.

— Дед, тут выключатель есть? — нервно спросил Никашидзе. — Электрицитет, фершстеен?

Архивариус промямлил что-то, тыкая пальцем в сторону. Булошников поднес инвалида поближе, тот щелкнул, под потолком зажглась неяркая лампочка.

Это была небольшая глухая комната, совершенно пустая. Лампочки, оказывается, мигали на металлическом щите, где были еще какие-то рычажки и кнопки.

Стена напротив входа была стальная, гладкая.

Лютиков подошел к ней, присел, провел пальцем по утопленному в пол желобу.

— Серьезная дверка. Лектрическая. Не, этому не обучен. Тряси старого, пускай секрет скажет.

Сказано — сделано.

Булошников как следует тряхнул калеку, Никашидзе спросил:

— Ну?!

Тот понял. Держась левой рукой за сердце, правой показал на пульт. Когда старика поднесли туда, он повернул шесть кругляшков с цифирками. Получилось 385958.

Показал на большой рычаг.

— Nach unten. Zu fest für mich... Mir ist kodderig...*

— «Унтен» — это вниз, — перевел полиглот Никашидзе. — Дернуть, что ли?

Дернул.

— Ух ты! — восхитился Булошников.

Стальная стена с шипением уползла в сторону и исчезла в пазу. За ней было узкое неосвещенное помещение.

---

* Вниз. Слишком тугой для меня. Мне плохо... (*нем.*)

Богатырь осторожно усадил архивариуса на пол, дед теперь был не нужен.

Агенты втроем подошли к открывшемуся сезаму и остановились. Нужно было подождать, пока глаза свыкнутся с полумраком.

Вдруг Никашидзе услышал позади шорох. Обернулся.

Паралитик дополз до входа и, схватившись руками за стенки, вытягивал свое непослушное тело из потайной комнаты.

Молниеносным движением грузин выхватил нож, метнул. Оружие воткнулось старику чуть ниже затылка. Голова с глухим стуком ударилась о пол.

— Ты чего?! — взвизгнул Булошников. — Сказано же: без тухлятины! Баррран грузинский!

— А если б он нас тут запер? Это ты его проглядел, хряк холощеный!

— Ах ты, паскуда!

Булошников схватил «волкодава» за грудки, получил мощный удар коленкой в пах, но даже не поморщился. Занес гигантский кулачище.

— А ну ша, ботва! — цыкнул на них Лютиков. — Гляньте-ка, чего это там.

На том конце продолговатой, похожей на тамбур камеры что-то поблескивало.

Толкаясь плечами, агенты шагнули внутрь.

На рассвете

Алексей знал, что не сможет забыть эту картину до конца своей жизни.

Рассвет.

Пустынная дорога над озером.

Туман, мелкий дождь.

Кучка хмурых мужчин под зонтами стояла возле автомобиля. Завидев русских, люди расступились.

Романов заглянул внутрь «бельвилля» и увидел в кабине на кожаных сиденьях три неподвижных фигуры в одинаковых позах. Головы запрокинуты назад, руки сложены на коленях.

Комиссар местной полиции открыл дверцу.

Стало видно, что у мертвецов лица голубого цвета. Даже у Булошникова, вечно румяного, как крымское яблоко.

Рядом сдавленно вскрикнул Козловский. Алексея мелко затрясло...

Когда группа не вернулась в установленное время, сначала они просто ждали. Потом, во втором часу по-

«Не для меня придет весна,
Не для меня Донъ разольется,
И сердце радостно забьется
Въ порывѣ чувствъ не для меня!»

полуночи, отправились к вилле, но там было темно и тихо.

Вернулись, снова ждали.

Козловский выкурил две пачки папирос. Алеша забыл о грядущей дуэли и даже почти не думал о Кларе.

А в половине седьмого приехал полицейский. Они не знали по-итальянски, а он, как многие из жителей этого кантона, не говорил ни по-французски, ни по-немецки. Поняли лишь: «signor commissario» да «urgente» — в общем, срочно вызывают в полицию.

По дороге князь вполголоса инструктировал помощника, как себя вести на очной ставке с агентами, что отвечать, а чего ни в коем случае не говорить. Они готовились к тому, что группа завалилась и теперь всех посадят в тюрьму или, самое лучшее, депортируют.

Но подобного исхода не ждали...

Алеша мигнул, ослепленный блицем. Полицейский фотограф снимал трупы.

Подошел комиссар, представился. Заговорил на приличном французском:

— Примите мои соболезнования, маэстро... Картина более или менее ясна. Прошу взглянуть вот сюда. — Он взял окоченевшего певца, подвел к автомобилю сзади. — Видите? Выхлопную трубу залепило комком грязи. Такое случается, хоть и очень редко. Вашим товарищам не повезло. Мы, конечно, сделаем вскрытие, но причина смерти очевидна. Синюшность кожных покровов характерна именно для отравления выхлопным газом. Я понимаю, вы в потрясении. Но нам нужна ваша помощь. Нужно установить личность покойных. Собственно, я уже знаю: вот этот брюнет — ваш метатель ножей, а человек с квадратной челюстью — фокусник. Их опознали служители «Гранд-отеля». Но им не знаком полный господин. Вы можете назвать нам его имя?

Взглянув на Булошникова, Алеша содрогнулся. Один глаз мертвеца был чуть-чуть приоткрыт, и казалось, будто он подсматривает за живыми из какого-то иного мира. То ли с насмешкой, то ли с угрозой...

— Маэстро! — тронул Романова за рукав комиссар. — Вы меня слышите?

Сзади Алешу толкнул штабс-ротмистр.

— ...Не знаю, — с трудом выговорил Алеша. — Впервые вижу...

Когда полицейские разрешили им уйти, они какое-то время шли вдвоем вдоль берега молча. В унылой, темной от дождя дубраве, где их никто не мог увидеть или услышать, князь опустился на колени, прямо на мокрую землю, закрыл лицо руками и простонал:

— Провал... Позор! Бесчестье... А ребят как жалко...

При слове «бесчестье» Алешу словно плетью хлестнуло. Он посмотрел на часы. Без четверти восемь!

— Лавр Константинович, мне нужно отлучиться, по делу... — Он попятился от штабс-ротмистра, который уставился на своего товарища вытаращенными глазами. — Вернусь через час.

— А? По какому еще делу?

Вскочив, Козловский догнал Алешу, схватил за плечи.

— Это у вас потрясение. Успокойтесь!

Когда же Романов, вырвавшись, отбежал в сторону, князь закричал ему:

— Стойте, мальчишка! Я приказываю! Нужно взять себя в руки! Операция провалена. Мы срочно уезжаем.

— Да, да... — лепетал Алеша, отступая всё дальше. — Я... я ненадолго. Встретимся в гостинице.

Штабс-ротмистр гневно стиснул кулак.

— Ах вот вы о чем! Танцорка, да? Опомнитесь, Романов! Наши товарищи погибли, а вы к девчонке на свидание! Идите сюда! Живо!

— Не могу, — твердо сказал Алеша. — Увидимся через час. Или...

Он побежал к дороге.

— Да пропадите вы пропадом! Вы мне омерзительны! — неслось ему вслед. — Глаза б мои вас больше не видели!

— Не увидят, Лавр Константинович, будьте покойны, — шептал Алеша, озираясь.

Где это — «у старого платана»? Как он вообще выглядит, платан?

У старого платана

Но первый же встречный, на Алешино счастье (или, наоборот, несчастье) понимал по-французски и объяснил, где растет le vieux platane*. Очевидно, это была местная достопримечательность.

Дерево было видно издалека — огромное, с узловатым стволом в несколько обхватов. Оно росло на голом, продуваемом ветрами мыске. Неподалеку стояла коляска с поднятым верхом. Приблизившись, Романов разглядел под деревом две фигуры: синьора Лоди и маленького, чопорного Д'Арборио, казалось, не замечавшего, что распорядитель держит над ним клеенчатый зонт. ●

---

* Старый платан (*фр.*)

Поэт повернулся к молодому человеку, поправил на голове цилиндр и красноречивым жестом достал из кармана золотые часы. Была уже половина девятого.

— Прошу извинить, господа! — крикнул издали запыхавшийся Алеша. — Чрезвычайные обстоятельства задержали.

Обстоятельствами поэт не заинтересовался. Его больше занимало иное.

— Вы в самом деле желаете стреляться с пяти шагов? — с любопытством спросил он. — Так сказал секундант.

Алеша вызывающе вскинул подбородок.

— Вы сами сказали: на любых условиях.

Усмешка тронула синеватые губы уродца.

— Сомневаетесь в своей меткости? Понимаю. Но по европейскому дуэльному кодексу минимальное допустимое расстояние для поединка на пистолетах — десять шагов. Иначе суд классифицирует летальный исход как предумышленное убийство. Мне это ни к чему. Вам, я полагаю, тоже.

— Ну, значит, десять.

Романов был недоволен. Всю дорогу на ходу он тренировался: быстро вскидывал руку с воображаемым пистолетом, нажимал на спуск. Однако сразить противника наповал левой рукой с десяти шагов не так-то просто, особенно если стрелять не целясь. Можно и промазать.

— Начнем, что ли? — небрежно предложил он.

Мысли в этот момент у Алеши были такие: убьют — ладно, по крайней мере конец всем проблемам.

Это он, конечно, храбрился, сам себя подбадривал. Дистанция в десять шагов означала, что надежды почти нет. Застрелит его мерзкий карлик и потом еще будет Кларе хвастаться. А она поплачет-поплачет, да и утешится. В объятьях гнусного плешивца. Мало того — Алешина смерть станет маленьким романтическим эпизодом в биографии кумира публики. Ах, герой, ах, рыцарь чести! Великий Д'Арборио покарал святотатца, который дерзнул покуситься на любовь Барда!

Большое дело для заправского дуэлянта — застрелить неопытного противника, да еще с раненой правой рукой.

Достаточно было взглянуть на змеиную улыбочку, то и дело кривившую рот Д'Арборио, чтобы понять: этот не помилует.

И снова вспомнился Пушкин. Вернее Дантес. Наверное, юный офицерик чувствовал себя перед дуэлью точно так же. Потерявший голову от любви, вытащенный к барьеру немолодым ревнивцем, про которого было известно, что он виртуозный стрелок, для развлечения убивает из пистолета ползающих по потолку мух. А что Пушкин у местных жителей считается большим поэтом, то какая к черту может быть поэзия на их тарабарском наречии?

Мысль про Дантеса неприятно кольнула, но не уменьшила желания продырявить лысую голову пулей.

Больше всего Алешу бесило, что Д'Арборио взирал на него с улыбкой. Она была, пожалуй, не язвительная, а скорее меланхоличная. Вроде как говорящая: «такой юный, а уже на тот свет собрался». Эта самоуверенная мина была отвратительна!

Алеша внимательно выслушал объяснение, как взводить курок. Пистолеты были новые. Большого калибра, с нарезными стволами. Таким с десяти шагов можно, наверное, слона свалить, а человеческий череп попросту разлетится на куски.

Здесь Романову вспомнилась еще одна дуэль, Печорина с Грушницким. Как нечестный секундант не положил в оружие заряд. Синьор Лоди особенного доверия не вызывал.

— Выбирать буду я! — быстро сказал Алеша.

Д'Арборио показал жестом: согласен.

Встали на барьеры, роль которых выполняли два воткнутых в землю сука.

Бледный, торжественный Лоди всем своим показывал, что сознает историчность происходящего.

Проходя мимо Романова, он тихонько шепнул:

— Умоляю вас, мсье... Это же великий Д'Арборио!

Ага, он великий, а я букашка, подумал Алеша. Меня раздавить не жалко.

Но вот секундант встал поодаль, на безопасном расстоянии и дрожащим голосом воскликнул:

— Господа... Прошу!

Со всей возможной поспешностью Алеша поднял пистолет, но, видя, что противник никуда не торопится, стрелять не стал — появилась возможность прицелиться получше. Пистолет был тяжелый, а рука от волнения тряслась. Поймать на мушку высокий желтоватый лоб итальянца никак не получалось. Нужно было метить прямо под цилиндр, уложить врага наповал, иначе он и раненый произведет ответный выстрел. Как упавший Пушкин по Дантесу. Но француза спасла медная пуговица на мундире. У Алеши на пальто таковых не имелось...

Он нажал спуск.

В плечо шарахнуло отдачей, уши заложило от грохота. Из дула вылетела струйка дыма и тут же упорхнула, сдутая ветром.

Д'Арборио стоял, не шелохнувшись. Только цилиндр с головы исчез.

— Grazie a Dio!* — возопил распорядитель, картинно простирая руки к небу, а потом еще и преклонил колена. Воистину даже один итальянец — это уже аудитория.

Поэт поднял свой головной убор, просунул палец в дырку на тулье.

---

* Слава Богу! (*ит.*)

— Превосходный выстрел. Теперь я.

И тоже переложил пистолет из правой руки в левую. Дешевый позер!

Нет, не дешевый, сказал себе Романов. Дешевый не позволил бы мне выстрелить первым...

Алеша стоял, закусив губу, и готовился к боли. Про смерть как-то не думал. До нее еще нужно было дожить. Сначала — обжигающий удар, и тут лишь бы не завыть, не заорать, не потерять лицо. Потом всё кончится, но смерть почти никогда не бывает мгновенной...

Он повернулся боком, как мог прикрылся рукой и пистолетом. Хуже всего, что в эти последние мгновения чувствовал он себя препакостно. Каким-то Грушницким. Впору было крикнуть: «Стреляйте! Я вас ненавижу, а себя презираю!» Ах, Клара, Клара, это из-за тебя я сошел с ума, подумал Алеша. И опять получилось некрасиво — свалил вину на женщину.

По всему выходило: нехорош Алексей Романов. Пускай пропадает, не жалко.

Черная дырка смотрела прямо в лицо. Сейчас к восемнадцати жертвам великого дуэлянта прибавится девятнадцатая.

Д'Арборио опустил ствол пониже, подпер локоть правой рукой. К чему такая тщательность? Промахнуться мудрено.

«Паду ли я, стрѣлой пронзенный,
иль мимо пролетитъ она...»

Выстрел показался Алеше не таким оглушительным, как предыдущий. Левую руку, которой молодой человек прикрывал бок и низ лица, слегка толкнуло. Но боли не было.

С недоумением он посмотрел на рукав и увидел, что на манжете отстрелена запонка.

Что за чудо?

Синьор Лоди верещал что-то по-итальянски про belissimo duello и annali di storia, а Романов всё разглядывал свой простреленный рукав.

Подошел улыбающийся Д'Арборио.

— Ну вот, мы квиты. Вы слегка попортили мой туалет, я — ваш. — Он снял перчатку и протянул руку. — Вы смелый человек, мсье. И отличный стрелок. Вы молоды, хороши собой, а главное она вас любит. Рафаэль Д'Арборио — не дракон, от которого нужно спасать принцессу. Клара ваша, вы достойны этой нимфы.

Еще не пришедший в себя Романов вынул из кармана и протянул правую руку (перевязь перед поединком он снял).

Пальцы у итальянцы были горячие, сильные. Алеша вскрикнул.

— Простите, я забыл про вашу руку, — расстроился Д'Арборио. — У вас повреждено сухожилие? О, я знаю толк в ранениях.

Оглянувшись на сияющего секунданта, поэт отвел русского в сторону и понизил голос.

— Вы ведь офицер? Это видно по взгляду, по выправке, по благородству манер. И коли находитесь здесь в разгар войны, на то, конечно же, имеются веские причины... Молчите, не возражайте. Но если вам что-нибудь говорит имя Д'Арборио, вы знаете, что я пламенный враг австрийцев и тевтонов. Вы читали речь, которую я на прошлой неделе произнес в Риме? «Италия, проснись!» Нейтралитет — позор для моей отчизны. Мы должны вынуть меч из ножен!

— Да, я читал. Вас слушали двадцать тысяч людей.

— Тридцать! А услышала меня вся Италия! Теперь скажите. — Он крепко схватил собеседника за плечо. — Что вы ищете здесь, в Сан-Плачидо? ...Хорошо, попробую догадаться сам. Вам нужно проникнуть в бронированную камеру Зоммера. Я угадал?

Романов вздрогнул.

— Откуда вы...?

Итальянец пожал плечами.

— Больше ничего интересного в этом болотце для русской разведки быть не может. Лишь «Шпионская биржа» господина Зоммера. Ради нее имело смысл прислать группу агентов во главе с таким бравым молодым человеком... — Д'Арборио сделался печален. — Я знаю о несчастье, постигшем ваших товарищей. Их автомобиль нашли на берегу, в десяти минутах езды от виллы Зоммера... Не нужно ничего говорить. Я всё понимаю. Вы потерпели фиаско, вам нужна помощь. Послушайте, я влиятельный человек, у меня связи в самых разных слоях общества. У нас говорят: «человек, у которого есть Друзья». Вы знаете, кто такие «Друзья»?

— Ну как, — удивился Романов. — Друзья — это друзья...

— Вы не знаете, кто такие «Друзья», — констатировал поэт. — Может быть, вам больше знакомо слово «Мафия»?

— Как-как? — переспросил русский. — Впервые слышу.

На закате дня

— Игра продолжается, — сказал Козловский, потирая руки. Весь день он отсутствовал, а вернулся бодрый, брызжущий энергией. Прямо не верилось, что еще утром тот же самый человек стоял на коленях под дождем и стонал от отчаяния. — В Лозанне встретился с нашим резидентом. Доложил обстановку, получил полную свободу действий.

Полковник объяснил мне, что за «Мафия» такая. Красивое слово. Вашего Д'Арборио нам Бог послал, за наши страдания.

Они находились в номере у Романова, точнее на балконе. Красное солнце, выглянувшее из-за туч лишь на исходе пасмурного дня, уже коснулось своим румяным ликом верхушек гор.

Точно таким цветом пылали Алешины щеки. Он был полуодет, приход командира застал его врасплох.

— Отдыхали? — спросил с порога штабс-ротмистр. — Это правильно. Ночью опять не спать. Да посторонитесь вы, дайте пройти.

Сославшись на духоту, Алеша сразу увел гостя на балкон. Дверь платяного шкафа скрипнула, без видимой причины решив закрыться поплотней, но Козловский был слишком возбужден, чтоб обращать внимание на пустяки.

— Так что это — Мафия? — спросил Романов.

— Итальянская конспиративная организация. Возникла на Сицилии, но действует повсюду, где живут итальянцы. Очень влиятельная. Вроде карбонариев или эсеров, но только не за революцию, а наоборот. Разумеется, не в ладах с законом, но ведь и мы с вами действуем не дипломатическими методами. В общем, повезло вам с поэтом... Однако холодно здесь. Пойдемте внутрь.

Вернулся в номер и как назло сел к столу прямо напротив шкафа. Алеша заслонил собой дверцу — вроде как прислонился спиной.

— Алексей Парисович, на который час вы условились?

— Мы с Д'Арборио встречаемся в четыре пополуночи.

— Отлично. Я еду с вами.

Дверца была вся в поперечных прорезях, на манер жалюзи. В затылок Алеше дунуло щекотным ветерком. Сжав губы, чтобы не улыбнуться, Романов как бы в задумчивости похлопал ладонью по шкафу. Это означало: не шали.

— Я должен быть один, — сказал он, сосредоточенно сдвинув брови. — Таково условие.

— Ерунда. Я не в счет. У итальянцев солидный человек без свиты никуда не ездит, это неприлично... Стало быть, в четыре я у вас. Отправимся на ночную экскурсию вместе. Ну, отдыхайте. Я тоже немного посплю.

Князь направился к двери. Заметив, что молодой человек не тронулся с места, прикрикнул на него:

— Немедленно в кровать! Это приказ, ясно?

— Слушаюсь, господин штабс-ротмистр! — отчеканил Романов.

Из шкафа донеслось приглушенное хихиканье.

* * *

До разговоров дело дошло нескоро. Очень нескоро. Клара пришла прямо перед Козловским, и в те пять минут было не до объяснений: поцелуи, объятья, слезы, летящая под кровать одежда. Когда штабс-ротмистр удалился, любовники снова кинулись друг на друга, будто два изголодавшихся хищника.

Солнце давно уже спряталось за горы, свет померк, над озером взошла луна, когда в кровати прозвучала первая мало-мальски членораздельная фраза.

— Какое счастье! Ты живой! Потому что я тебе молилась, — промурлыкала Клара и вдруг сердито воскликнула. — Но он тоже живой! Я его видела! Он на меня не смотрел. Повернулся и не смотрел! Почему он живой?

— Д'Арборио благородный человек. Он понял, что ты любишь не его, а меня, и отступился. Если бы я его убил, я был бы хуже Дантеса!

— Хуже кто? — наморщила лобик Клара.

Но он не стал читать ей лекцию по истории русской литературы, а сказал то, о чем думал весь день:

— Теперь я понимаю, отчего ты... была с ним.

Она скорчила гримаску.

— Ты будешь меня всегда accusare? Винять?

— Винить, — поправил Романов. — Нет, не буду. Ты говорила, он страшный человек. Это из-за Мафии, да?

Личико танцовщицы стало мрачным, и Алеше впервые пришло в голову, что она не так юна, как кажется. Наверное, ей больше лет, чем ему. Может быть, двадцать восемь или даже тридцать.

— Это очень опасные люди. — Она поежилась. — Ты тоже занимаешь опасное дело. Я не дура. Я слушала твой пианист. Он не пианист. И ты не певец. Не только певец.

— Не надо про это...

Теперь настал его черед закрыть ей рот поцелуем.

Ночная экскурсия

Обошлись без слов. Алеше поэт молча пожал руку, на его спутника мельком взглянул и ограничился кивком. Козловский ответил низким поклоном. Он нарочно оделся пообтрепанней, чтоб подчеркнуть сугубую незначительность своей персоны. Ничего объяснять не пришлось. Очевидно, штабс-ротмистр был прав относительно итальянских обыкновений.

Свидетелей у немой сцены не было. Ночной портье дремал в пустом фойе за стойкой и не поднял головы.

Д'Арборио был в черном плаще с пелериной, альпийская шляпа с перышком надвинута на самые глаза. Всё это делало его похожим на миниатюрного оперного Мефистофеля.

В глубине аллеи, на некотором расстоянии от подъезда, ждал «паккард» с темными стеклами — Алеша таких никогда не видывал. Из кустов на дорожку ступили двое мужчин в шляпах и строгих, чуть мешковатых костюмах.

Козловский и Романов переглянулись. Полицейские? Или люди Зоммера?

— Это крестники дона Трапано, — успокаивающе объяснил Д'Арборио.

Что за дон, было непонятно, а его крестники выглядели довольно зловеще, но Алеша чувствовал: вопросов лучше не задавать.

Поэт подал незнакомцам какой-то знак и добавил:

— Мы с вами сядем назад, ваш человек — вперед, к шоферу.

Так и сделали.

Но едва они расселись, люди в шляпах быстро подошли к автомобилю и тоже залезли внутрь, один вперед, другой назад. Пришлось подвинуться, причем Козловский оказался между водителем и первым «крестником», Алеша между Д'Арборио и вторым.

Не произнеся ни слова, новый сосед натянул на голову Романову черный мешок с отверстием для носа.

— Э, э! — запротестовал штабс-ротмистр, очевидно, подвергшийся такой же процедуре.

Д'Арборио положил Алеше руку на локоть.

— Прошу извинить, но таковы правила. К дону Трапано гостей с незавязанными глазами возят только в одном случае... Если не собираются отвозить обратно.

Фраза произвела должное впечатление. В автомобиле надолго воцарилась тишина, лишь шуршала земля под колесами, да сердито пофыркивал мотор.

— Ах, какая ночь, — мечтательно произнес Д'Арборио и продекламировал. — «Il paradiso mio apersi. Era una luna plena...»*

— Раз вы любуетесь красотами, делаю вывод, что вам мешок на голову не надели, — ворчливо заметил Алеша. Все-таки тревожно ехать вслепую невесть куда, непонятно к кому, да еще в сопровождении бандитов и полоумного декадента.

Чиркнула спичка, потянуло ароматом сигары.

— Я для дона Трапано не гость, а друг. Италия — единственная страна, в которой разбойники чтут поэзию...

Снова наступило молчание.

---

* Открылся рай мне ночью полнолунной (*ит.*)

Будь что будет, подумал Алеша, откинул голову назад и уснул. Две ночи без сна — это чересчур даже для двадцати трех лет.

Пробудился он от толчка, когда «паккард» резко остановился.

— У нашего «руссобалта» тормоза помягче, — раздался голос Козловского.

Алеша не сразу сообразил, почему это глаза открыты, а ничего не видно. Потом вспомнил.

— Приехали. — Д'Арборио взял его под руку. — Осторожней, я вам помогу.

Вылезли из машины. Под ногами были каменные плиты. Пахло сыростью, какими-то цветами.

Сад, что ли? Или лесная чаща?

— Вам не о чем беспокоиться, — сказал поэт, чувствуя, как напряжен локоть спутника. — Слово итальянца.

— Ой, не нравится мне такой эпиграф, — вздохнул князь, которого, судя по звукам, тоже извлекали из авто. — «Слово итальянца» звучит, как «дисциплинированность русского».

— Что сказал ваш помощник про Италию и дисциплину? — насторожился Д'Арборио.

— Восхищен тем, какая у вас, итальянцев, дисциплина.

Ответ понравился.

Впереди что-то скрипнуло. Кажется, створки ворот.

Еще шагов пятнадцать, и с Романова сдернули мешок.

Он огляделся.

Сад. Окружен стенами. Ворота уже успели закрыть. Около них двое громил в белых рубахах и жилетках, но при этом в шляпах. У каждого на сгибе локтя по дробовику.

Впереди за деревьями темнел большой дом невыразительной архитектуры.

— Мне начинает казаться, что мы ввязались в паршивую историю, — нервно прошептал Козловский. — Как бы и нас завтра не нашли с синими лицами... Мой сосед вытащил у меня наган. Вас тоже обшарили?

Нет, Алешу не обыскивали. Очевидно, не позволил статус — как-никак офицер, командир разведочной группы. Но от этого было не легче.

Только теперь Романов вспомнил, что «пипер» остался в прикроватной тумбочке. Спросонья Алеша про него просто забыл. Что за несчастная судьба у этого пистолета!

Поэтому ответом на вопрос штабс-ротмистра было неопределенное покашливание.

Д'Арборио позвонил в дверной колокольчик.

Открылось квадратное окошко, из него на гостей смотрели два черных глаза. Наклонившись, поэт что-то сказал. Дверь, недобро скрипнув, отворилась.

В логове Мафии

Просторная комната, куда проводили поэта и его спутников, очевидно, исполняла роль приемной. Вдоль стен были расставлены массивные кожаные кресла, а на великолепном сверкающем столе красовался бронзовый чернильный прибор в виде кладбищенского надгробья и торчала целая шеренга телефонов. Несмотря на ночное время, секретарь тоже был на месте — неприметный человек, лица которого Романов не рассмотрел, потому что сей господин, ссутулившись, писал что-то в тетради и от своего занятия не оторвался. Не обращайте внимания, слегка махнул рукой Д'Арборио, этот субъект не имеет значения.

Сели. Осмотрелись. Разглядывать было особенно нечего. Из обстановки — пара канцелярских шкафов. На стене большое мраморное распятье и аляповатая картина с Мадонной.

Двое охранников, которые сопровождали русских от самого отеля, застыли по обе стороны от резной двери, вероятно, ведущей в кабинет к загадочному дону

Трапано. Лица у «крестников» были смуглые, лишенные какого-либо выражения.

Минут пять спустя, когда Алеша начал ерзать, Д'Арборио тихо сказал:

— У дона Трапано временные неприятности с сицилийской полицией, поэтому он обосновался в итальянской Швейцарии.

Алеша кивнул, как будто неприятности с полицией были чем-то вполне естественным.

Судя по всему, нарушать молчание дозволялось только людям с положением. Когда штабс-ротмистр шепотом заметил: «Ну и рожи у этих крестников», поэт нахмурился и поднес палец к губам.

Прошло еще минут десять. Д'Арборио счел нужным пояснить:

— Хозяину доложили о нашем приезде. Дон Трапано сейчас выйдет. Один совет. Крестному отцу не задают вопросы. Спрашивает только он.

Время шло. Тикали настенные часы. Алеша почувствовал, что его снова клонит в сон. Спохватился, вскинул голову — поймал восхищенный взгляд Козловского. «Ну у вас и нервы», читалось в глазах князя.

Вдруг безо всякого сигнала, оба разбойника взялись за створки и открыли их.

Секретарь вскочил и низко поклонился.

Из дверей, шаркая домашними туфлями, вышел старик в бархатной курточке. Физиономия у него была бритая, благообразная, только черные глаза сверкали чересчур ярко, так что смотреть в них было как-то неуютно.

Д'Арборио и русские встали.

С почтительной улыбкой хозяин приблизился к поэту, пожал его руку обеими своими, поклонился и сказал что-то, вызвавшее у великого человека протестующий жест — мол, что вы, что вы, я недостоин таких славословий.

Потом Д'Арборио показал на Романова.

— Ecco l'ufficiale russo di cui abbiamo parlato per telefono.

Хороший все-таки язык итальянский. Даже не зная его, можно более или менее догадаться, о чем речь.

Алеша шагнул вперед и поприветствовал старого разбойника по-военному: дернул книзу подбородком, щелкнул каблуками. Князь, как подобает исправному служаке малого чина, просто вытянулся по стойке «смирно».

— Моя миссия завершена, я удаляюсь, — сказал поэт. — Лишние уши при вашей беседе ни к чему. Дон Трапано знает французский, он долго жил в Марселе.

Д'Арборио попрощался с хозяином, и тот снова склонился в преувеличенно благоговейном поклоне.

Поймав взгляд Алеши, поэт подмигнул ему и удалился, миниатюрный, но величественный.

Почтительная улыбка разом исчезла с морщинистого лица дона Трапано. Он поманил посетителей за собой.

— Ну, с Богом, — зашелестел Романову на ухо штабс-ротмистр, прихрамывая сзади. — Говорите, как условлено. Главное не тушуйтесь, поуверенней. Знаю я эту публику: почуют слабину — живыми не выпустят.

Кабинет выглядел неожиданно. После богатой приемной Романов ожидал увидеть нечто еще более роскошное, а вместо этого оказался в тесной, убого обставленной комнатенке. На полу домотканые коврики, у облупленного стола два соломенных кресла, черный крест на голой стене. То ли крестьянская горница, то ли монашеская келья. Это император Николай Первый, говорят, точно так же любил впечатлять окружающих: во дворце пышность и великолепие, а в личных покоях суровая солдатская простота. Или, может быть, дон Трапано уютнее себя чувствовал в этом плебейском антураже, а на впечатление посетителей ему было наплевать.

Поскольку кресел было всего два, сели хозяин и Алеша. Штабс-ротмистр скромно пристроился позади Романова. Руки положил на спинку. Вероятно, рассчитывал, что будет незаметно подавать напарнику сигналы, тыча его пальцем в плечо.

«ЖИЛИ ДВѢНАДЦАТЬ РАЗБОЙНИКОВЪ.
ЖИЛЬ КУДЕЯРЪ-АТАМАНЪ»

— Уважаемый дон, — внушительным тоном начал Алеша, не вполне уверенный, как следует величать собеседника, — синьор Д'Арборио сказал мне, что вы любезно согласились помочь моей стране в весьма деликатном и очень непростом деле...

Старик неторопливым, властным жестом велел ему замолчать — поднял ладонь. Романов споткнулся прямо на середине цветистой фразы.

— Я не привык разговаривать с подчиненным, когда рядом находится начальник, — сказал дон Трапано на скверном французском, глядя своими пронзительными глазами поверх Алешиной головы на Козловского.

— Что, извините? — растерялся Алеша.

Князь хмыкнул.

— Дядька-то непрост. Вставайте, Алексей Парисович. Теперь я посижу.

И они поменялись местами.

— Капитан императорской гвардии князь Козловский, — представился командир, и, невзирая на обтерханный пиджачок, по тону, манере сразу стало видно, что это, действительно, князь и вообще персона значительная. — Я вижу, вы человек дела. Поэтому сразу перейду к сути проблемы. Мы хотим...

— Я знаю, чего вы хотите, — перебил его дон Трапано. Он явно не привык тратить время на лишние разговоры. — И знаю, как вам помочь. Я дам вам лучшего специалиста. Он выполнит основную работу. От вас потребуется две вещи: обеспечить доступ в дом и узнать код. Это всё.

Козловский помолчал, осмысливая сказанное. Остался не удовлетворен. Опасно связываться с человеком, чьи побудительные мотивы неизвестны.

— Скажите, отчего вы решили помочь русской разведке? — спросил он, хоть и помнил, что дону задавать вопросов не полагается. — Неужто из одного уважения к поэзии?

У могущественного человека раздраженно шевельнулась седая бровь, но князь смотрел собеседнику прямо в глаза, и по выражению лица было видно — не отступится.

Дон Трапано кивком дал понять, что уяснил скрытый смысл вопроса: перед ним не просители, а представители великой державы, и разговаривать с ними следует в открытую.

— Скажем так... Мы решили, что война на стороне Антанты будет Италии полезна, — коротко ответил итальянец, слегка выделив слово «мы». — И больше никаких вопросов. Иначе будете решать свою проблему сами. Итак, первое: доступ в дом. Второе: код. Когда будете готовы — сообщите через дотторе Д'Арборио.

— Допустим, мы придумаем, как проникнуть на виллу. Но у Зоммера сильная охрана!

Старик сердито стукнул ладонью по столу и поднялся.

— Повторяю последний раз. Ваша забота: доступ в дом и код.

Двери сами собой распахнулись за спиной у русских. Аудиенция была окончена.

— Тоже мне союзничек, — зло сказал Козловский, когда они выходили. — Умеет только языком трепать! Дон *Трепано*! Попусту время потратили. Что за код такой? К сейфу, что ли? Если б мы знали код сейфа и могли проникнуть на виллу, на черта нам Мафия? Эх, Алексей Парисович. Бой проигран, и флаг спущен. Завтра доложу резиденту, и домой. С позором...

Настал миг расставанья

Они сидели вдвоем на высоком берегу. Он понурый, несчастный. Она заплаканная, безутешная.

— ...Ну вот, я всё тебе и рассказал... Сама видишь, какой из меня разведчик. Мы с тобой выбрали плохое время для любви. Сегодня ночью уезжаю...

А как было не рассказать? Тем более что Клара и так обо всем догадалась — еще когда отсиживалась в шкафу. Она ведь не дурочка. Пускай Алексей Романов горе-шпион, но с любимой женщиной, по крайней мере, он поступил честно.

Со скамейки, на которой расположились бедные влюбленные, были видны дома городка и — на зеленом утесе — проклятая вилла, так и оставшаяся неприступной.

— Нет! Нет! — рыдала Клара. — Ты не уедешь! Не сегодня! Это нельзя! Я умру!

— Не могу. Получен приказ. Задание провалено, нужно возвращаться.

Она порывисто обняла его, стала целовать и сбивчиво заговорила:

— Ты будешь победитель! Ты выполнишь задание! Ты остаешься со мной еще день, или два, или даже три. Ты вернешься домой триумфатор, царь Николай даст тебя самый главный медаль!

Алеша улыбнулся сквозь слезы.

— Не надо улыбаться! — Клара ударила его кулачком в грудь. — Я буду тебя помогать! Я для тебе всё сделаю! Дон сказал попасть на виллу и какой-то код? Я всё узнаю!

Мысленно обругав себя за болтливость, Романов схватил ее за плечи:

— Ты что задумала?

Она высморкалась в платок и с поразительным хладнокровием, как-то очень уверенно заявила:

— Зоммер любит красивые женщины. А я красивая. Он на меня всегда смотрит. Два раза посылал букет розы. Но я посылала обратно, потому что Зоммер противный. Теперь я буду с ним. Я всё узнаю и скажу тебя.

— Как ты... Как ты могла подумать, что я соглашусь...

Он вскочил со скамейки, весь дрожа от ярости.

— Маленький дурак, — ласково сказала Клара. — Совсем не обязательно спать с мужчина, чтобы узнавать его секрет. Хочешь, я клянусь? — Она вынула из-под платья крестик, поцеловала его. — Убей меня гром и молния, если я буду делать любовь с этот жирный, некрасивый Зоммер!

Горькая тризна

Вечером в гостиничном ресторане штабс-ротмистр Козловский и унтер-офицер Романов справляли тризну по погибшим товарищами и по собственной незадачливой судьбе. В восемь часов утра таксомотор должен был доставить двух уцелевших членов разведгруппы в Лугано на вокзал, оттуда поездом в Венецию и дальше кружным морским путем, через Скандинавию в Петербург. Предстояла долгая и грустная дорога, особенно горькая для Алексея, потерпевшего поражение не только служебное, но и любовное.

Последнее свидание на озере закончилось катастрофой. Теперь стыдно было об этом вспоминать. Он кричал, что не будет альфонсом, сутенером. Клара ответила: «Ты просто не любишь» и ударила его узкой рукой по лицу — сильно и больно. Еще кинула: «Дурак! Идиот!» Повернулась и убежала.

Ну и отлично, сказал он себе, вытирая окровавленную губу. Так даже лучше.

А потом, вечером, когда мрачно курил на террасе, увидел Клару. Нарядная, смеющаяся, она садилась в машину к Зоммеру.

Что это означало? Неужели она все-таки решилась осуществить свое намерение? Или просто устроила демонстрацию, чтобы больнее досадить своему обидчику?

Козловскому про свои страдания Алеша, конечно, не рассказал. Князю и собственных терзаний было более чем достаточно.

За столик они сели поздно, когда в зале уже почти не оставалось посетителей.

Бессердечная кокотка, горестно думал Романов, пока штабс-ротмистр делал заказ. Зоммер богат, а ей нужны деньги. Еще, поди, про нас с Козловским ему доложит. Ну и черт с ней. Все равно дело кончено.

Но в смятенной душе звучал и другой голос, укорявший: «Как тебе не стыдно! Она не такая! Ради любви она готова на всё, а ты...»

Не удержался Алеша, всхлипнул.

— Ой, только без этого. Ради Бога, а? — попросил князь. — А то я сейчас сам слезу пущу.

Надобность изображать «маленького человека» отпала, поэтому штабс-ротмистр был в хорошем сюртуке, полосатых брюках и с траурной повязкой на рукаве.

Стоявший у стола официант был сильно удивлен метаморфозой, которая произошла со скромным аккомпаниатором, но безошибочным нюхом почуял аромат нешуточных чаевых и потому был само подобострастие.

— За наших товарищей, земля им пухом. — Козловский выпил из бокала, поморщился. — Ты что нам принес? Я же сказал: массимо форте. Самого крепкого давай. Нет, к черту коньяк! Граппу неси. Граппа кларо?

Служитель поклонился и исчез.

Штабс-ротмистр проводил его тяжелым взглядом.

— К черту всё. Не по мне эта служба. И я не по ней. На фронт попрошусь. Сейчас война позиционная — все одно в окопе сидеть, хромая нога не помеха...

«Налейте, налейте скорѣе вина —
Разсказывать больше нѣтъ мочи!»

Официант бегом тащил поднос, на котором сверкал хрусталем огромный графин с прозрачной жидкостью.

— Выпьем молча, — сказал Козловский. — Сами знаем, за что.

Унтер-офицер опрокинул рюмку за любовь, до дна. Глотку обожгло, будто жидким пламенем. Сердце заколотилось еще пуще.

А в эту самую минуту...

Ах, если б Алеша мог видеть, что происходило в этот миг в какой-нибудь миле от отеля, его сердце было бы окончательно разбито.

Зоммер и его гостья были на втором этаже виллы, в спальне. Они стояли у окна и целовались. Потом мужчина, возбужденно сопя, сполз губами с лица Клары вниз, к шее. Расстегнул пуговки на платье, обнажил плечо, стал целовать его.

Женщина смотрела на его мясистый затылок с отвращением, но при этом не забывала издавать сладостные вздохи. Когда он взял ее за талию и потянул к ложу, она с тихим смехом выскользнула из жадных рук и кокетливо показала на дверь ванной.

Хохотнув, Зоммер шлепнул ее по бедру:

— Только поживей, кошечка. Я весь горю!

Он подождал, пока за красоткой закроется дверь, и начал раздеваться. Зоммер знал, что нехорош фигурой, поэтому проделал эту процедуру с предельной скоростью. Забравшись под одеяло, устроился поудобнее, включил лампу и приготовился к чудесному зрелищу. Обнаженная прелестница, изготовившаяся к любовным утехам — что может быть пикантней?

То, что она заставляла себя ждать, лишь распаляло аппетит. Зоммер нетерпеливо поерзал, провел по губам толстым языком.

В ванной лилась вода. Что-то звякнуло. Должно быть, чаровница от волнения обронила какую-нибудь дамскую безделицу — пудреницу или помаду.

— Porco!* — шепотом обозвала Клара некстати звякнувший шпингалет и высунулась из окна.

Внизу, под обрывом плескалось озеро.

Оглянувшись, она стянула через голову платье. Вокруг талии была обмотана лестница из тонкого прозрачного шелка.

---

* Свинья! (*ит.*)

Один конец Клара закрепила на опоре жалюзи, предварительно проверив ее прочность. Ко второму привязала гирьку, извлеченную из сумочки. Спустила вниз.

Потом плотно прикрыла створку, но шпингалет запирать не стала.

В пьяном угаре

—Д венадцать рюмок тащи! — инструктировал штабс-ротмистр официанта. — Додичи, кларо? И еще додичи! Тутто венти кватро!*

Тот умчался. Козловский повернулся к товарищу, задушевно сказал:

— Алеша, давай на «ты». Связала нас судьба одной веревочкой, да на ней же и вздернула. Оба мы с тобой му... тьфу! музыканты.

— Хорошо, — согласился Романов. На «ты» так на «ты». Разница в возрасте небольшая, лет восемь.

---

* Всего двадцать четыре! (*искаж. ит.*)

Официант уже возвращался с новым подносом, сплошь заставленным крошечными рюмками.

— Вот так и вот так, — показал князь.

Двенадцать рюмок встали в шеренгу перед ним, двенадцать перед Алешей. Официант в два счета наполнил их граппой. В его взгляде читались недоверие и ужас.

— Я тебя научу пить по-гвардейски, за апостолов.

— Как это? — без интереса спросил Романов.

Сердце у него сжималось так тоскливо — хоть на луну вой.

— Очень просто. Делай, как я. — Штабс-ротмистр скривился на рюмки. — Тьфу, наперстки какие-то. Значит, так. За апостола Петра!

Он осушил крайнюю правую. Алеша последовал его примеру.

— За Матфея.

Выпили по второй.

— За Иоанна.

По третьей, но Алеше пришлось немного подождать, он закашлялся.

— За Иакова сына Зеведеева.

Тут младший из собутыльников сдался — поднял руки. Князь досадливо крякнул, но не остановился.

— За Иакова сына Алфеева... После двух Иаковов разрешается закусить.

Отломил кусочек хлеба, понюхал, проглотил. Алеша хотел подцепить кусочек горгонзолы, но никак не мог попасть в сыр вилкой.

— Так, теперь за Андрея Первозванного. Не отставать! ... За Фому Неверящего... За Филиппа... За Варфоломея... За Симона Зилота... За Иуду Леввея... А Иуде Искариоту — вот. Об твердь земную!

С этими словами Козловский выплеснул последнюю, двенадцатую порцию на скатерть, а саму рюмку с размаху грохнул об пол — официант жалобно вскрикнул. Князь кинул ему купюру.

— На, не переживай... Алеш, ты что?

Его молодой друг сидел с разинутым ртом, пытаясь сделать вдох.

Прислушавшись к себе, штабс-ротмистр констатировал:

— Не пробило. Ну-ка, как тебя... Еще неси. Анкора!

Голова у Алеши с каждой секундой делалась всё тяжелее. Одной шеей на весу ее было уже не удержать. Пришлось подпереться сначала одной рукой, потом двумя.

— Где ты, где ты? — уныло повторял пьяный Романов, взывая к Кларе.

Князь взял его за ухо, повернул к себе.

— Да вот же я. Ослеп ты, что ли?

— Где ты? — безнадежно всхлипнул Алеша.

Лучше ему было этого не знать...

Господину Зоммеру было хорошо. Он полулежал на подушке, потягивал из тонкого бокала херес, время от времени подносил ко рту сигару.

Танцовщица лежала рядом, уткнувшись носом в его плечо и ровно дышала во сне. Умаялась, цыпочка, самодовольно подумал он. Не всякий способен на шестом десятке так утомить женщину.

Ему тоже хотелось спать, но до двенадцати было нельзя. Вот сменит код, тогда впору и отдохнуть. К утру пылу поднакопится — глядишь, еще разок покувыркаемся.

Милашка пролепетала во сне что-то нежное, трогательное. Зоммер осторожно взял со столика часы. Без пяти. Пора.

Тихо поднявшись, он накинул халат. Женщина грациозно перевернулась на другой бок. Одеяло сдвинулось, вдоль спины по ложбинке пролегла мягкая тень.

Улыбнувшись, Зоммер вышел.

В следующую же секунду Клара бесшумно, не скрипнув пружиной, поднялась и перебежала к двери.

Исполняется «Болеро» г-на Равеля

Грузный человек в халате шел по коридору, пол поскрипывал под его шагами. Сзади, ночной бабочкой скользил белый силуэт.

На верхней площадке лестницы в креслах сидели охранники. Кларе пришлось прижаться к самой стене, чтобы не попасть в их поле зрения.

Коридор повернул направо. Она успела увидеть, как хозяин входит в какую-то дверь.

Высунулась из-за краешка, готовая отпрянуть обратно. Но Зоммер назад не смотрел.

Судя по книжным полкам, тут находилась библиотека.

Волосатая рука тронула фолиант в кожаном переплете. Открылся секретный ход.

Когда Зоммер вошел в него, Клара на цыпочках, танцующей походкой переместилась к тайнику. Выглянула.

Невидимые часы начали отбивать полночь. Зоммер что-то повернул на пульте и пробормотал вслух, запоминая:

— Sechs-drei-sechs-acht-zwei-zwei. Sechs-drei-sechs-acht-zwei-zwei...

Сзади что-то скрипнуло.

Президент «Шпионской биржи» быстро обернулся, правая рука юркнула в карман халата. Прислушался — тихо.

Зоммер подбежал к светлому прямоугольнику двери. В библиотеке было пусто. На ветру скрипнула приоткрытая форточка.

Тогда морщины на лбу коммерсанта разгладились. Он запер тайник и вернулся в спальню.

Девчонка спала в той же позе, только одеяло сползло еще ниже.

Сочные губы Зоммера тронула улыбка.

Молодо-зелено

— Эх, молодо-зелено... — Козловский с умилением взглянул на сомлевшего товарища и выплеснул граппу на пол. — А Иуде Искариоту — вот!

Наученный опытом официант был наготове и ловко поймал брошенную рюмку на растянутое полотенце. Очередная купюра, впрочем, все равно полетела следом за рюмкой.

Сосредоточенно жуя ломтик груши, штабс-ротмистр о чем-то размышлял. Некая мысль явно не давала ему покоя. Он потряс за плечо уткнувшегося в скрещенные руки Романова.

— Леша! Леша, проснись!

Молодой человек выпрямился, но глаз не открыл.

— Вот скажи: государь император — помазанник Божий?

— Божий.

— А Бог — Он есть? Ведь если Бога нет, то кто ж тогда императора на царство помазал? По какому праву он над нами властвует? Есть Бог?

— Не знаю, — ответил Романов и заморгал.

Князь тяжело вздохнул.

— Вот и я не знаю... Во что же тогда верить?

— В любовь.

Голова унтер-офицера снова склонилась к столу.

— Э-э, брат... — Штабс-ротмистр потрепал романтика по загривку. — Нет никакой любви. Одно паскудство.

Но любовь есть!

Теперь Алеша твердо это знал. Бледный после алкогольных излишеств, но счастливый и торжествующий, он объяснял, показывая на схеме:

— ...Вот здесь окно ванной, оно находится в эркере, прямо над обрывом. Мы видели снизу, из лодки. Это метров пятнадцать—двадцать от поверхности воды. Лестница прозрачного шелка из дома не видна. Окно закрыто, но не заперто. Госпожа Нинетти говорит, что уборку в доме делают по субботам, а значит, до того времени никто этого не обнаружит...

Козловский и дон Трапано внимательно следили за кончиком карандаша. В утреннем свете «крестный отец» в вязаном жилете и его скромная комнатка выглядели очень мирно, даже идиллически. За окном на ветвях апельсиновых деревьев висели тяжелые плоды, ласковое солнышко просвечивало сквозь патриархальные тюлевые занавески. Русских снова привезли сюда с завязанными глазами, но сегодня эта процедура уже не показалась им зловещей — комичная причуда старомодных разбойников в духе Луиджи Вампы из романа «Граф Монте-Кристо».

Волшебница Клара, будто Царевна-Лебедь, одним взмахом крыла разрешила все Алешины трудности.

> Это чудо знаю я;
> Полно, князь, душа моя,
> Не печалься; рада службу
> Оказать тебе я в дружбу

Спасла честь возлюбленного, оказала бесценную помощь России! С какой бесшабашной веселостью, с каким юмором рассказывала эта поразительная девушка про свои приключения! Она подсыпала Зоммеру в вино снотворного, и сластолюбивый осел вскоре после полуночи осовел, задрых, так и не получив того, на что надеялся. Клара добилась всего: подсмотрела, как открывается тайник; запомнила код; обеспечила безопасное проникновение в дом — и при этом оставила идиота с носом, отделавшись парой поцелуйчиков. А чтоб не заподозрил неладное, оставила ему укоризненную записочку: «Как ты посмел уснуть! Меня никогда еще так не оскорбляли!» Ну не прелесть?

Отчаянная, бесшабашная, рисковая, готовая на все ради нескольких украденных у судьбы дней счастья. Громокипящий кубок, а не девушка!

— ...Из ванной мы попадем в спальню Зоммера, — продолжил Алеша и нахмурился, вдруг заметив, как при слове «спальня» слушатели украдкой переглянулись. Выражение их лиц ему очень не понравилось.

— Не смейте делать такие глаза! — вспыхнул он. — У Клары ничего с ним не было! Вы не знаете эту женщину!

— Да мы ничего, тебе померещилось, — поднял руки Козловский. — А женщина, действительно, чудо. Успокойся, Лёш, ты что?

И дон Трапано тоже приложил ладонь к груди: мол, вам, мсье, показалось.

Но Романов все равно закончил очень сухо:

— Код на сегодня известен: 636822. Таким образом, господин Трапано, ваши условия мы выполнили. Попасть на виллу мы сможем со стороны озера. Код тайника тоже известен. Но что делать с Зоммером и его телохранителями? А Клара рассказала, что кроме них в саду и на первом этаже дежурят еще шесть человек.

— В саду и на первом этаже вам делать нечего. А на втором этаже вам никто не помешает. С Зоммером проблем не будет, обещаю. Код — хорошо. Остается стальная дверь...

— Какая дверь? — удивился штабс-ротмистр.

Вместо ответа старик нажал под столом кнопку. В комнату без стука вошел очень коренастый, почти квадратный человек с широким безгубым ртом и очень узкими, полуприкрытыми глазами — словно природа прорезала по каменному лицу три щели: большую снизу, две маленьких сверху.

— Это мой крестник, Молчун Чичо. Лучший в мире специалист по замка́м. Он пойдет с вами.

Князь демократично протянул устрашающему квазимодо руку и улыбнулся, но Чичо на него не взглянул. Он стоял, будто истукан, и смотрел только на своего крестного папашу.

Улыбка сползла с лица штабс-ротмистра, рука сжалась в кулак и опустилась.

Проблем не будет

В этот четверг, по своему всегдашнему обыкновению, Герберт-Мария Зоммер наведался в Лугано, чтобы положить в банк честно заработанные деньги.

Неделька выдалась хлебная, но бурная. Общее сальдо получалось следующее.

В приход следовало записать новый беспрецедентно выгодный заказ от австрийцев. Майор Фекеш выразил пожелание сделать крупную оптовую закупку: приобрести всю картотеку по Италии. Эта страна чрезвычайно интересует Вену как потенциальный противник. Очень вероятно, что помимо двух существующих фронтов — русского и сербского — у императора Франца-Иосифа вскоре появится третий, итальянский.

За одну только опись всех имеющихся товаров Фекеш заплатил сто пятьдесят тысяч крон. Когда ознакомился с ассортиментом, весь затрясся от алчности. Назначенная цена превышает его возможности, но он обещал, что надавит на свой Генштаб. Если сделка состоится, нужно будет вложить всю выручку в аргентинский скотобойный бизнес. Спрос на консервированную говядину, производимую вдали от зоны военных действий, наверняка возрастет. Пока на этом наживаются североамериканцы, но рано или поздно Штаты тоже втянутся в европейскую заваруху, и тогда наступит звездный час Аргентины. В таких прогнозах Герберт-Мария не ошибался.

Туда же, в плюс, попадал новый покупатель — итальянская разведка. Вчера был многообещающий звонок из Рима. Интересовались, нет ли у синьора Зоммера сведений по Тирольскому укрепрайону. Как не быть, есть. И не только по Тирольскому.

А еще (чутье подсказывало) очень скоро активизируются американцы. У этих, всем известно, денег куры не клюют. Стало быть, возрастут все расценки. Остальным странам придется подтягиваться. Это неизбежно.

Теперь графа «затраты».

Позавчера ночью русская разведка предприняла весьма наглый рейд. Этого следовало ожидать. Пустопорожний разговор в Локарно с русским военным агентом насторожил Зоммера. Сразу после ужина он протелефонировал на виллу, чтобы охрана усилила меры безопасности, но опоздал. Аппарат не отвечал. Все шестеро часовых к тому моменту уже были нейтрализованы. Но отличная система дополнительной защиты не подвела. Операция русской разведки провалилась, причем со значительными потерями. Это им урок. Пусть знают, что с Гербертом-Марией Зоммером такие шутки не проходят.

Олухи-охранники уволены без выходного пособия. Итальянцы слишком беспечны, теперь виллу сторожат надежные цюрихские парни.

Пожалуй, это все-таки не затраты, а дополнительная инвестиция в совершенствование производства.

Жалко, конечно, милягу Жубера. Заменить его пока некем, придется справляться в одиночку. Но нет худа без добра. Старик в последнее время здорово сдал, часто прихварывал. С ним так или иначе следовало что-то решать.

Единственная проблема, которая возникнет в результате этого инцидента — отношения с русскими. Нация самолюбивая, обидчивая. Хотя какие тут могут быть претензии? Сами первые проявили агрессивность, он всего лишь защищал свою собственность.

И все же нехорошо. Нельзя нарушать равновесие, нельзя превращаться в эксклюзивного поставщика Венского императорского двора, иначе начнутся сложности в отношениях со всеми разведками стран Антанты.

Пожалуй, проще всего будет подкинуть что-нибудь важное по льготной цене французам и англичанам. А они взамен пусть попридержат на цепи русского медведя.

Зоммер откинулся на мягком сиденье «роллс-ройса», окинул благосклонным взглядом озеро, заснеженные вершины гор.

Жизнь была прекрасна: полна опасностей, но и щедра.

Поразмыслив о делах, Герберт-Мария позволил себе немного расслабиться. Что за чудо эта танцорка! Мила, резва, изобретательна. Жалко, утром он проснулся слишком поздно, не хватило времени на анкор. Надо будет послать за нею вечером.

Он стал представлять, сколько всего интересного можно испробовать с такой удачной партнершей. Глаза заблестели, губы плотоядно задвигались.

Шофер «роллс-ройса» нажал на клаксон. Болван-пастух в соломенной шляпе вздумал перегонять через дорогу стадо овец. Огромное серо-белое пятно расползлось по шоссе, обтекая лимузин с обеих сторон. Из машины сопровождения вылезли телохранители, стали орать на кретина, чтобы поскорей убрал с проезжей части свою вшивую орду.

Можно поиграть с Кларой в овечку и волка, подумалось Зоммеру. Сначала он волк, она овечка, потом наоборот...

— Чертовы итальяшки! — заворчал Дитрих, личный телохранитель и шофер президента. — Безмозглые дикари! Как хотите, шеф, но тут у нас самая паршивая часть Швейцарии...

И не договорил. Увидел что-то в зеркало заднего вида. Вскрикнул.

Зоммер обернулся.

Прямо из середины стада выросли четыре силуэта, тоже в овечьих шкурах. Четыре ствола ударили картечью по охранникам. А потом еще. И еще. И еще. И по «форду-фаэтону», от которого во все стороны полетели щепки и кусочки железа.

Все шестеро цюрихских парней были изрешечены в какие-нибудь несколько секунд. А Дитрих в этот роковой миг сплоховал. Вместо того чтобы отстреливаться, ойкнул и уткнулся в руль — как перепуганный ребенок носом в подушку. Вот тебе и Железный крест, золотой кубок за стрельбу, четыреста франков жалованья!

Но у Герберта-Марии нервы были покрепче, чем у телохранителя. С поразительным для такой комплекции проворством коммерсант вывалился из дверцы с противоположной стороны. Втиснулся между двумя овцами, которые вблизи оказались довольно жестки-

Исполняется «Полетъ Шмеля»
изъ оперы г-на Римскаго-Корсакова
«Сказка о царѣ Салтанѣ»

ми и очень пахучими. Стал продираться вперед, к озеру. Баран больно ткнул Зоммера в бок, но это была ерунда.

На четвереньках президент выполз на обочину, скатился в кювет. А там уж было рукой подать до спасительных кустов.

Вслед ему никто не стрелял — прошляпили, недоумки!

Четверо убийц маячили возле «роллс-ройса». Дитрих наконец опомнился, сунул руку под мышку.

Поздно.

Мощный залп превратил роскошную машину в сито.

Черт с ней! Другую купим.

Судьба хранила Герберта-Марию. Спасала от верной гибели уже не в первый и не во второй раз.

Спуститься вниз, к воде. И бежать со всех ног к ближайшей деревне. Сверху не попадут, обрыв прикроет.

За первым же кустом Зоммера с двух сторон подхватили под руки. Третий человек сзади набросил ему на шею удавку. Короткий визг оборвался сипением.

Десять минут спустя с высокого берега одна за другой рухнули две машины. Вода взметнулась, покачалась, утихла.

Вдоль дороги, блея, брело овечье стадо.

Сияло солнышко, зеленела не пожухшая и в ноябре травка. Пастораль да и только.

Вторая попытка

Сколько раз Алеша читал в романах про то, как герой лезет куда-нибудь по веревочной лестнице. И в фильме одной видел, из средневековой жизни. Там это у актера получилось очень ловко. Раз — и наверху, в башне.

Но оказалось, что подниматься по веревочной лестнице очень неудобно и довольно страшно.

Неудобно, потому что не видно, куда ставить ногу; невесомые перекладинки все время норовят выскользнуть из-под подошвы; лестницу раскачивает, тебя всего вертит и бьет о камни то спиной, то плечом, то коленом. И это еще Козловский нижний конец придерживает, иначе вообще бы ничего не получилось.

Ну а страшно, потому что наверху темно, не видно, сколько еще осталось. Вниз и подавно лучше не смотреть — там чернота и плеск волн. Лодка стоит на якоре, скрытая густой тенью обрыва.

Ночь пасмурная, безлунная. То есть, с диверсионной точки зрения лучше не бывает. Но до чего же бесприютно и жутко!

«Но только не забудь
потемнее накидку,
кружева на головку надень!»

Чтобы не думать о том, куда придется падать, если сорвешься — в воду или на камни, Романов принялся считать перекладины.

Идея была хорошая. Во-первых, страху поубавилось. Во-вторых, дело пошло быстрее. В-третьих, как известно, прогресс складывается из суммы количественных изменений.

На счете «тридцать три» он разглядел над головой массивный силуэт эркера. Поправил лямки пустого рюкзака, предназначенного для добычи, и полез дальше. Близость цели придала сил, а приобретенные навыки ускорили последний этап восхождения.

Еще десять перекладинок, и Романов оказался на каменном выступе подоконника. Увидел, как надежно, тройным узлом закреплен на железном штыре конец, и на сердце потеплело. Кларочка позаботилась. Знала: в ее руках жизнь любимого.

Как и было обещано, створка открылась от толчка. Петли не скрипнули — умница Клара догадалась смазать их кольдкремом.

Алеша перегнулся и дважды мигнул фонариком. Всё в порядке, я наверху, можно.

Следующим должен был подниматься штабс-ротмистр. Ему с хромой ногой труднее, чем остальным, поэтому решили, что Романов будет придерживать лестницу сверху, а Чичо снизу.

Шелковые бечевки натянулись, закачались.

Прошло пять минут, десять, пятнадцать, а князь все не появлялся. Соскучившись, Алеша пытался рассмотреть ванную, но в ней было совсем темно. Где-то близко из крана капала вода.

На двадцать второй минуте внизу, наконец, послышалось тяжелое дыхание.

Схватив командира подмышки, Романов помог ему перевалиться через подоконник. Как и Алеша, князь был в темном костюме. Это чтобы какие-нибудь припозднившиеся любители лодочных катаний не заметили на склоне подозрительных альпинистов.

— Уф, — задыхаясь, прошептал Козловский. — Думал, не долезу.

Последним поднялся Молчун. У него за плечами был тяжелый кожаный мешок с инструментами, да и нижний конец лестницы никто не придерживал — пришлось просто привязать к лодке, а все же итальянец вскарабкался гораздо быстрее русских. Очевидно, имел в таких делах навык.

Наконец, вся небольшая группа была наверху.

«Пора!» — махнул рукой отдышавшийся штабс-ротмистр и приоткрыл дверь в спальню.

Там было пусто. Постель не расстелена.

Чичо отодвинул офицера и спокойно, не слишком заботясь о производимом шуме, пересек комнату. Правда, в коридоре его шаги сделались осторожнее, потому что откуда-то снизу доносились голоса. Но дон Трапано не обманул. На втором этаже не было ни души.

Куда подевались Зоммер и его охранники?

Пока плыли в лодке, князь пытался задавать итальянцу вопросы, но Молчун ни на один не ответил. Он вообще не произнес за всё время ни слова. Если что-то хотел сообщить, обходился жестами. Козловский и Романов пришли к выводу, что он немой. Отсюда и прозвище. Безъязыкий специалист по замкам — чем не идеальный крестник для дона Трапано?

Глядя, как уверенно ведет себя на вилле Чичо, штабс-ротмистр нахмурился. Командир в бою может быть только один, все остальные обязаны ему повиноваться.

Твердо взяв специалиста за руку, князь развернул его к себе и тихо, раздельно сказал:

— Стоп. Фар ньенте. Йо парларе — ту фаре. Кларо?*

Немой кивнул.

— Лёша, ну-ка, посмотри, что там.

Князь мотнул подбородком в направлении голосов.

Романов двинулся к лестнице. Очень удобная для разведчика вещь — крестьянские туфли на веревочной подошве. Поступь мягкая, шума почти никакого.

На верхней площадке ничего, только пустые кресла.

Алеша чуть высунулся из-за перил.

Внизу, у столика с телефонным аппаратом стояли двое мужчин. У одного кобура на поясе, у другого под мышкой.

---

* Ничего не делать. Я говорю — ты делаешь. Ясно? (искаж. ит.)

— Нет, не возвращался... — взволнованно докладывал кому-то в трубку один по-немецки (второй нервно переминался с ноги на ногу). — Ни на что непохоже... Да, меры приняты. В саду выставлены двойные посты...

Попятившись назад, Романов махнул штабс-ротмистру: можно действовать.

Схема, нарисованная Кларой, была предельно ясна.

Повернули по коридору направо, четвертая по счету дверь привела в библиотеку.

Фальшивый фолиант, рычаг к потайной двери, тоже отыскался без труда.

Скрипнул механизм, полка отъехала, открылся вход.

Пропустив напарников вперед, штабс-ротмистр вошел последним и плотно задвинул переборку.

— Здесь полная звукоизоляция, — сказал он громко, осветив фонарем стены. — Хоть пой... Вот свет включать мы не будем, — остановил князь потянувшегося к выключателю Романова. — Вдруг у них там внизу какой-нибудь сигнал включится? Поставь свой фонарь на пол, нам хватит.

Тем временем Чичо приладил на голову кожаный ремень с лампочкой, подошел к стальной перегородке и принялся внимательно ее рассматривать. Зачем-то задрал голову, привстал на цыпочки, пощупал потолок.

— Сейчас откроем. Моменто — аперто*, — усмехнулся штабс-ротмистр, которому понравилось изъясняться по-итальянски.

---

* Момент — открыто (*искаж. ит.*)

Он подошел к щиту, на котором светились огоньки.

— Круглые рычажки с цифрами... Очевидно, вот эти. Набираем 636822. Теперь повернуть ручку. Ну-ка...

Стальная стена с тихим шипением отъехала, за ней открылось темное пространство — то ли проход, то ли ниша.

Штабс-ротмистр посветил туда фонарем.

— Что за черт! Пусто!

Луч забликовал по поверхности еще одной двери, как две капли воды похожей на предыдущую, но со стальным кольцом посередине.

— А где картотека? Эй, специалист, ты что-нибудь про это знаешь? Спечиалиста! Сапере?

Похоже, что знал. Во всяком случае, удивленным Чичо не выглядел. Он невозмутимо шагнул вперед, снимая со спины свой кожаный мешок. Однако когда русские тоже хотели войти в странный тамбур, энергично замотал головой.

— No! Solo uno!*

И попробовал выпихнуть Алешу обратно.

— Ты, оказывается, умеешь говорить! — рассердился князь. — Покомандуй мне! Чего это «соло уно»? Оба войдем. Тутти дуэ!

— Uno, — повторил Чичо.

Штабс-ротмистр показал ему кулак.

— Надоел мне этот уголовник. Закончим — набью рожу, поучу вежливости. Дуэ. Кларо?

---

* Нет, только один! *(ит.)*

Итальянец пожал плечами: мол, дело ваше.

Когда все трое оказались внутри камеры (теперь стало окончательно ясно, что это всего лишь преддверие архива), первая дверь всё с тем же шипением начала закрываться.

— Лавр! — закричал Алеша. — Смотри!

Но специалист встревоженным не выглядел — преспокойно копался в своем мешке.

Козловский объяснил:

— Все в порядке. Я читал, что в самых современных банках такая же система. Пока не закроется внешняя дверь, внутренняя не отпирается.

Кромешную тьму прорезали три луча. Два ползали вправо-влево и вверх-вниз, третий, прикрепленный ко лбу Молчуна, был направлен только на стальное кольцо.

В руках специалиста появилась маленькая дрель. С поразительной сноровкой Чичо начал просверливать дырки, следуя какой-то системе, понятной ему одному.

— Алмазное сверло! — шепотом сообщил штабс-ротмистр. — Виртуоз почище покойного Лютикова. Так и быть, не стану ему рожу бить.

Где-то наверху послышался тихий свист, на который русские сначала не обратили внимания. Но итальянец насторожился, прислушался, извлек из мешка странную резиновую маску с трубчатым хоботом. Вторую точно такую же, не оборачиваясь, протянул назад.

— Что это у тебя? Пер ке?

Романов посветил вверх.

Из маленькой решетки, похожей на вентиляционную, била сизая струя. Дым спускался до самого низа, расстилаясь по полу.

— Лавр, это у него респираторная маска! Я видел такие на химической кафедре! Защищает от ядовитых газов. Господи, голубые лица!!! Наши погибли не в машине, а здесь!!!

Синеватый туман уже поднялся до колен.

Вырвав у итальянца маску, штабс-ротмистр крикнул:

— Анкора! Анкора уно!*

— Io parlate: solo uno, — буркнул специалист, продолжая сверлить. — No ho terza. **

— Тогда открой дверь! Он выйдет. Сортире!

— Impossibile***.

Облако ядовитого газа подползало к поясу. У Алеши защипало в глазах, защекотало в ноздрях.

— Лавр, не вдыхай! Ни в коем случае! — просипел он сдавленным голосом, зажав нос и рот.

— Почему ты ничего не сказал? — рычал князь на итальянца. — *Сапере газо — но дире?***** Убью мерзавца! А маску заберу!

---

* Еще! Еще один! *(ит.)*

** Я же сказал: только один. Третьей маски нет *(ит.)*

*** Невозможно *(ит.)*

**** Знать газ — не говорить? *(искаж. ит.)*

«Не счесть алмазовъ въ каменныхъ пещерахъ,
Не счесть жемчужинъ въ морѣ полуденномъ...»

Романов вцепился здоровой рукой в «наган», уже извлеченный князем из кобуры.

— Ты что?! А кто дверь откроет? Дай!

Он сунул лицо в маску, жадно втянул воздух.

— Теперь ты! По очереди!

Сквозь струящийся воздух они почти ничего не видели, лишь передавали друг другу противогаз (вот как называлась маска — Алеша вспомнил). Чтоб не слезились глаза, пришлось зажмуриться.

Деловито жужжала дрель, ей подсвистывал задувающий сверху ядовитый пар.

Скрежет. Лязг. Что-то с трудом провернулось.

— Tutto fatto,* — объявил Чичо.

Алеша приоткрыл глаз. Стальная дверь уходила в стену. Из расширяющейся щели в тамбур лился электрический свет, а наверху, очевидно, включилась вытяжка — голубой дым быстро всасывался в решетчатое оконце.

Кажется, противогаз больше был не нужен. Молчун свой снял и аккуратно убрал в сумку вместе с инструментами. Однако войти первым в хранилище Козловский ему не позволил.

— Но! Йо примо!

Небольшая камера была вся занята стеллажами, на которых в идеальном порядке стояли папки и картонные коробки с наклеечками.

---

* Готово (ит.)

На каждой полке красовался флажок той или иной страны, на папках и коробках какие-то цифирки.

Будто пьяница, дорвавшийся до выпивки, штабс-ротмистр жадно перелистывал страницы документов и наскоро просматривал фотографии, приговаривая:

— Ух ты, ух ты, ух ты... Всего не унести, жалко... Алеша, давай саквояж!

Одни бумаги, коротко просмотрев, он брал с собой, другие с душераздирающим вздохом бросал на пол. Но так дело шло слишком медленно, и князь поменял методику.

— С полки «Russland» берем всё. «Германию» тоже целиком. «Австро-Венгрию» — само собой... Что, места больше нет?

— Тяжело. Не спустимся.

— Эх, Булошникова бы сюда!

Князь снял черную куртку, сорвал с себя рубашку, соорудил из нее подобие мешка.

— «Франция» — пригодится... «Америка» — кому она нужна. — Соединенные Штаты посыпались с полки на пол. — «Япония» — эх, не поместится... «England» — ну, сколько влезет.

Вот уже и рубаха была набита бумагами по самый воротник. Британской империи досталось совсем мало места.

Чуть не плача, Козловский выдирал из папок отдельные страницы, запихивал Романову за пазуху.

— Что это, шифр? — бормотал он. — Ничего, крип-тографы разберутся. А это что за чертежи?

— Лавр, — наябедничал Алеша про итальянца, — он папки «Италия» берет!

— Италию — ляд с ней. Пускай. Его доля. Но надо проверить, что он еще себе понаписал. Эй, минуту!

Из рюкзака специалиста одна за другой были из-влечены несколько папок.

— «Schweiz»? Ладно, ва бене. А «Сербию» отдай, ни к чему вам братья-славяне...

Чичо за Сербию биться не стал — у него с местом тоже было плохо.

Наконец, нагрузились, что называется, под завязку.

Штабс-ротмистр вынул плоскую флягу с горючей жидкостью, полил груду сваленной на пол бумаги. Бро-сил спичку — по документам побежало веселое голу-бое пламя.

Диверсанты побыстрей выскочили в тамбур, и Чи-чо задвинул стальную дверь.

После электрического освещения в глухом закуте было ничего не видно. Русские фонарей не включили, а лампочка на лбу у итальянца почти села, едва свети-лась в темноте.

— Газо анкора? — с тревогой спросил князь.

Светящееся пятно отрицательно помоталось из сто-роны в сторону. Очевидно, защитная система срабаты-вала только при несанкционированном проникнове-нии, а на обратном пути не включалась.

Чичо подошел к внешней двери, пошарил по ней лучом. Лишь сейчас Алеша заметил, что на ней тоже маленькие кругляшки — кодовый замок. Специалиста это не смутило. Он стал набирать знакомое сочетание цифр: шестерка, тройка, шестерка, восьмерка, двойка и снова...

Итальянец еще не успел повернуть последнюю ручку, как дверь вдруг шикнула и поползла.

Невозмутимый Чичо издал удивленное восклицание.

— Давай, давай! — поторопил Козловский перегородку, которая, впрочем, и без того двигалась довольно быстро.

Что за чертовщина?!

С той стороны в темноте сияли два фонаря. Слабый лучик, сочащийся от головы специалиста выхватил из мрака две круглоглазые хари со слоновьими хоботами.

Люди! В противогазах!

— Леша, бей! — крикнул штабс-ротмистр. — Засада!

Трудно было понять, кто выстрелил первым.

Два ярких фонаря погасли сразу. Лампочка на лбу итальянца тоже, причем со стеклянным звоном.

Вспышки одна за другой раздирали тьму, по стали и камню чиркали рикошеты, но грохота выстрелов и визга пуль Алеша не слышал — сразу же заложило уши.

— Scheise! — орали из черноты. — Получи, гад! Ма-micko!

А Романов в сражении не участвовал. Всё время, пока шла пальба, он, вжавшись в угол, пытался больной рукой взвести затвор своего «штейер-пипера». Когда, наконец, получилось, стрельба уже стихла.

— Алеша! Ты живой? — донесся глухой, как через подушку, голос.

Зажегся фонарь, пошарил вокруг, заставив Романова зажмуриться.

— Ты что скрючился? Ранен?

— Стыдно... — Алеша чуть не плакал. — Провозился, ни разу не выстрелил... Чертова рука.

— Пустое. — Луч переместился на тело, раскинувшееся на полу. — Э-э, говорун-то наш... Прямо в лампочку всадили. Царствие небесное... Кто это такие были? Охрана?

Он шагнул за дверь.

— Посвети-ка.

Двое в противогазах лежали в разных позах: один на спине, другой ничком. Штабс-ротмистр сдернул с них резиновые маски. Присвистнул.

По усам Алеша узнал майора Фекеша. По рыжему бобрику — его помощника, обер-лейтенанта Воячека. Рядом с последним валялась сумка, из которой рассыпались инструменты, в том числе и небольшая дрель...

— Поджидали нас австрияки, — заключил штабс-ротмистр. — Хорошо мы с тобой фонарей не включили, а то составили бы компанию бедолаге Чичо.

— Нет, Лавр. Они не ожидали нас тут встретить. Два человека для засады маловато. Ошалели не меньше нашего. И пистолетов наготове не держали. Опять же инструменты у него, видишь? Ничего не понимаю...

Козловский почесал подбородок.

— Да нет, всё понятно. Австрийцам надоело платить Зоммеру деньги. Пришли к тому же выводу, что и мы: лучше забрать всё и даром. Великие умы мыслят сходно. — Он развел руками. — Но беднягам не повезло. Они наткнулись на меня.

Он поднял голову, прислушался.

— Однако странно. Звукоизоляция, конечно, дело хорошее, но неужто на первом этаже не услышали этакой канонады? Идем-ка отсюда подобру-поздорову. Нам еще по веревке спускаться.

Однако лезть из окна не пришлось — штабс-ротмистр и его помощник вышли цивилизованно, через дверь.

Покойные майор и обер-лейтенант при всей невезучести, видно, были мастерами своего дела. Охранники, все шестеро, лежали мертвые: двое в доме, четверо в саду.

«Дом Эшеров какой-то», с содроганием подумал Алеша, оглянувшись на ворота разгромленной биржи.

Прощание победителя

Вещи были собраны. Посередине номера, в скромном на вид, но исключительно прочном и даже водонепроницаемом саквояже, лежал бесценный трофей — вынесенные с зоммеровской виллы материалы. Козловский предпочел бы держать саквояж при себе, но у князя перед отъездом еще оставались неотложные дела, поэтому стратегический груз остался на попечении Романова.

По приказу командира, Алеша был обязан не выпускать картотеку из поля зрения вплоть до самого отъезда. Отлучаться из номера запрещалось.

А Романов никуда и не отлучался.

Еще до рассвета, когда возбужденный и торжественный князь, лично уложив документы, ушел к себе, Алеша послал через коридорного записку госпоже Нинетти.

Она прибежала тотчас же.

Было всё: слезы, страстные объятья, клятвы, снова страстные объятья и снова слезы. Но теперь и плакалось совсем по-иному, не то что во время предыдущего расставания.

Это было прощание не жалкого неудачника, а победителя.

Возлюбленная смотрела на него не с состраданием — с восхищением. Он обнимал ее не с отчаянием последнего «прости» — с уверенностью в будущем.

Задержать любимого Клара не пыталась. Она была умница, всё понимала.

Ему следовало покинуть страну до того, как на вилле обнаружат побоище и в Сан-Плачидо съедется вся верхушка швейцарской криминальной полиции. Род занятий герра Зоммера для компетентных инстанций секрета, конечно, не составляет. Круг подозреваемых определится быстро. Но к тому времени русских уже и след простынет. Как говорится, ищи-свищи.

Про главное Клара спросила, когда до отъезда оставалось лишь четверть часа.

Алексей был уже в пиджаке, она же всё тянула — будто боялась, что, одевшись, разорвет связывающую их нить.

— Пора, — нежно сказал он. — Сейчас носильщик придет за чемоданами.

Медленно встав с кровати, она взяла панталоны и лиф.

— Помогай пуговицы... Когда ты вернешься?

И замерла.

Романов уже знал, что ответит — он всё продумал.

— Вернуться сюда я не смогу. Ты сама ко мне приедешь. Теперь наши для тебя всё, что захочешь, сделают. Ты нам так помогла!

Он не удержался, стал целовать ее плечо возле бретельки. Но Клара вывернулась, юркнула в постель и натянула на голову одеяло.

— Ненавижу прощаться, — всхлипнула она. — Я усну, пока ты здесь. Я быстро сплю, как дубина.

Алеша улыбнулся:

— Надо говорить «как бревно». Носильщики все равно разбудят.

— Если я уснула, меня из бомбы не разбудишь.

— Из пушки, — поправил он. — Спи, бревнышко моё.

Невероятно, но через какую-нибудь минуту из-под одеяла донеслось ровное, сонное дыхание. Он наклонился — спит! По-настоящему спит!

И очень хорошо. Просто отлично. Самая лучшая, самая умная из женщин!

Однако, в самом деле, нельзя допустить, чтобы ее увидел здесь носильщик. После романа с Д'Арборио, после демонстративного отъезда на машине с Зоммером еще и это. Клару объявят женщиной легкого поведения! А ведь она — невеста русского офицера. Да, офицера: Лавр обещал, что теперь Алешу непременно произведут в прапорщики.

Стараясь ступать потише, он вышел в коридор и встал у двери.

Глаза у георгиевского кавалера были на мокром месте и, чтобы не разреветься, он сунул в рот папиросу. Даже в спокойные минуты зажечь спичку ему было непросто — пальцы еще не научились прочно держать коробок. Теперь же руки так тряслись, что Алеша не стал и пытаться. Проще попросить у кого-нибудь огня.

В коридоре не было ни души. Романов подошел к балюстраде лестницы, что спускалась из бельэтажа в фойе. Хотел кликнуть кого-нибудь из прислуги и вдруг увидел подле стеклянных дверей зимнего сада знакомую подтянутую фигурку с тростью в руке.

Д'Арборио! Сам Бог его послал.

Должно быть, итальянец встречался с Козловским. Штабс-ротмистр собирался рассказать ему о событиях минувшей ночи и о том, как погиб Молчун Чичо.

Но у Алеши был к великому человеку и свой приватный разговор. Ужасно хотелось снять с души камень, изгнать мрачное облачко, отравлявшее триумфально сияющий небосклон.

Романов сбежал по мраморным ступеням.

Д'Арборио заметил его и с улыбкой двинулся навстречу.

— Всё знаю. Чичо убит. Австрийские шпионы тоже. Картотека у вас, — сказал он, пожимая молодому человеку левую руку. — Скоро Италия вступит в войну. Мы будем товарищами по оружию.

И стало Алеше нестерпимо стыдно перед этим маленьким человеком с большой душой.

Краснея, глотая слова, он быстро, как с моста в воду, бухнул:

— Я виноват перед вами... Я хуже, чем вы про меня подумали... После дуэли вы назвали меня благородным человеком, а я... Я вам цилиндр случайно прострелил. Просто в голову не попал. Из-за левой руки. А хотел убить...

Сказал — думал, легче станет. Но не тут-то было. Проговоренные вслух слова упали между союзниками, будто каменная глыба.

— Вы хотели меня убить?! — Глаза Д'Арборио, и без того выпуклые, чуть не вылезли из орбит. — Но Клара... Она была у меня перед поединком! Рыдала, говорила, что любит вас. И предупредила, что вы выстрелите первым — мимо! Я тоже пообещал промахнуться!

— А... а мне она говорила совсем другое. «Стреляй ему в голову», — пролепетал Романов.

Он еще ничего не понял и лишь испугался, что сболтнул лишнее: выдал любимую, которая ради него была готова на что угодно, даже на низость.

Д'Арборио смертельно побледнел:

— Что?!

Однако Алеше стало не до оскорбленных чувств итальянца. Страшная, невозможная мысль заставила его развернуться и со всех ног броситься вверх по лестнице.

Вихрем пронесся он по коридору, влетел в номер. И замер.

Клара, по-прежнему в одном нижнем белье, сидела на корточках у раскрытого саквояжа. Документы были разложены стопками на расстеленной простыне, которую танцовщица как раз начала связывать концами.

При виде Романова лицо женщины исказилось. Она испуганно метнулась в сторону, налетела на тумбочку, с тумбочки упал графин. Он не разбился, но по полу растеклась лужа...

Алексей стоял не в силах пошевелиться. Клара тоже не двигалась — только непроизвольно подобрала одну ногу, которой коснулась пролившаяся вода.

— Ни с места!

В номер ворвался Д'Арборио, моментально сообразил, что́ произошло, и, выхватив из трости короткую шпагу, приставил ее танцовщице к горлу.

— Вот оно что. Остроумно придумано. А вы бы, мьсе, уехали вот с этим.

Он ткнул носком туфли саквояж — тот завалился на бок. Внутри лежало свернутое одеяло, из которого

Исполняется вальсъ г-на Рубинштейна
«Разбитое сердце»

торчали зеленые листья фикуса. Прежде этот цветок стоял на подоконнике...

— Отвечать. Быстро. Иначе убью, ты меня знаешь. — Поэт цедил короткие, грозные фразы, водя острием по нежной шее, на которой еще были видны следы Алешиных поцелуев. — На кого ты работаешь?

Зачарованно глядя на узкую сталь, Клара с готовностью ответила:

— На майора Фекеша. Не убивайте. Я всё расскажу!

— Задание?

— Сначала — вы. Я должна была вас... нейтрализовать.

Д'Арборио понимающе улыбнулся своими синеватыми губами:

— Убить руками русского военного? Чтобы возмущенная Италия отшатнулась от Антанты? Неплохо... Но ты сказала «сначала». Какое задание ты получила потом?

— Потом он велел переключиться на русских. Фекеш сказал: «Пусть они войдут в тайник, отравятся газом. Мы придем чуть позже и заберем картотеку себе, а подумают на русскую разведку».

— Понятно. Австрийцам надоело платить Зоммеру бешеные деньги. Решили одним выстрелом убить двух зайцев.

Логично. Всё логично, сказал себе Алеша, поражаясь собственной безучастности. Жизнь вообще устроена чрезвычайно логичным образом. Всякое чудо непременно имеет естественнонаучное объяснение.

— Что и требовалось доказать, — удовлетворенно произнес Д'Арборио, пряча шпагу в ножны. — Где у вас телефон? Нужно позвонить дону Трапано. Он захочет рассчитаться с ней за Чичо.

Быстрым, каким-то птичьим движением Клара повернула голову к двери, потом к балкону. Поняла, что ей не вырваться, вжалась в стену и, кажется, закрыла лицо ладонями.

Впрочем, Алеша не смотрел в ее сторону, поэтому деталей не разглядел.

— Нет, — сказал он глухим, будто чужим голосом. — Пусть исчезнет... Я не могу ее видеть.

Телефонная трубка покачивалась в руке поэта. Некрасивое лицо чуть тронула печальная улыбка.

— Ну, как угодно, — сказал Д'Арборио после паузы. — Пошла вон!

Вторичного приглашения не понадобилось. Не одеваясь и не обуваясь, танцовщица в несколько воздушных шагов выпорхнула в коридор.

Назад не оглянулась.

Итальянец подошел к задумчивому Алеше, потрепал его по плечу.

— На свете много мерзостей. Предательство — худшая из них...

Махнул рукой, пошел к двери.

Вежливость требовала проводить гостя, что Романов и сделал. Только зачем-то еще и повернул в замке ключ.

Застывший взгляд молодого человека упал на цепочку узких мокрых следов, протянувшуюся от стены к выходу. Вяло, без надрыва подумалось: как большие слезинки.

Невыносимо болело сердце, хоть криком кричи. С этим надо было что-то делать.

Мелькнула мысль, совсем короткая: от судьбы не уйдешь.

Он расстегнул один из чемоданов, стал рыться в вещах.

В дверь постучали.

— Алеша! Это я! Д'Арборио мне рассказал! Открой немедленно!

Вот он, пистолет.

— Ты что задумал?! Алешка! Не смей! Ты присягу давал!

На сей раз затвор взвелся с первой же попытки. Повезло.

От сокрушительного удара дверь слетела с петель. В номер вломился штабс-ротмистр.

Скорей, чтоб не опоздать, Алеша приложил дуло туда, где болело, и нажал спуск.

Облегчение наступило моментально — как только ударил выстрел и в нос шибануло запахом пороха.

Сердце больше не ныло, сердцу стало хорошо.

Романов лежал на спине, глядя на зыбкий, быстро темнеющий потолок.

Рядом кто-то причитал:

— Болван, какой болван! Черт бы побрал всех баб!

Но крики делались всё тише, свет всё тусклее. Потом он вовсе погас, как в синематографе перед началом сеанса.

Конецъ Второй Фильмы

ПРОДОЛЖЕНІЕ БУДЕТЪ

ХРОНИКА

Война началась...

Рота перед атакой

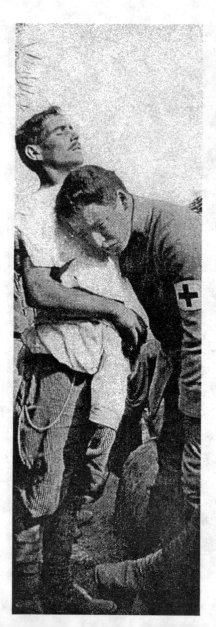

В госпитале

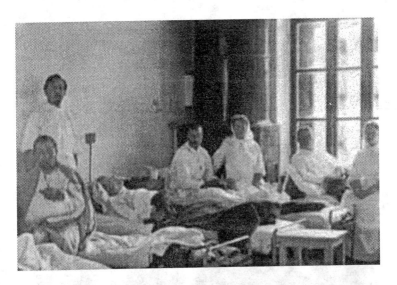

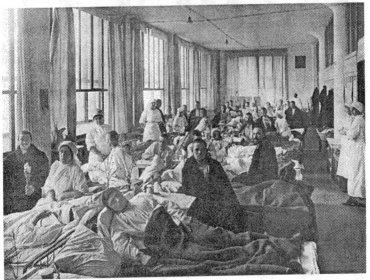

Н. Труханова

ВЕРА ПАШКОВСКАЯ

Н. М. Тихомировъ.

Лабунская

Швейцария:
остров мира
средь океана войны

«Гранд-отель»

Артисты варьете

«Свободный танец»

Итальянцы слушают речь Барда

Бронированная комната

СОДЕРЖАНИЕ

Литературно-художественное издание

Акунин Борис
Смерть на брудершафт
роман-кино

Младенец и черт
Фильма первая

Мука разбитого сердца
Фильма вторая

Художественный редактор О.Н. Адаскина
Дизайн макета: Е.Д. Селиванова
Компьютерная верстка: В.Е. Кудымов
Технический редактор О.В. Панкрашина

Подписано в печать с готовых диапозитивов заказчика 08.11.2007.
Формат 76×108^1/$_{32}$. Бумага офсетная. Печать офсетная.
Усл. печ. л. 18,85. Тираж 350 000 экз. (1-й завод 1—300 000). Заказ 2946.

Общероссийский классификатор продукции
ОК-005-93, том 2; 953000 — книги, брошюры

Санитарно-эпидемиологическое заключение
№ 77.99.60.953.Д.007027.06.07 от 20.06.07 г.

ООО «Издательство АСТ»
170002, Россия, г. Тверь, пр. Чайковского, 27/32
Наши электронные адреса: WWW.AST.RU E-mail: astpub@aha.ru

ООО Издательство «АСТ МОСКВА»
129085, г. Москва, Звездный б-р, д. 21, стр. 1

Издано при участии ООО «Харвест». ЛИ № 02330/0056935 от 30.04.2004.
Республика Беларусь, 220013, Минск, ул. Кульман, д. 1, корп. 3, эт. 4, к. 42.
E-mail редакции: harvest@anitex.by

Республиканское унитарное предприятие
«Издательство «Белорусский Дом печати».
Республика Беларусь, 220013, Минск, пр. Независимости, 79.

ИЗДАТЕЛЬСКАЯ ГРУППА АСТ

ПРИОБРЕТАЙТЕ КНИГИ ПО ИЗДАТЕЛЬСКИМ ЦЕНАМ В СЕТИ КНИЖНЫХ МАГАЗИНОВ БУКВА

РЕГИОНЫ: